岩 波 文 庫

31-217-1

東 京 百 年 物 語

1

一八六八〜一九〇九

ロバート キャンベル
十 重 田 裕 一 編
宗 像 和 重

編集協力＝金ヨンロン
佐藤未央子
塩野加織
友添太貴

目次

東京百年物語 1

一八六八〜一九〇九

I

江戸からトウケイへ

——開化への自負ととまどい

「新橋駅の外観」(“The Far East” 1872／横浜開港資料館蔵)

1868年4月，江戸城は明け渡され，260年余り続いた幕府の支配は瓦解する．統治機構が崩れても江戸市中，なかんずく下町インフラは戦火を免れ，景観はそのままに，7月江戸が東京と改称された．1869年2月の東京再幸をもって事実上の遷都が確立．遷都から明治10年代までの文献では，新しい都を「トウケイ」とよんでいる．「銀座」は，地名として幕末の切絵図《きりえず》などに散見するも江戸の行政区としては存在せず，1872年，一帯を焼き尽くした火事の後に誕生した煉瓦街とともに定着した．文明国家を内外に宣明するための官営装置である煉瓦街には，金属活字を駆使する新規出版社や新聞社といった新興メディアが建ち並び，集中した．銀座が文明開化の制度と世相を映す舞台として詩歌と散文に多数登場するのも，必然的なことと言える．銀座を題材に書かれた初の単行文芸書『東京銀街小誌』は，寺門静軒『江戸繁昌記』の流れをくんだ，いわゆる繁昌記モノの一種で，漢文体によって宿泊施設，交通機関，飲食店という都市インフラを具体的に捉え，外来の制度とその規則に戸惑う人々の姿をユーモラスに脚色している．都市社会の実態を虚構に仮託した，初期日本近代に特有のエクリチュールである．

東京 銀街小誌（抄）

関 謙之《けんし》

関謙之（一八五四〜一九〇七年）。豊後国（現、大分県）生まれの新聞記者。号は、槎《さ》盆《ぼん》、梅痴《ばいち》。日出《ひじ》藩の儒者の家に生まれ、明治維新後は、一八七四年から内務省へ出仕（ただし等外）。一八八一年に丸山作楽《さくら》らと『明治日報』を発刊、主筆となり、辛辣な開化期世相批判を繰り広げた。一八九三年には日報社に入り、以後は『東京日日新聞』にて健筆を振るう。

『東京 銀街小誌』は、半紙本一巻一冊で整版（木版）によって印刷された漢文体風俗誌。題簽《だいせん》には「初編」とあるが、二編以下が刊行された形跡はない。版元は、銀座二丁目にあった「開新社内含翠閣」。開新社は、漢文雑誌『鳳鳴新誌』の発行元でもあり、関謙之は当時、主幹を務めていた。奥付には「明治十五年二月二十八日出板」とある。序文は、『柳橋新誌』（一八七四年）の作者何有仙史こと成島柳北《なるしまりゅうほく》が記している。

本編は「総論」「旅舎の曖昧」「馬車の失敗」「地蔵尊縁日」「松田楼の雪隠」「角燈一嚇」「金春絃声」「花月楼私語」の八章からなり、ここでは「旅舎の曖昧」「馬車の失敗」「松田楼の雪隠」を抄出した。底本にはロバート キャンベル架蔵本を用いた。

旅舎の曖昧

瀛笛響然《ピイー》として響きを送り、黒煙一道近く揚がる。是れ蒸気車の新橋停車場に達す。看《み》る時、車中の客陸続《りくぞく》として車を下る。五、六夥、或《あるい》は七、八群。各〻《おのおの》散じて四方に往く。其《そ》の雑沓名状し易からず。

新橋を渡れば則《すなは》ち南金六町たり。逆旅《ハタゴヤ》数戸有り。皆雅潔を以て称せらる。客の瀛車を下る者、争ひ就きて宿を投ず。

時剛《マサニ》黄昏、一個の髯客の一少女を拉《ヒ》く有り。逆旅松本氏に抵《イタ》つて宿を謀《はか》る。房主《アルジ》出迎へ、婢に命じて楼上南隅の一室に誘《いざ》なはしむ。

已《すで》にして房丁《ワカイシュ》、帳簿《ヤドチャウ》と筆硯とを携へて室に入り、恭しく客の前に跪《ヒザ》まづき道《い》ふ。

「官人尊称何《ダンナサマノオナマヘハ》と為《な》す」と。客道ふ、「僕姓は鰐口、名は鬼九郎」と。房丁道ふ、「貴国何と為す」と。道ふ、「鹿児嶋県」と。房丁又《また》道ふ、「士族か平民か」と。客少しく色を作《な》して道ふ、「汝何ぞ僕を軽蔑するの甚しき。人苟《いやしく》も僕の容貌を見、僕の姓名を聞けば、問はずして毅然たる士族なるを知る。況《いは》んや汝の輩、日常客に接するを以て生と為す者に於《おい》てをや」と。

房丁畏伏し、謝して道ふ、「固《もとよ》り貴命の如し《マコトニオホセゴモットモ》、小可唐突《ワタクシイキナリニ》此《こ》の言を做《な》す。枉《まげ》て寛恕を請ふ」と。客、怒気未《いま》だ全く消えず、口を噤《と》ぢて応《こた》へず。房丁又道ふ、「尊庚幾何ぞ《オトシハオイクツ》」と。客道ふ、「卅歳」と。房丁一々之を簿面に筆し了《をは》り、又少女の姓名年齢等を問ふ。客道ふ、「彼の名は伊禰《イネ》子。年甫《としはじめて》十八。実に僕の小妹なり。汝何《な》ん為《す》れぞ此《かく》の如く煩問筆記するや」と。房丁道ふ、「小可が輩好んで此の煩を取るに非《あら》ず。警官の命を如何《いかん》。蓋《けだ》し官の旅人を調査する、是《かく》の如く厳密なる所以《ゆゑん》の者は、其の或は匪徒偸児逃亡《アクトウドロバウカケヲチ》人等たるを恐るゝの故を以てなり。且つ一男一女をして同宿せしむる如きは、幾《ほと》んど地獄屋の嫌疑を免かれず。故に敢て審問するのみ。幸ひに深く怪しむ莫《なか》れ」と。

客これを聞き、沈思半晌《シアンハントキ》、忽《たちま》ち口を発《ひ》らき道《い》ふ、「汝が言、僕已に之を領す《ワシニヨクワカツタリ》。唯《ただただ》と汝が地獄屋と称する所の者、未だ其《そ》の何物たるを解《げ》する能はざるのみ。僕曽《かつ》て郷に在るの日、友人の東京より到る者有る毎《ごと》に、輒《すなは》ち就きて其の景況を問ふ。僉《ミ》な道ふ、「都下年々歳々、繁昌益《ますます》と繁昌にして、銀座街は実に繁昌の中心と為《な》す。耳目の触るゝ所、一《ひとつ》も新且つ珍ならざるは無し。是れ皆な西洋開化の風を移し入るゝ者なり」と。然れども地獄屋の事に至りては、今始めて之を聞く。若《も》し那《か》の西洋贔屓《ひいき》者流、動《ヤヽ》もすれば開化或《あるい》は発明と称す。則《すなは》ち地獄屋も亦た西洋開明の幻術に非ざる無きを得んや。且つ已に地獄の称有り、必ず当《ま》さに阿毘《あび》焦熱の器械を設け、馬頭牛頭、赤白青黄の鬼、之を使用する者有るべきなり。僕不肖と雖《いへ》ども、幼《をさなき》より武門に生長す。剣を揮《フル》ひ槍を撚《ヒネ》るは、燈心を指頭に弄《ろう》するよりも易し。又兵法の奥義を故西郷大先生に受く。火遁《かとん》の術亦た略々《ほぼほぼ》之を学習す。則ち悪鬼羅刹《らせつ》と雖ども、怖るゝに足らず。汝試みに僕を地獄屋に導くべし。僕其の幻術を看破せんと欲するなり」と。

房丁笑ひを匿《カク》し道ふ、「官人真面目に此の戯言を発《ダンナオマジメデゴゼウダンバツカリオツシヤル》す。小可答ふる所を知らず」と。客怪しみ道ふ、「然らば則ち地獄屋なる者は果して何般の営業《ドンナシヤウバイ》を為すか」と。房丁道ふ、「小可亦た実に之を知らず。官人若し其の詳《つまびらか》なるを知らんと欲せば、宜《よろ》しく新橋橋傍の老婆に就きて尋問一遍すべし《ヒト、ホリオキ、ナサイ》」と。

言ひ訖《ヲハ》つて匆々《イソギ》室を出て楼下に向ひ去り、其の房主を顧み道ふ、「今夕の客、芋大将の種類に属す。真個に屁呆古治郎《ヘッポコヤラウ》なり」と。而《しかう》して那客《カノキヤク》却つて房丁の去ること遠きを見て、舌を吐き道ふ、「豎子《アイツ》正《まさ》に一杯を喫せり《イツパイクワセテヤツタワイ》」と。少女手を客の膝上に置き、微笑《ニツコリ》し道ふ、「郎が滑智《ヌシノトンチニハ》、文珠菩薩も恐らくは応《ま》さに三舎を避くべし《カナイマスマイ》。妾又た何をか憂へん。郎若し妾を蝦夷長崎の外、日輪不照《テンタウサマノテラナイ》の国に伴ふも、敢て辞せざる所なり」と。知らず、這の二個真《コノフタリ》の同胞なるや否《いな》や。

〔現代語訳〕

旅館の曖昧

汽笛の音がピーと響きわたり、黒煙が一筋上がる。蒸気機関車が新橋停車場に入ってくる。見ると、乗客はどんどん中から下りてくる。五、六人、あるいは七、八人が一塊になって、続けざまに下りてくる。それも、見る間に各々四方へと散っていく。形容しがたいほどの雑踏だ。

新橋を渡ればそこは南金六町《みなみきんろくちょう》。旅館が数軒並んでいるが、いずれも風雅で、清潔な家として知られている。蒸気車を下りた客は、競って投宿する。

ちょうど日暮れごろ、口ひげを蓄えた一人の客が若い女を連れて松本という旅館に到着し、宿泊のことを訊ねている。旅館の主人が客を出迎え、女中に二階の南隅にある一室へ案内するよう指示したのである。

さっそく若い衆が宿帳と筆硯をもって客室に入り、恭しく客の前に跪いて言う。

「旦那様のお名前は何とおっしゃいますか」

客は、

「わしの苗字は鰐口で、名は鬼九郎だ」と答えると、

「お国はどちらでいらっしゃいますか」と若い衆が聞く。と、客は、

「鹿児島じゃ」と返す。また「士族ですか、平民ですか」と若い衆が聞くと、客はむっとした表情を浮かべながら、

「君、よっぽどわしを馬鹿にする気だね。わしの風采を見てわしの名前を聞けば、尋ねるまでもなく誰でも直ぐに立派な士族様だってことくらいは分かりそうなものだ。ましてや君みたいに毎日たくさんの客と接している人間ならなおのことだろうよ」と言う。

すると、若い衆は平身低頭で謝るのである。

「誠に仰せの通り。御尤《ごもっと》もでございます。わたくしとしたことが、何とうっかりものでございましょう。どうかどうか、お許しくださいませ」

客の怒りはそれでも収まり切らず口を噤《つぐ》んだままだ。そこで若い衆が再び、

「お歳はおいくつでいらっしゃいますか」と聞くと、

「三十歳じゃ」と返ってくる。

若い衆は、残さず帳面に書きつけていった。今度は傍にいる若い女の名前や年齢などを尋ねる。そこで客は、

「彼女の名前は伊禰子《いねこ》。十八歳で、わしの妹じゃ。ところで君、どうしてこんなうるさいことばかり尋ねて帳簿に記し付けるのだ」と聞く。

「わたくしどもは好き好んでこのような面倒なことをするのではありません。何分にも警察が喧《やかま》しくて、お泊りのお客様について一人残らず詳しく調べては書き入れ、お届けしなければならないものでございます。ここまで厳密に調べるのは、悪党や泥棒や逃亡人などが東京に入ってくるのを恐れてのことでございます。なにより男のお客を一人の女と同宿させた日には、きっと地獄屋(売春宿)の嫌疑から逃れられないところでございましょう。そういうわけで詳しくお尋ねしているのでございますから、悪しからず思し召しなさいませ」

そう言われ、客は何かをじっと思案する様子ではあったが、突然口を開けて話し出す。

「君の言うことはよく分かった。だがしかし、今君が言った地獄屋とやらいう

ものが何なのかよく分からん。わしが郷《くに》にいた時分、東京から帰ってくる友人がいると、最近の東京の様子はどんな具合かと必ず聞くことにしていた。すると口を揃えて言うには、「年々歳々時々刻々と繁盛にまた繁盛を重ねる中でも、銀座街が繁盛の中心である、耳に入り目に触れるものすべてが新奇だぞ、あれもこれも、西洋開化の風が入ってきたからじゃ」。しかし地獄屋という言葉はここで初めて聞く。西洋かぶれの連中が口を開けばきっと開化とか発明とかの賜物とはやし立てるに違いない。したがって地獄屋とやらいうものも、西洋文明開化がもたらした幻術の一つなのではないか。やっぱり地獄というからには当然、そこに阿《あ》毘《び》や焦熱などの道具があるはずだ。馬頭《めず》、牛頭《ごず》、赤鬼、白鬼、青鬼、黄色の鬼どもが、その恐るべき道具を操って人を苦しめるに違いない。わしは武芸の家に生まれ育ち、幼いころから剣の道に長じている。剣をふるい、長槍《ながやり》を回すこと、指と指の間に蠟燭の芯をひねるより造作ないことじゃ。また兵法の奥義は西郷隆盛大先生に教わった。火術だっていけるところまでほぼ学び尽くしている。どんな悪鬼羅刹《らせつ》であってもちっとも怖くない。どうじゃ、これからわしをその地獄屋とやらに、案内してはくれまいか。わしに腕だめしをさせてみよ。一目で相手の幻術を見破ってみせようぞ」

若い衆は、聞きながら笑いを堪え、次のように言う。

「旦那さまは真面目なお顔でご冗談ばかりおっしゃるからいけませんよ。ご返事の申しあげようもございません」

すると怪訝《けげん》な表情で客が聞く。

「それではその地獄屋というのはいかなる商売をするところじゃ」

「実は私にもよくは分かりませぬ。旦那様がそこまでご執心なら、新橋の橋の傍に老婆が立っておりますので、おいでになって一通りお聞きになっては如何でしょうか」

言い終え、若い衆はさっさと部屋を出て廊下の帳場まで戻り、主人に言う。

「今夜のお客は田舎の芋大将ですな。西も東もわからずやの間抜け野郎です」

その間、階上の一室で若い衆を見送った客は、舌を出して笑いながら「あいつに一杯くわせてやったわい。もう、これで安心だ」と言う。すると若い女は、手を男の膝《ひざ》の上に載せ、にっこりと微笑を浮かべながら言う。

「あなたの頓智《とんち》、すてきだったわ。文珠菩薩だってあなたの頓智にはかないやしないわ。わたしもう、何の心配も要らないわ。あなたがこのままわたしを蝦夷《えぞ》や長崎はおろかお天道様《てんとうさま》が照らない国へだって、連れて行って下さるのなら喜んでお伴します」

　さてこの二人、はたして本当の兄妹だったかどうだったか、知り得る限りではない。

（ロバート キャンベル訳）

馬車の失敗

飛塵空を蔽《(おほ)》ひ、蹄音と車声と相交り、轔々然《りんりんぜん》鏘々然《そうそうぜん》。北より来たる者を浅草馬車と為し、南より発する者を新橋馬車と為す。御者《タヅナトリ》車前に坐して馬を駆る。

馬丁《ベッタウ》車尾に立ちて客を喚《よ》ぶ。途上若《も》し徒行の人有れば、馬丁走り来たり其《そ》の袖を扯《ひ》き、乗るを勧《すす》む。其の価極めて廉。浅草新橋の間、大約《オヨソ》里許《ばかり》と為す。而《しかう》して八銭を費せば、則《すなは》ち以て往復すべきなり。故に気痴《ケチ》々々老婆と雖《いへ》ども乗り、洒蛙《シャア》々々娘子と雖ども乗る。蓋《けだ》し老婆の乗るは則ち観音参詣と為し、娘子の乗るは則ち猿若町観劇と為す。豈《あ》に僻眼ならんや《ヨモヒガメデハアルマイ》。一車纔《わづか》に去りて一車又来たる。連々続々終日幾《ほと》んど間断すること無し。

只〻《ただただ》見る銀座第二街。翠柳陰を成すの傍、一両の馬車の客を待つ有り。一個の馬丁衣破れて膝を覆はず、面垢つきて堆を成す。全然乞丐的風を帯ぶ《マルデコジキノヤウナナリヲシテ》。街上に西走東奔し、声々「浅草」と呼ぶ。蓋し浅草に赴くの馬車たるを報ずるなり。会〻《たまたま》貴家の細君靚粧盛飾し来たる《キレイニメカシタテ、》者有り。馬丁忙《せハ》しく進んで袖に縋《スガ》らんと欲す。細君、他の汚穢の容色を見る。什麼《いづく》んぞ吃驚《ビックリ》せざらん。袖を払ひ疾く趨《はし》り去る。馬丁遥かに叫び道《い》ふ、「卿《オカミサン》我が馬車に乗るを肯《うなづカ》《ウケ》ずんば、盍《なん》ぞ余をして卿が腹上に一騎

せざる」と。弱きを凌ぐ悪《にく》むべし

　忽《たちま》ち又五、六の漢子《ゴロクニンノヲトコ》、紺地の半纏を著《つ》け、紺地の股引を穿《うが》ち、腕骨突如《ホネグミタクマシク》として豁歩し来たる《オホマタニアルキ》者有り。是れ職工《ショクニン》に非《あらざ》れば則ち必ず防火手《シゴトシ》也。馬丁乃ち前《ス、》んで乗車を勧む。一漢被酒《ヒトリノヲトコヨッパラヒ》大声罵り道ふ、「咄、何れの処の乞丐児か《ヤイドコノコジキメダ》。這《こ》の怪々《ナニヲグヅ〱》的の言《ヌカシヤアガル》を倣《な》す。我輩、双脚肥健。汝が車馬の瘠脚に比すれば優《マ》さること万々。千里万里亦た飛行すべし。若し以て虚妄と為さば、我れ将さに一脚を汝の頭脳上に加へんとす。汝敢て受くるや否や」と。道ひ了《をはり》て一斉哄笑《イチドウニアハ、、、》。馬丁心怒ると雖ども衆寡の敵し難きを料《ハ》かり、敢《あへ》て抗争せず。口裡に許多の咈々《ぶつぶつ》を唱ふ。強を畏る、笑ふべし

　御者時に車上に在て馬丁に向ひ道ふ、「汝、狂奴輩に関するを要せざらん。那処の一行《アスコヘユクヒトムレ》果して是れ好客。宜《よろし》く急に往て擒《トリ》こにすべきのみ」と。抑〻《そもそも》此《こ》の客甚麼《な》んの体裁ぞ。同行九個、皆綿服を纏ひ、草履を穿つ。其の頭結髪蓬然《チョンマゲアタマボウ〱トシテ》、背上行李を担ふ。其の初めて田舎より出で来たり、未だ大都会の事情に慣《ナ》れざる

者なるを知るべきなり。馬丁近く前《スヽ》み道《い》ふ、「貴客何れの処に往かんと欲するか」と。客道ふ、「吾們昨夜横浜に達す《ワシラユウベヨコハマヘツキヤシタ》。今朝便を蒸瀛車に借り、始めて此《こ》の地に来たる。有名各処を一覧せんと欲するなり《アンデモハアナダケイメイシヨミベイトオモヒヤス》」と。田舎人の口気斯くの如く丁寧なるか

馬丁道ふ、「都下第一有名の勝地、浅草金竜山に如《し》くは無し。客若《も》し意有らば請ふ、我が馬車に乗れ。則《すなは》ち一瞬間《マタヽクウチ》にして浅草に達すべし。然《しか》らざれば其《そ》の道尚《な》ほ二里許り 一里は是れ懸値なり、客設令《タトヒ》都下の地理に明らかなるも二、三時を経るに非れば恐らくは達する能はず。是れ甚だ帰途に便ならざるなり」と。何等の親切語気 客道ふ、「知らず、馬車なる者は乗価幾何ぞ《チンセンハナンボジヤ》」と。馬丁道ふ、「一客十銭を以て例と為す。然れども貴客等乗れば則ち八銭にして可なるのみ。若し夫《そ》れ人力車は必ず将さに二十銭を貪ぼり取らんとす」と。客相与に商議す。乗るべしと為す者有り、乗るべからずと為す者有り、衆論紛々一決せず。馬丁晷《ひあし》移りて客意の或《あるい》は変ぜんを恐れて、口を挿《は》さみ道ふ、「又一銭を減じて七銭と為さん、請ふ速かに来たれ」

と。客遂ひに其の言に従ふ。正《まさ》に是れ猾児一網を打下し忽《たちま》ち九鱗を獲る者なり。

抑《そもそも》馬車の規則、其の大なる者は乗客八個《ノリテハチニン》を以て限《かぎり》と為す。次は則ち七個と為す。蓋し官法なり。今や九個同《おなじ》く七個を限るの馬車に載す。相密附《あいみっぷ》する、飴菓子を粘合する如く然りと雖ども、尚《な》ほ半身外面に露出する者有るを奈《い》かんせん。御者鞭を挙て一揮す。馬則ち風走将《ま》さに京橋を過ぎんとす。後ろに声有り制し道ふ、「其の馬車止まれ。是れ果して何人と為す」と。即ち査官の棒を腋にし来たるなり。御者鞭を棄て恐縮す。馬丁頭を掻いて閉口す。査官御者に向ひ道ふ、「車に駕するの馬、瘦骨聳然、形容極めて疲耗。乃ち虐使に過ぐる無きを得んや。且つ乗る所の客幾個ぞ」と。御者磕頭《オジギ》して謝し道ふ、「実に九個と為す」と。査官喝し道ふ、「汝官命を用ゐず。何等の無状ぞ何等の狼藉ぞ。宜《よろ》しく速かに過限の客をして車を下らしめ、而《しかうして》後定則罰金七十五銭を納むべきなり」と。

御者客に乞ふて車を下らしむ。客皆茫然《ボンヤリ》、猿猴の樹より落つると一般。太郎兵衛、八五郎を顧み道《い》ふ、「知らず是れ何事の生ずるか」と。八道ふ、「余亦た其《そ》の由を知らず。恐らくは吾們《わしら》田舎人、東京の狐狸の為めに魅せらるゝなり。遄《すみや》かに逃ぐるに如《し》かず」と。皇忙《アワテ》、車を下る。査官則《すなは》ち御者の姓名住所を問ひて之を小簿に筆し道ふ、「後日当《ま》さに命ずる所有るべし」と。橋を渡りて去る。御者と馬丁と相見て道ふ、「蜂虻皆失《アブモトラズハチモトラズトハ》、幾《ほと》んど是の謂ひか《コノコッタナア》」と。

〔現代語訳〕

馬車の失敗

　塵埃《じんあい》が舞い上がって空を蔽《おお》い、蹄《ひづめ》の音と車輪の音がぎいぎいがちゃんがちゃんと響き合っている。北から来た馬車は「浅草馬車」と呼び、南から出発する馬車のことを「新橋馬車」と呼ぶ。御者《たづなとり》は馬車の前方に座って、馬を走らせる。馬丁《べっとう》は馬車の後方に立って、客を呼ぶ。もし道を歩いている人がいれば、馬丁が走って行き、その人の袖を摑んで馬車に乗ることを勧める。馬車の料金は、極めて安い。浅草と新橋の間の距離は、およそ一里ほどある。八銭を払えばその間を往復することができるのだ。

そんなわけで、ドケチな老婆であっても馬車には乗るし、いけしゃあしゃあとした娘でも乗っている。おおよそ老婆が馬車に乗るのは、浅草観音にお参りするためであり、娘が馬車に乗るのは、猿若町で芝居を観にゆくためである。これはけっして誤った観察ではあるまい。

一台の馬車がわずかな時間で去って行けば、また別の一台がやってくる。ひっきりなしに次々とやってきて、一日中、ほとんど途切れることがない。

間に銀座二丁目の街並みがあって、青々とした柳並木が陰を作っている。その傍らで、一台の馬車が客を待っている。馬丁は衣服が膝《ひざ》を覗《のぞ》かせるほど破れていて、顔には垢《あか》がべったり付いている。まるで乞食《こじき》のような恰好《かっこう》をして、街中を西へ東へ駆けまわり、何度も声を張り上げては「浅草」と呼びまわっている。おそらく浅草行きの馬車であることを知らせているのであろう。

たまたま身分の貴い家の細君が、きれいにめかし込んでやって来る。馬丁はせかせかと進みよって、その袖に縋《すが》ろうとした。細君は、馬丁の汚らしい姿を見て、びっくりせずにはおらない。袖を払って、急いで走り去った。馬丁は、遠くから声を張り上げて言う。

「おかみさん、わしの馬車に乗ることを承知しないならいっぺんあんた様の腹の上に馬乗りさしてもらいたいもんだ」(弱い人を侮る憎むべきやつ)

すぐさま、続いて五、六人の男が紺地の半纏《はんてん》を着て紺地の猿股を穿き、骨格逞《たくま》しく大股に歩いてやって来る。このような手合いは、職人でなければまず仕事師であろう。馬丁はすかさず彼らの前に進んで、馬車に乗ることを勧める。一人の男は酔っぱらっていて、大声で彼を罵倒《ばとう》する。

「やい、どこの乞食めだ。何をぐずぐずぬかしやがる。おいらの両足は丈夫なもんだ。お前の車馬のやせた足に比べれば、はるかに勝ってらあ。千里でも万里でも飛んでいけようぞ。もし嘘《うそ》だと思うのなら、俺の足をお前の頭にひとつお見舞いしてやろうか。お前、受けてみるかい」

言い終わると、一同はどっと笑った。馬丁は、心の中では怒りを覚えたが、多勢に無勢で争おうとはしなかった。口の中でずっとぶつぶつと言い続けている。(強者を恐れる笑うべきやつ)

ところでその時馬車に乗っていた御者は、馬丁に向かってこう言った。

「おいお前、馬鹿な奴らを相手にすることなんか無い。あそこの一行がむしろ格好の客だ。さあ急いで急いで、カモにしてこい」

そもそもこの客とはどんな格好をしているか、というと人数は九人で、みんな木綿《もめん》服を身に着け、草履を履いている。ちょんまげ頭をぼうぼうにさせ、背中には行李《こうり》を背負っている。その様子から、初めて田舎から出てきた者たちらしい。そして、まだ大都会の事情に慣れていない者らであることを知ることができる。馬丁は、近くに進みよって言う。

「お客様、どこに行こうとしていますか」

客は言う。

「わしらは昨夜《ゆうべ》横浜へ着きやした。今朝、蒸気車を利用して、はじめてこの地に来やした。あんでもはあ、名高《なだけ》い名所を見べいと思いやす」(田舎人の口振りはこうも丁寧なものか)

馬丁は言う。

「都でもっとも有名な景勝地といえば浅草金竜山に及ぶものはありません。お客様、もし、そこを訪れたいのならば、どうぞ私の馬車に乗ってください。そうすれば、瞬く間に浅草に到着することができましょう。そうしなければ、金竜山までの道のりは、ここからさらに二里ばかりあります。(一里は掛け値である)お客様がたとえ都の地理に通じていましても、二、三時間をかけなければ、恐らくは到着することができないでしょう。そうするとお帰りの際にとても不便なことになりましょう」(何と親切な口調だろう)

客は言う。

「知りやせんが、馬車とやらの料金はなんぼじゃ」

馬丁は言う。

「お客様一人につき十銭が相場となっております。しかし、お客様が全員乗ってくださるのであれば、八銭に値下げしても良いですよ。もし、人力車を使おうものなら、必ず二十銭は貪り取ろうとするでしょう」

客たちは相談し合った。乗るべきだという者もいれば、乗るべきでないという者もいて、なかなかまとまらない。馬丁は、時間が移り、客の考えが変わるかもしれないことを恐れて、口を挟んで言った。

「もう一銭減らして七銭としましょう。さあ、早く来てください」

客は、ついにその言葉に従った。まさにこれは、ずる賢い奴が一枚の網を投げて九匹の魚を獲るというものである。

そもそも馬車規則というのは、大きいもので乗客八人を限りとする。次に大きいものでは七人。およそこれが政府の法規であるという。今や九人を定員七人の馬車に同乗させている。飴菓子《あめがし》が粘つき合うように互いにくっつく状態はよしとしても、さらに半身を馬車の外に出してしまっている者がいるのはどうしたものだろうか。

御者は鞭《むち》を上げて一振りする。馬は風のように走り、今にも京橋を通り過ぎようとする。後ろから止める声が聞こえてくる。

「その馬車止まれ。いったい何人乗せているのだ」と言う。

すかさず棍棒《こんぼう》を腋に挟んだ巡査がやって来る。御者は鞭を捨て、恐れをなして身をすくませている。馬丁は頭を掻《か》いて閉口。巡査は御者に向かって言う。

「車を引いている馬は、痩《や》せて骨が出っ張っておる。非常に消耗した様子だ。つまりあまりにもこき使われているのではないか。その上、乗っている客は何人だ」

御者はお辞儀をしながら謝って、

「はい、九人乗せでございます」と言う。

巡査は一喝して言う。

「お前は政府の命令に従っていない。何という無作法かつ乱暴な振る舞いだろう。定員を超えた客を速やかに下ろして、後日定められた罰金七十五銭を払いなさい」

御者は、乗客にお願いして車を下りてもらう。客は全員ぼんやりしていて、まるで猿が木から落ちた様子。太郎兵衛は八五郎を振り返って、

「何事が起ったのかわからん」と言う。八五郎も、

「わしも訳が分からない。おそらくわしら田舎者が東京のキツネやタヌキに化かされたのと違いますか。さっさと逃げるに越したことはない」と言いつつあわてて車から下りて来る。巡査は御者の姓名住所を聞いて、小さな帳簿に書き、

「後日必ず処分するからな」と言い残し、橋を渡って去る。

御者と馬丁が顔を見合わせて言うことには、「虻《あぶ》も取らず蜂《はち》も取らずとはおお

かたこのことなんだなぁ」。

（ロバート キャンベル訳）

松田楼の雪隠

松田楼は銀座第一街京橋の傍に在り。割烹《かっぽう》の塩梅《あんばい》頗《すこぶ》る美と称す。然れども以て他の会席に譲らざる者と為《す》るは、未《いま》だ之を信ずる能はず。蓋《けだ》し世、饕餮家《オホグヒ》に乏しからずして、易牙氏《ヨクアジヲシルヒト》に乏し。此《こ》の店、咄嗟《ヂキニサカナガデキル》に弁じ得て、其《そ》の価《あた》ひ甚《はなは》だ廉なり。故に来客の夥多なる、日に百千を以て数ふると云ふ。

楼、数室に分つ。闊《ひろ》き者は数百人を容《い》るべし。其の隘《せま》き者も十余畳に下らざるなり。席上清潔にして酒醤及び煮汁の痕無し。況《いは》んや焼焦《ヤケコガシ》の痕をや。室中高く大玻璃華燈《オホガラスノランプ》数箇を懸く。夜間一斉に火を点す。光輝燦然《さんぜん》、四下に照映す。何等の麗観。其《そ》の客は則《すなは》ち雑然《マジリデ》席を同じうするを以て例と為す。貴顕者《イヽミブンノヒト》と雖《いへ》ども一室を専占するを許さず。然れども前客と後客と相ひ献酬《サカヅキノヤリトリ》するが如きは、厳に禁ずる所なり。而《しか》うして此《こ》の楼に上るの客、貴人有り、賤民有り、婦女有り、僧侶有り。之に加ふるに貧乏書生と人力車夫とを論ぜず、亦た皆上るを得ざる無し。其の酒飯に対するや、飲む者は飲を尽くし、食ふ者は食を尽くして而して止む。復た酣酔の余、興に乗じて都々逸《どどいつ》を歌ひ、勝惚《カツポレ》を踊るの徒有らざるなり。

楼婢、客の使役に供する者、無慮《オヨソ》数十人。未笄《ハタチ》前後の嶋田髷より、染犀《カネツケ》以上の丸髷に至る。其の間、雲鬟花顔の評を下し難しと雖ども、亦た頗《すこぶ》る杯酒に侍するに堪へたる者有り。夏時の若《ごと》きは、則ち一様《テナ》の浴衣《ソロヒノユカタ》を著下す。看来たれば、極めて是れ清浄《キレイ》なり。客、命ずる所有れば、掌を鳴らし以て号と為す。婢、便《すな》はち声に応じて到る。此の楼、二六時中、客の室に満たざる無し。是を以て鳴掌《テヲタヽク》の声、瞬時《スコシノマモ》絶えず。衆婢、左走右奔し、終日一楼に千百廻す。其の脚の檑木《スリコギ》と為らざる、亦た殆んど異《あや》しむべきなり。

時正《まさ》に下晡《ヒグレ》、楼上、客去り客来たる。炒閙《ガヤ〳〵》の景況、唯だ海鳴り潮湧くのみにあらず。一傖父《ヰナカオヤヂ》有り、手に小巾包《コブルシキ》を挈《ひっ》さげて来たる。席上を四顧すれば、客の頭顱、鱗を重ぬるが如し。復た膝の容るべき無し。已《すで》にして纔《わづ》かに小隙を室の一隅に得、因つて坐下す。婢に命じて光焼《テリヤキ》一碟《サラ》と酒一合を取り、且つ呑み且つ喫す。其の傍に一客有り。看る時、甚麼《な》んの人品ぞ。眉目秀清。豊肉長身。流行薩摩加須里《かすり》の単物、黒羅《クロロ》の外袍《ハオリ》を穿ち、帯は則ち博多の精品。懐に一条の煌々的《ピカ〳〵》の金線を懸たる者は、其れ金時計《ゴールドケイ》の鎖《クサリ》たる、知るべきなり。傖父心裡《オヤヂハラノウチ》畏敬して、以て他《かれ》は官員的の人物と為し、敢て軽がるしく声咳を発せず。客、先《ま》づ傖父を一睨し、其の巾包《ツヽミ》を注視す。而《しかうして》傖父、知らざるなり。之を久うして傖父、酒気漸く醺《くん》す。

頗《すこぶ》る話件《ハナシアヒテ》を欲するの状有り。是れ酒客の僻か 客早く之を推し、乃ち傖父に向ひ微笑し道《い》ふ、「卿伴侶無し《アナタオヒトリデ》、何等の幽寂《サゾオサビシウ》。僕、亦た独《ワタクシモヒトリ》酌太《はなは》だ妙ならず」と。傖父、遽《には》かに揖一揖して《オヂギシテ》道ふ、「小可《ワタクシ》、太だ酔ふ。官人《ダンナ》の前を憚からず、実に失敬たり。万謝々。小可、生平飲を嗜む《フダンサケガスキ》。然れども盃に対して話伴無き、幾《ほと》んど不興に属するなり。官人、若し卑賤の故を以てせずして枉《ま》げて一杯を交酬するを許さるれば幸甚し」と。客道ふ、「是の如きは僕も亦た企望する所なり」と。則《すなは》ち杯を挙げて傖父に付《サ》す。因《よ》て問ひ道ふ、「卿が住所何れと為す《オスマヒハドチラ》」と。傖父道ふ、「小可は某県下の平民何某と為す。属《ちか》者《ゴロ》都下に来たる、些の訟事《チトノクジ》有るに由りてなり」と。客道ふ、「果して然るか。僕、亦た元来東京府貫属に非ず。一昨年、職を司法省に奉ず。今茲《こんじ》一月、故有りて職を辞し、現時、専ら代言を以て業と為す。知らず、卿の詞訟と謂ふ所の者は何等の事件ぞ」と。傖父、客の代言師たるを聞き、復た事実を掩蔵せず《コトガラツツミカクサズ》、説き出す一遍、且つ道ふ、「小可、他二個の同伴《ツレ》有り。共に馬喰町の客舎《ハタゴヤ》に寓す。近日相議して該件を上等裁判所に控訴せんと欲す。而《しかう》して未だ代言を委嘱すべきの人を得ず。官人、若し一臂を小可等《ワタクシラ》に仮さば、則ち欣躍に堪へざるなり」と。客、心私《ひそ》かに一噱《ハラノウチデヲカシイ》、故さらに拒辞し道ふ、「卿の言ふ所、真に重大の事件。這《この》種の代言は宜しく其《そ》の人を撰んで嘱托すべし。僕、嚮《さ》きに官に在りて裁判事務に任ず。然れども恐らくは此《こ》の撰に当り難し。且つ、卿と僕と一面の素無し。則ち相信ぜざるを奈何んせん」と。倉父、他《かれ》の言動誠実恃《たの》むべき者の如きを見て百方懇請して已まず。客、則ち口に任せて代言の方法を演述す。弁、懸河の如し。倉父、聴了り大いに喜び、手中の杯傾き酒流るゝを覚えず。

時に会と《たまたま》便催《チャウズデタイ》す。急に婢を召して問ひ道ふ、「圊房《チャウズバ》何《いづ》くにか在る」と。婢、一方を指し道ふ、「那《あ》の階を下れば則ち厠に達す」と。倉父、座を起ち一噦《シャク》一歩、出て階を下り長廊左転して進む。忽《たちま》ち一堊室に達す。清潔白玉版を拭ふが如く然《し》かり。倉父、以て是れ厠に非ずと為す。顧みて傍人に問ふ。其の人道ふ、「是れ即《すなは》ち厠なり」と。傖父、猶ほ未だ信ぜず。戸外に立て呆然たり。一婦人の戸中より出る有り。傖父、則《すなは》ち其《そ》れ果して厠たるを知り戸を開きて入る。厠板上浄席を施く。左壁の下、穿開尺余。以て庭面を窺《うかがふ》べし。庭面数種の盆草を列す。或《あるい》は石竹、或いは酸醤《カタバミ》。蓋し便客の退屈を厠中に慰する所以《ゆゑン》なり。厠中、素《も》と汚臭有るを以て常と為す。而《しかう》して此《こ》の厠、啻《ただ》に之無きのみならず、時に芳香風に随ひて来たる有り。豈《あに》復た卵黄的の軟件《キミイロノヤワラカモノ》を縁板に塗著するの穢状《わいじやう》有らんや。若し万一之有らば、其の臀恐らくは曲らん。却つて説く、傖父、厠板上に跨ると雖ども、両脚縮震《ブル〳〵》急に便事を了する能はず。稍《やや》と久うして了すること少許。早々戸を出て廊上に向ふ。廊縁、一銅鉢を安置す。噴水装置《フキダシシカケ》を其の中に設く。水勢、騰起散迸。恰も蛟竜雨を駆り、珠簾風に揺《ゆら》ぐに似たり。客、皆此の水に就きて盥《テアラ》ふ。側に大鏡台有り。牙梳玉櫛之を副ふ。以て客の乱髪を理するの用に備ふ。一丁有り、椅子に踞し、客手を洗ふ毎《ご》とに輙《すなはち》手巾を奉ず。其の客を待するの鄭重此の如し。

傖父已に一驚を厠中に喫了し、此に至りて復た一駭を吃す。階を上りて坐に復《か》へれば則ち前客在らざるなり。婢に問ふ、「那客《アノヒト》何《いづ》くにか之く」と。婢道ふ、「彼帰り去る已に久し《トウニオカヘリニナリマシタ》」と。傖父、心裡安からず。四辺を顧みるに席間、遺す所の巾包《ツヽミ》有る没《な》し。此に於てか如何んぞ一大驚を喫せざらん。慌々忙々狂の如く癲の如く、百方捜索すれども終ひに獲る所無し。這《こ》れは是れ那客は代言者流に非ずして昼鳶《ひるとび》の類たる、知るべきなり。

〔現代語訳〕

松田楼の雪隠

松田楼は銀座一丁目の、京橋の傍らにある。料理の塩梅《あんばい》はとても良いと言われている。しかし他の料理屋の追随を許さないものとなっているのは、信じがたい。世の中に大食漢は乏しくないが、よく味が分かる人は乏しいようだ。この店はすぐに料理ができあがる上に、価格がきわめて安い。したがって客の多いこと、一日に百人や千人を数えるほどだそうである。

　店内は数室に分かれている。広いものは数百人を収容できる。狭いものも十畳は下らない。客席は清潔で酒や醬油《しょうゆ》、煮汁の跡はない。ましてや焼け焦がした跡などはあるわけがない。部屋の高い場所に大きなガラスのランプを数個掛けてある。夜は一斉に灯をともす。その光はキラキラと輝き、一面を照らし出す。なんと美しい光景か。客は入り混じって相席するようになっている。身分の高い人であっても、一室を専有することを認めていない。けれども、先に来た客と後から来た客とが杯のやり取りをするようなことは厳しく禁じられている。

　松田楼に上る客は、身分の高い人もいれば、低い人もあり、女も、僧侶もいる。これらに加えて、貧乏書生と人力車夫はもちろん、だれであっても、上れない人種はいない。飲食にあたっては、飲む者はひたすら飲み、食する者はひたすら食べて帰る。酔っぱらったあまり興に乗じて都々逸《どどいつ》を歌ったり、かっぽれを踊ったりするような人はいない。

　客のお世話をするための女中はおよそ数十人。二十歳《はたち》前後の島田髷からお歯黒をした丸髷《まるまげ》までいる。中には、容姿端麗とは言えなくても酒を注ぐのにすこぶる長《た》けた者がいる。夏期には揃《そろ》いの浴衣を着ている。見ると、実に清らかである。客は、注文があれば手をたたいて合図する。女中は、その音に反応してやってくる。松田楼は一日中、客が室内に溢《あふ》れていないことがない。したがって、手をたたく音が少しの間も鳴り止まない。女中たちは右へ左へ走って、終日、一棟の楼の中を百回も千回もまわる。足が擂粉木《すりこぎ》にならないのは、まったく不思議なことである。

時刻はまさに日暮れ時。楼上では客が去り、また客がやってくる。がやがやした様子は海が鳴り、潮が湧くといったどころではない。一人の田舎親父《おやじ》が、手に小さな風呂敷包みを抱えてやって来る。座席を見回すと客の頭は鱗《うろこ》を重ねたようで、膝《ひざ》が入る場所はない。親父はやがてわずかに小さな隙間を部屋の片隅に見つけて座る。女中に照り焼き一皿と酒一合を頼み、それを飲んだり、食べたりしている。

その傍らに一人の客がいる。どのような人品か、見てみると顔立ちは眉目秀麗にして肉付きが豊満。背丈は高い。流行《はや》りの薩摩絣《さつまがすり》の単衣《ひとえ》物《もの》に黒羅紗の羽織をまとい、帯は博多帯の精品である。懐に一本、ピカピカとした金色で線状のものを掛けているが、金時計の鎖らしい。心中畏怖の念を抱いた親父は、この客はきっと官員らしき人物だとみて、軽々しく声を掛けられないでいる。客はまず親父を一睨《ひとにら》みし、その風呂敷包みを見つめた。だが、親父はそのことに気づかない。そのまましばらくしていると、親父は酒が少しずつ回ってきた。ひどく話し相手を欲している様子である。（これは、酒飲みの癖であろうか）

客は早速このことに気づき、親父に笑みを送って言う。

「あなたは、お連れの方がいらっしゃらなくてさぞお寂しいことでしょう。私も一人酒、面白くないことですね」

すかさず親父は会釈して言う。

「わたくし、大いに酔っぱらいまして、あなた様の前で遠慮が足りませんで誠に失敬をいたしました。深くお詫びいたします。わたくし、ふだんから酒を嗜《たしな》むのですが、杯を前に話し相手がいなければ、ほとんど興ざめといったところです。あなた様がもし私を卑賤《ひせん》の者と退けないで、あえてお酒を一杯酌み交わすことを許してくださるのなら、大変うれしいです」。これに対して客は、

「そのようなこと、私こそ望むところです」と答えた。

こうして杯を持ち上げ、親父に勧めた。そこで客は尋ねた。

「あなたのお住まいはどちらですか」

親父が言う。「わたくしは某県の平民で何某と申します。この頃ちょっとした訴訟があって、東京へ出てまいりました」

客が言う。「そうでしたか。私もまた本来東京者ではありません。一昨年、司法省に奉職しましたが、今年一月に事情があって退職しまして、現在はもっぱら代言人を生業としています。あなたがおっしゃいます訴訟というのは、どのような事件なのですか」

親父は客が代言人だと聞くと、包み隠さず事情を一通り話した上で、さらに加えた。「わたくし、あと二人同伴者がおりまして、馬喰町の旅館に寄寓しています。近々相談のうえ、この件を上等裁判所に控訴しようと思っているのですが、未だに代言を依頼できる人を見つけられずにおります。あなた様がもしわたくしたちにお力添えいただけましたら大変助かりますが」

客は、腹の内で大笑いしながら、ことさらに辞退する。

「あなたがおっしゃっているのは実に重大な事件です。この手の代言はよく人を選んで委任しなければなりません。私は前に役所で裁判事務を担当していました。しかしながら、恐らくはこの件をお引き受けするのは難しいでしょう。しかも、あなたと私とは一面識もありません。要するに、互いに信用がないのはどうしようもありません」

親父は、相手の言動が誠実で頼りになりそうであると見受けて、あれこれ頼み込んで諦めようとしない。そこで、客は思いつくままに代言の仕方について述べ立てていった。その弁舌たるや、滝のように勢いよくすらすらと流れている。聞き終わって、親父は大変な喜びようで、手元の杯が傾き酒がこぼれ出しているのに気づかない。

その時、親父はたまたまトイレに行きたくなった。すぐに女中を呼び、尋ねた。

「手洗いはどこです」

一方向を指さして女中は言う。「あの階段を下りればお手洗いですよ」

親父は、座を立つなりしゃっくりをして、部屋を一歩出てから階段を下り、長い廊下を左へ曲がってさらに進み、すぐさま白亜造りの部屋に到達した。清潔なことは白玉の板を磨いたようで、親父は、まずこれは手洗いではないと思った。

振り返り、傍にいる人に尋ねてみると、その人が言う。

「ここがトイレですよ」

それでも親父は、なお信じず、扉の外に立って呆然としていた。女性が一人その部屋の中から出てきて、親父はやっとそれが本当にトイレであると分かり、扉を開け、部屋に入った。

床板の上にはきれいな座席が設けてある。左の壁の下の方に一尺余りの穴が開いていて、庭の様子を窺うことができる。庭には数種類の鉢植えの草花が並べられている。セキチクもあればカタバミもあって、推測するにトイレ内での退屈を慰めるためのものであろう。トイレといえば、もともと悪臭がするのが常である。しかし、このトイレは単に悪臭がしないだけでなく、時にかぐわしい香りが風に乗って漂ってくる。このようなトイレに、どうして卵の黄身色の柔らかいものが板の縁に付着するような汚いことがあろうか。もし万が一そのようなことがあったとしたら、その客の尻《しり》は恐らく曲がってしまうに違いない。

さて、親父は床板の上に跨《また》がってはみたけれども、両足がぶるぶる震えてしまい、すぐに用を足すことができない。いくらか時間をかけ少しばかり用を足し終えて、早々にトイレから出て廊下へと向かっていった。

廊下の縁側に銅でできた鉢が置かれている。その中に、水が噴き出る装置が設けられている。その水は勢いがあって高く上がり、ほとばしり散ること、あたかも蛟龍《みずち》が雨の中を天へと駆けあがり、玉簾《たますだれ》が風にゆらめくのに似ている。トイレの利用客は皆この水で手を洗っている。傍らに大きな鏡台があって、象牙や翡翠の櫛《くし》が添えられている。客が乱れた髪を整えるのに備えてあるのである。そこには一人の丁稚《でっち》が椅子に腰かけており、客が手を洗うたびに手ぬぐいを渡している。客あしらいの丁重さといえばこの通りである。親父はトイレの中で十分びっくりさせられていたが、ここにきてまたびっくりさせられることとなる。

階段を上がって座に戻ってみると、前にいた例の客がいなくなっている。女中に尋ねる。

「あのお方はどこへ行かれましたか」

女中が答える。「とうにお帰りになりましたよ」

親父は不安な気持ちになり、ぐるっと周りを見渡してみるが、座に残してあった包みが無い。事ここに至って、どうして驚愕《きょうがく》しないでいることができようか。

狂ったように、いや、まるで発作が起きたように慌てふためきあちらこちらを探しはしたけれども、ついに見つけることができなかった。

これはつまり、その客は代言人でもなんでもなくて、いわゆる昼鳶《ひるとび》(掏摸)の類《たぐい》であったということを知るべきである。

(ロバート キャンベル訳)

II

江戸の名残

——進歩と格差のはざま

「東京九段坂」(『東京景色写真版』江木商店，1893年／国立国会図書館デジタルコレクション)

東京の百年は，拡張と人口増加を繰り返す歴史でもあった．1893年に多摩の三郡部が編入され，東京府はおよそ3倍の面積に増えた．それと並行するように，大日本帝国憲法の制定(1889年)，帝国議会の開設(1890年)という近代国家に向けた機構整備が進み，1894年には維新後初の対外戦争である日清戦争が勃発する(1895年終結)．19世紀末は，統治機構の整備と空間的な拡張と集中が加速し，緊密に連動する二つの力が文化を決定づける時代であった．都市空間にかぎってみると，交通インフラの進展と中等・高等教育機関の創設によって，東京は官吏，軍人，男女の労働者と学生が行き交う立身出世の大舞台と化し，一方では，下層民に滑り落ちた人々が住まうスラム街がいくつも形成され，その現象が病理として先鋭的に捉えられていく．「物質的の革命によりて，その精神を奪われつつある」時代と警戒する北村透谷(「漫罵」)をはじめ，社会の変質は，都市空間を移動しながら語るという一種の定型によって描かれるようになる．上野の森，麹町，番町，吉原遊廓といった階層と貧富を分節させるゾーンを語り手や視点人物が動くことによって，種々の野心と矛盾とを立体的にあぶり出していくところに，この時代の物語の特徴を見出すことができる．

漫《まん》罵《ば》　北村透谷

北村透谷(一八六八〜九四年)。小田原生まれの詩人、文芸評論家。本名門太郎。透谷が少年の頃に家族とともに上京し、京橋区弥左衛門町(現、中央区銀座)に住んだ。東京専門学校(現、早稲田大学)中退。政治家を志して自由民権運動に参加するも方向性の違いにより政治活動を断念、キリスト教に入信し本格的な文筆活動に入る。『楚囚之詩』(一八八九年)、『蓬莱曲』(一八九一年)などの詩作に加え、「厭世詩家と女性」(一八九二年)や「内部生命論」(一八九三年)などの評論を次々と発表して注目を集め、日本の初期浪漫主義運動の指導的役割を担った。二五歳の若さで自死。

「漫罵」(『文学界』一八九三年一〇月)は、透谷が亡くなる前年に発表した文章で、銀座界隈の建物と人々の様子を眺めるうちに「われ」の中に生じた強い憤りが綴られる。「物質的革命に急なる」現在は、「創造的思想」を欠いた「悉く移動の時代」であるとの一節には、明治維新という革命もまた、権力の「移動」に過ぎなかったとの含意がある。文中では、そうした「時代の罪」に対する詩の役割が痛切に問われている。

底本には勝本清一郎編『透谷全集 第二巻』(岩波書店、一九七四年)を用いた。

一夕友と与《とも》に歩して銀街を過ぎ、木挽町に入らんとす、第二橋辺に至れば都城の繁熱漸《ようや》く薄らぎ、家々の燭影《しょくえい》水に落ちて、はじめて詩興生ず。われ橋上に立って友を顧りみ、同《とも》に岸上の建家を品《ひん》す。或《あるい》は白堊《はくあ》を塗するあり、或は赤瓦を積むもあり、洋風あり、国風あり、或は半洋、或は局部において洋、或は全く洋風にして而して局部のみ国風を存するあり。更に路上の人を観るに、或は和服、或は洋服、フロックあり、背広あり、紋付あり、前垂あり。更にその持つものを見るに、ステッキあり、洋傘あり、風呂敷あり、カバンあり。ここにおいて、われ憮然《ぶぜん》として歎ず、今の時代に沈厳高調なる詩歌なきは之《これ》を以《もっ》てにあらずや。

今の時代は物質的の革命によりて、その精神を奪われつつあるなり。その革命は内部において相容れざる分子の撞突《とうとつ》より来りしにあらず。外部の刺激に動かされて来りしものなり。革命にあらず、移動なり。人心自ら持重するところある能《あた》わず、知らず識《し》らずこの移動の激浪に投じて、自から殺ろさざるもの稀《まれ》なり。その本来の道義は薄弱にして、以て彼等を縛するに足らず、その新来の道義は根帯《こんたい》を生ずるに至らず、以て彼等を制するに堪えず。その事業その社交、その会話その言語、悉《ことごと》く移動の時代を證せざるものなし。かくの如くにして国民の精神は能《よ》くその発露者なる詩人を通じて、文字の上にあられ出でんや。

国としての誇負《プライド》、いずくにかある。人種としての尊大、何《いず》くにかある。民としての栄誉、何《いず》くにかある。適《たま》ま大声疾呼《たいせいしっこ》して、国を誇り民を負《たの》むものあれど、彼等は耳を閉じて之を聞かざるなり。彼等の中に一国としての共通の感情あらず。彼等の中に一民としての共有の花園あらず。彼等の中に一人種としての共同の意志あらず。晏逸《あんいつ》は彼等の宝なり、遊惰は彼等の糧なり。思想の如き、彼等は今日において渇望する所にあらざるなり。

今の時代に創造的思想の欠乏せるは、思想家の罪にあらず、時代の罪なり。物質的革命に急なるの時、曷《いず》くんぞ高尚なる思弁に耳を傾くるの暇あらんや。曷んぞ幽美なる想像に耽《ふけ》るの暇あらんや。彼等は哲学を以て懶眠《らんみん》の具となせり、彼等は詩歌を以て消閑の器となせり。彼等が眼は舞台の華美にあらざれば奪うこと能わず。彼等が耳は卑猥《ひわい》なる音楽にあらざれば娯楽せしむること能わず。彼等が脳髄は奇異を旨とする探偵小説にあらざれば以て慰藉《いしゃ》を与うることなし。しからざれば大言壮語して、以て彼等の胆を破らざるべからず。しからざれば平凡なる真理と普通なる道義を繰返して、彼等の心を飽かしめざるべからず。彼等は詩歌なきの民なり。文字を求むれども、詩歌を求めざるなり。作詩家を求むれども、詩人を求めざるなり。

汝《なんじ》詩人となれるものよ、汝詩人とならんとするものよ、この国民が強いて汝を探偵の作家とせんとするを怒る勿《なか》れ、この国民が汝によりて艶語を聞き、情話を聴かんとするを怪しむ勿れ、この国民が汝を雑誌店上の雑貨となさんとするを恨む勿れ、噫《ああ》詩人よ、詩人たらんとするものよ、汝等は不幸にして今の時代に生れたり、汝の雄大なる舌は、陋小《ろうしょう》なる箱庭の中にありて鳴らさざるべからず。汝の運命はこの箱庭の中にありて能く講じ、能く歌い、能く罵《ののし》り、能く笑うに過ぎざるのみ。汝は須《すべか》らく十七文字を以て甘んずべし、能く軽口を言い、能く頓智《とんち》を出すを以て満足すべし。汝は須らく三十一文字を以て甘んずべし、雪月花をくりかえすを以て満足すべし、にえきらぬ恋歌を歌うを以て満足すべし。汝がドラマを歌うは贅沢《ぜいたく》なり、汝が詩論をなすは愚痴なり、汝はある記者が言える如く偽わりの詩人なり、怪しき詩論家なり、汝を罵るものかく言えり、汝もまた自から罵りてかく言うべし。

汝を囲める現実は、汝を駆りて幽遠に迷わしむ。しかれども汝は幽遠の事を語るべからず、汝の幽遠を語るは、むしろ湯屋の番頭が裸体を論ずるに如かざればなり。汝の耳には兵隊の跫音《あしおと》を以て最上の音楽として満足すべし、汝の眼には芳年《よしとし》流の美人絵を以て最上の美術と認むべし、汝の口にはアンコロを以て最上の珍味とすべし、吁《ああ》、汝、詩論をなすものよ、汝、詩歌に労するものよ、帰れ、帰りて汝が店頭に出でよ。

浅ましの姿

北田《きただ》薄氷《うすらい》

北田薄氷(一八七六〜一九〇〇年)。大阪生まれの小説家。本名尊子《たかこ》。尾崎紅葉に師事し、一八歳で最初の小説「三人やもめ」(一八九四年)を発表。封建的な道徳観の残るなかで、忍従を強いられる寂しい女性の運命を描き、「鬼千疋」(一八九五年)、「黒眼鏡」(同年)、「白髪染」(一八九七年)などの小説を残した。一八九八年、画家梶田半《はん》古《こ》と結婚して一児を得たが、腸結核のため二四歳で没した。『薄氷遺稿』(春陽堂、一九〇一年一二月)がある。

「浅ましの姿」は、一八九五年三月の『文藝倶楽部』に「雑録」の一編として掲載された作品。吉原を「婦女《おみな》の身のさる忌《い》まわしき場処柄に出《い》でんも恥《はず》かしければ」と忌避してきた「我」が、はじめて見物の機会を得て、客引きの妓夫を「忌まわしくも面憎《つらにく》し」と思う一方で、遊女に対しては「中には孝女の親を思う一心よりその身を売りたるもあるべしなど、さまざまに思い出でて我にもあらで涙催されぬ」という感慨にも浸る。底本には『リプリント日本近代文学89　薄氷遺稿』(国文学研究資料館、二〇〇七年(原本所蔵=山梨大学附属図書館近代文学文庫))を用いた。

年頃北の里とやらんの仁和賀《にわか》いとうものの噂《うわさ》を聞き侍《はべ》りしかど有繋《さすが》に婦女《おみな》の身のさる忌《い》まわしき場処柄に出《い》でんも恥《はず》かしければ、この年までは行《ゆ》かで過しけるを去年《こぞ》の夏、橋場の知る人の許《もと》を訪ずれしに、主《あるじ》の君はいと心軽き性《さが》なりければ、折こそよけれぜひに案内《あない》せんとて、我が不肯《いなん》も聞かで合点顔《がてんがお》に誘い出でける。大門《おおもん》とやらんを入《い》れば、いと賑《にぎわ》しくてわが眼《め》には珍しくもまた不思議とも見えつ。仁和賀は今を最中《もなか》と覚しく、清元《きよもと》、常盤津《ときわず》、長唄などの歌い声は三味《さみ》太鼓鼓《たいこつづみ》の音に打交りて彼方此方《あちこち》に聞え渡りて、心も浮き立たんばかりなり。藝妓雛妓《げいしゃおしゃく》なんどの踊りは、祭礼《まつり》の折何処《いずこ》にも催さるる踊屋台の様に似て珍しくもあらざりしが、幇間《たいこもち》とかの巧《たくみ》に女の姿に装《よそ》いて道化《どうけ》る様いと可笑《おか》しく覚えき。中には日本大勝利に意を寄せて、桃太郎の鬼が島行《ゆき》に扮装《いでた》ちたるなど、時好に投じて眼新しきもありけり。我は形《かた》ばかりに見過して、引かるるままに遊女屋の方《かた》へと行《ゆ》けば、妓夫《ぎゅう》とかいうものの当節《いま》は外に立つ事を許されねば、過ぎ行く人の袖口《そでくち》に手をかけて無理に引留むるなどの不体裁こそなけれ、内より姿おかしく呼びかけ勧むる様忌まわしくも面憎《つらにく》し。家号のほども忘れしかど、とある店前《みせさき》に四十歳《よそじ》余《あま》りとも見ゆる商人《あきゅうど》らしき大男を、妓夫等《ども》の取囲みて何やらん頻《しきり》に勧め居《お》る様に、他人事《ひとごと》なれど我は気遣わしく、如何《いか》になり行《ゆ》くやらんと立留りて見詰めけるに、男は気の弱き性質《たち》とも見えぬに振離さんと悶《もが》くを、彼方《かなた》に押えられても強くは得《え》言わず、微笑《ほほえ》みつつ当惑顔《とうわくがお》して詫《わ》びるが如《ごと》き様子なりしに折から横方《よこて》の硝子《ガラス》障子を啓《ひら》きて裲襠姿《しかけすがた》の一人の遊女出来《あそびめいでき》り、賺《すか》すが如く男の耳に口を寄せ何事か姑《しばら》く囁《ささや》きたりしが、遂《つい》には有無を言わせず引き連れ行きぬ。渠《かれ》も家には妻子《つまこ》のありてさぞや待ち暮しつらんに、かくとも聞かば如何《いか》ばかり歎《なげ》きやせん。また遊女屋も遊女屋なり家業とはいえ余《あま》りの酷《ひど》き所為《しうち》と、我はいとそら恐ろしく覚えにき。浅ましさはこれのみにはあらで、居並《いなら》びたる遊女《あそびめ》は我先にと格子の傍《そば》に来て、何やらささめきつつ煙草《たばこ》を吸付けては群《むらが》り立てる男に差出し、乞食《こじき》のようなるものにまで媚《こび》を売りて、わが客にせんとぞ争いける。あわれこの廓《さと》の賤しきつとめする女はその数三千人に余るとか聞く。清く生れ出でたる身を苦海《くがい》の濁江《にごりえ》に沈めて籠《かご》の中なる鳥の広き世界に出ずる事叶《ことかな》わぬ不便さ。表面《うわべ》には楽しげに笑えど心には憂えの絶えず、人知れず愁《つら》き浮世を喞《かこ》つらん。自ら好んで浮気の果を川竹に沈むるは、自業自得の是非《ぜひ》もなけれど、中には孝女の親を思う一心よりその身を売りたるもあるべしなど、さまざまに思い出でて我にもあらで涙催されぬ。これを見るにつけても懐出《おもいいだ》さるる事あり、我幼き折姉と共に我家《わがや》近き明地《あきち》に飯事《ままごと》して遊び居《い》たりけるに、頬冠《ほおかむり》せる悪体《あくてい》の男のずかずかと入来《いりきた》りて小手招《こてまね》きしつつ、美物《よきもの》を進ぜるほどにこの叔父様《おじさん》と一緒に来給えなど、馴々《なれなれ》しく言い賺《すか》して何処《いずこ》へか連れ行かんとしてけり。我は幼心《おさなごころ》にいとど恐ろしく、大声立てて泣き出ずればいつか我家《わがや》へ聞えけん嬉《うれ》しや下婢《おんな》は慌しく駈けつけたり。男はそれと見るより脱げたる草履を拾いも得《え》やらず一目散に表の方《かた》へと逃げ失《う》せぬ。跡にて思い合わすれば男はその頃行われし人拐《ひとさらい》なんど云うものにやありけん。我もし彼折《かの》連れ行かれたらんには、かかる廓《さと》に浅ましの姿となりしやも知れじと思えば、悚《ぞっ》と身の毛弥立《けよだ》ちて夏の夜《よ》に単衣《ひとえぎぬ》さえ薄寒《うそさむ》く覚えつ。見物に余念《よねん》なき連《つれ》の人の袖《そで》を引きて促《せ》き立てつつ急ぎ帰りぬ。

医学修業

田沢稲舟《いなぶね》

田沢稲舟(一八七四〜九六年)。山形県生まれの小説家。本名錦《きん》。上京して山田美妙に師事し、「医学修業」(一八九五年)、「しろばら」(同年)を発表して世に知られた。同年暮れに美妙と結婚して、合作「峰の残月」(一八九六年)を発表したが、三カ月で破局して帰郷、失意のうちに二二歳で病没した。遺稿に、稲舟の代表作と目される「五大堂」(同年)や、「唯我独尊」(一八九七年)がある。

「医学修業」(『文藝倶楽部』一八九五年七月)は、稲舟の小説の第一作。財産家の妾の娘として生れた花江が、強いられて弟子入りした神田淡路町の女医吉岡生子のもとを飛び出し、評判の女義太夫語り竹本一葉として世を送る。「して見ると始終はお嫁に行《ゆか》なければならない、だがそんな事私は大《おお》きらいだから、どうしても独立しなければならない」という花江の独白があるが、女医という新時代の女性の職業や、東京における女義太夫語りの流行を背景に、稲舟自身の生き方が投影されている作品。その表現や文体に美妙の強い影響があると指摘されている。底本には『田沢稲舟全集 全』(東北出版企画、一九八八年)を用いた。

一

こぬか三合持《もっ》たなら、入聟《いりむこ》になるなとは、たわ言《こと》というものぞかし。自分さえ押《おし》も押されもせぬ人物《がら》にて、養家の財産だに当《あて》にせずば、何《なん》の意気地《いきじ》のない事があろうと、何《なに》やら筋道たたぬつけ理屈に、折角親切に名誉をおもうて、かれこれと忠告する友人の言葉を、見事反古《ほご》にして、エエうるさい、法界悋気《ほうかいりんき》の岡焼《おかやき》めが、うぬらのようなしゃッ面《つら》じゃ、少《すこし》ばかりの学問ありとて、一足飛に長者の聟君《むこきみ》おもいもよらず、たとえどれほどこの身をそねみ、茶断塩断《ちゃだちしおだち》鯱立《しゃちほこだち》して、天上天下《てんじょうてんが》地獄極楽、あるとあらゆる神仏《かみほとけ》に、声をかぎりに泣ついても、いかないかな雲にかけはしかすみに千鳥《ちどり》、フン及びもない事と腹に笑いつ、上辺《うわべ》はさもこまりしように打ち萎《しお》れて『いや御忠告は実にありがたいが、決して他人の財産をのぞむの何のと、そんな賤《いや》しい訳じゃないけれど、これにはふかい仔《し》細《さい》もあり、かつ親父《おやじ》がしいていうのだから』と、きくから男らしくない言訳を、最《もっとも》ときく人のあろうはずはもとよりなけれど、我のみひとり男になりて、名のみ牛込の奥にすまいど、さりとて世をいとえるにもあらず。大俗《だいぞく》きわまる薫《かおる》というは、区内に名うての財産家《ものもちか》、今をさかりの桜木家《さくらぎけ》の養子となりて、その以前《もと》は四方八方の学校を落第仕《し》つくして、あッぱれ府下の花柳街《かりゅうがい》三千の粉黛《ふんたい》をあべこべにたらしまわりつ、何一《なにひと》ツとりえのなき男なれど、ただある一種の高尚でなき美術家に見すれば、それはそれはありがたがりて、三度《ど》も四度《よたび》も礼拝する事請合《うけあい》の目鼻立なら、姿なら、みじん一点の指ざしどころなき好男子《いろおとこ》にて、学問のできぬかわり、これも天《てん》の配剤《はいざい》とやら、遊藝はその道の人をさえ驚《おどろか》して、粋《すい》で堅めし身を、どこでどうして見初《みそめ》しにや、これをのぞみし令嬢の藤子《ふじこ》とやらの才学徳行《とっこう》いうだけ野暮なり。されば婚礼の当座はいかに子にあまき親なりとて、行末の考《かんがえ》もなくあのようなやくざ者を聟にして、あたら身代棒にふられるをくやしともおもわでかと、蔭口きいて笑止がる人もありたれど、その実薫とて満更の馬鹿でなく、むしろわるがしこい性質《たち》にて、遊ぶにもなかなかの吝主義《りんしぎ》、それもつまりは面影《おもて》のうつくしきに打こみて、女の方よりやいのやいのをきめこむもの多かりしためか、金を湯水とまきちらしし事とてはすくなく、放蕩《ほうとう》なりし割合に経済にはうとからず、それのみか桜木家の養子となりし頃は、余程《よほど》道楽にもあきはてし折柄《おりから》なれば、案じるより生むがやすく、藤子が一女春江《じょはるえ》をあげし後《のち》は、夫婦中《なか》もいとどこまやかに、ためしなきまで三とせの月日を楽しくおくりぬ。されどもかわりやすき空は、野分《のわき》の吹きすさぶこの頃、尾花が袖《そで》のつゆとともに、姑《しゅうと》はかなくなりしその後《のち》は、薫どうやら以前のように落つかず、何《なに》かそわそわして家《うち》に居《い》る事まれに、時には夜泊《よどまり》の数《かず》重なりて、きまりわるげにかえりくる朝もありけり、その都度言いわけの目つきうしろぐらく、怨《うら》めしげにいぶかる奥様の様子、早くも見てとる忠義の腰元《こしもと》ども、どこでかぎつけしやら、ある雨夜《あまよ》の徒然《つれづれ》に、人なき折りこれこうこうと、怪《け》しかる注進に夫の不身持《ふみもち》を怨むかとおもいの外《ほか》、さすがは大様《おおよう》の育ちがらとて、『ホホホホホ何《なん》だネー、そんな事私《わたし》はもう二、三年前から知《しっ》てるよ』と、上辺ばかりをつくろうて、今始めてききし夫の薄情むッとはすれど、知らずにいたのがお心よしなと、女中にまでいわれるくやしさ。それを笑《わろ》うて見する心のうち、涙の流れぬだけに一層《いっそ》つらかるべし。それより一月《ひとつき》あまりすぎて、薫はさりがたき事ありて横浜に行《ゆ》きぬ。一週間の逗留《とうりゅう》に用事もはてて帰り見れば、こはいかに、今までかくしおおせし忍び妻、今年四才のかくし子いだいて、オヤおかえりあそばせ。

二

さても粋《すい》なは奥様と、妾《めかけ》の小《こ》富《とみ》がよろこびし顔も、面目《めんもく》なげなる薫のさまも早一《はやひと》とせの昔ぞかし。もとより心有てせし藤子の仕打なれば、旦那《だんな》様《さま》の御留守には淋《さび》しさの御伽《おとぎ》と、小富を我居間《わがいま》によびよせて腰元もろとも、まわたにはりの意地わるくなぶりそめしが、それも一時《いちじ》のたわむれとおもいの外《ほか》、次第に高じてはやこの頃は知れ切ているお里の詮《せん》議《ぎ》、やれ雛妓《おしゃく》の時からの色ばなしを、それ清元《きよもと》を長唄《ながうた》をとあられもなき仰《おお》せ言《ごと》、あまりといえば手酷《てひど》い御仕打と、骨にもしみる口惜《くちお》しさ。さりとてはあまりなる御情《おなさけ》なさと、胸までこみあげる無念の涙を、奥様本妻とおもえばこそやさしくものみこんで、おそるおそる辞退をすれば『またしても我ままもの、この位の事無理だとおもうか、よくよくの恩しらずめ』と、さんざんなぶりちらしてあげくのはては、嬢様育ちに似気《にげ》なき手荒な御挙動《おふるまい》、長烟管《ながきせる》の御打擲《おちょうちゃく》は裏屋《うらだな》の継子《ままこ》いじめにもまさりて、さてもなさけない奥様と、小富も袖口《そでぐち》かみて一時はうらみしが、『あれ程粋なやさしかッた奥さまを、妾風情《ふぜい》の賤しい身から、たとえ邪慳《じゃけん》におなりなされしとて、御怨《おうら》み申すとは勿体《もったい》ない、もとより足《たら》わぬ私《わたくし》、何《なん》ぞこの身の仕打が御気にさわり、出過た事の御胸に据えかね給いて、奥様にもなき御挙動か、何事も皆《みな》この身のわるいため』と、それよりは一きわ身をつつしみ、奥様奥様と万《よろず》うちばに敬いても、日増につのる藤子の非道、やさしくすればする程ますますにがりきって、何《なん》の種もなき悪口雑言《あっこうぞうげん》、今は小富もたまりかねて、ある日おもいきりて『万事ふつつかな私故《わたくしゆえ》、足らわぬところはいくえにも御《お》差図《さしず》蒙《こうむ》り、何事もお言葉にそむきはいたしませぬ、どうぞどうぞ』と畳にひれふし、涙を袖におしつつみて、罪なくてするおわびのつらさも、子故に忍ぶ小富の切なさ。いかに御心強くとも、これ程あやまらばもとは優しい奥様、せめては御心になと不愍《ふびん》に思《おぼ》し、これまでよりは優しくして下さる事と、根はおとなしき小富なれば、自分の心にひきくらべて思いしも泡沫《うたかた》、『エエききたくもない手練《てれん》手管《くだ》、旦那《だんな》をころりと丸《まろ》めこんだ手で、この私《わたし》をまでもとは大胆な、顔こそあだ美しい生菩薩《いきぼさつ》でも、心は鬼のおそろしい』と、二言めには出《で》て行《ゆ》けがしの邪慳さ。これをもこらえて耳にふた、きかぬふりに穏《おとな》しくたちまわれど、何《なに》をその様《よう》ににくくてか、きくさえおそろしき毒害沙汰《どくがいざた》、もと小富は泥水《どろみず》にそみし者にげなく、心だてやさしくまことある女なりしも、これきいてはさすがに忍びきれず、我子《わがこ》花《はな》江《え》の行末を一通の手紙にくれぐれも御たのみ申《もうし》まするとと薫へのこし、雨風《あめかぜ》さわがしき夜《よ》にまぎれてゆくえしれず。その翌朝《よくあさ》はもぬけのからの、主《ぬし》は花江一人乳《ちち》なき床《とこ》に泣きて、あわれや母を尋ぬるいじらしさ。主人へとりいれの追従軽薄は腰元はしたのならいぞかし。咎《とが》めるは野暮《やぼ》の事ながら、それを喜ぶ主人の気は知れず。一つになりて妾いじめも当座はおもしろからめ、今となりては薄気味わるくなりて、ハッとは思えどももともとしむけしこと、小気味よしとて喜びもならず、わざとらしき藤子が驚き『あれほどよくしておいたものを、何《なに》が気に入らなくッてこんな事をしたのだろう』まざまざと嘘《うそ》つくしらじらしさ。わけしらぬ子心《こごころ》にも泣慕《なきした》う花江をすかして、なにがよなにがよとやさしくゆすぶり薫に向《むかっ》て、それ御覧なさいといわぬばかりに、『浮気なさるもいいが、花柳社会はこうしたもの、以後はおつつしみ遊せ』とすごい諫言《いさめ》。酸《す》いも甘いもかみわけし薫の事、何《なに》とて藤子のたくみとしらざるべき、にくい仕方と心のうちには怒《いか》りもすれ、さりとて養子のかなしさ、万事おくれがちの今日となりて、こぬか三合のありがたみをさとり、しのびしのびに小富のゆくえをたずねたれどしれず。されば手のものとられて後《のち》は何《なん》となく世のはかなさの身にしみて、女狂《おんなぐるい》は無分別の盛時《さかりとき》、さても恋は味気《あじき》なきものと、俄《にわか》に謹直の人とかわりて、いつしか十余年の月日を夢とすごし、二人の娘も今は嫁入近き年となりて、姉の花江は学問遊藝何一《なにひと》ツつたなからぬのみか、その顔容貌《かたち》のうつくしさ、都《みやこ》はいかに広くとも、たぐいあるべくもおもわれねど、妹《いもと》の春江《はるえ》は姿かたち二の町なるばかりか、藤子に似て人使《ひとづかい》あらく、万《よろず》につけてなさけなき質《たち》なれば、腰許《こしもと》はしたもとかくは花江をのみお嬢様と敬愛すれど、春江の事といえば一寸《ちょっと》した事にもよくはいわず。遂《つい》この頃《ごろ》新参のお三《さん》までが、あれ春江さまは餓鬼《がき》の生れがわりか、いつでもお菜《さい》をおのこしなさる事がない、そんなにきれいにかッくらいたきゃア、お膳も何《なに》も洗わなくッてもいいように、お皿もねぶッて下げればいいなどと、意地きたない蔭口までき く程にて、誰《たれ》一人ほむるものなきに引かえ、花江は人にちやほやされるのみか、その面《おも》影《かげ》も小富の名残、みるにつけてもむねわるく藤子はねたさかぎりなく、またも邪心《じゃしん》をつのらせて、何かよい分別もとおもう折から、うまい都合もあればあるもの、昔《むか》し近所にすみし某《それがし》の令嬢、医学を修めてこの頃より、かたじけなくも皇女何宮様《こうじょなにのみやさま》とかの侍医になりしうわさをきき、どうしたものか薫はしきりにうらやましがりて、幸い花江は英敏なる生れ、何卒《なにとぞ》医学をやらせて見たしと、藤子にある日相談すれば、一も二もなく同意して『それはまことによい思召《おぼしめし》、だけど何をいうにも世間見ずのふところ子、医者などというものはちッとは人の心もくまねばならず、内にばかりおいても為《ため》にもなるまじ、どこかよい処《ところ》へ塾生にやッては』との言葉に底意《そこい》をしらぬかなしさには『なる程そうか』と薫も同意し、そのおもむきを友人に話せば、これさえなさけなく賛成して、それには幸い近頃開業せる吉岡《よしおか》といえる女医は、僕も一面の識《しき》があるから、御周旋申さんといいしぞうたてき。

三

児《こ》にあまきは親の常なれど、だだこねてはにくくもなるものぞかし。薫はすすまぬ花江をすかしつなだめつ、説《とけ》どさとせど聞入れなきにすこしく顔色かえて『これ程親がたのむのにきかれない事はなかろう。ことに山本君《やまもとくん》に紹介までたのんで、向《むこう》でも承知した今になって、お前は親に恥辱をあたえる気か、エそうではないと……なにきらいな事はできない……できない事があるものか、できないのは自分の勉強の足りないのだ、そしてお前どうしても吉岡へ行かないというなら、おれはもう外《ほか》の学校へは入れてやらないよ』てもさても世の中には圧制な親もあればあるものかな、さきほどより御無理御最ときいし花江は、いく度《たび》いうてもおだまきのはてしなきを悟りしかや、しおれかえりて『はい、それではいたし方が御座いません、できないまでも吉岡さんにあがッて、勉強いたして見ましょう』『ンそれがいい、きッとその内にはおもしろくなるに相違《ちがい》ないよ、おッ母《か》さんもさぞよろこぶだろう、そして明日といッたからその積りで、よオく支度をしな』『ハイ』『決して我ままを言ってはならないよ』『ハイ』『それでおれも安心した』といいつつ気短き父はいでゆきぬ。花江は暫時茫然《しばしぼうぜん》として、みるとはなしに壁をながめていたりしが、ややありてようよう我にかえり、机によりかかりてかなしそうに『今となっては仕方がない、もウ何と言てもあの御様子ではとてもむだのこと、それにしても厭《いや》な事を強《しい》てやれと仰《おつしや》るお父様《とっさま》のお心が……これもやッぱり継母様《おっかさま》が……嗚呼《ああ》ほんとうのおッ母様《かさま》はどこにどうして入《い》らッしゃるだろう、お顔もよくは知らず、せめては写真でも……それも皆《み》んななくなったし……ああいたい……けれど……』かくつぶやきて花江はほろりと涙をこぼしぬ。されど雄々《おお》しき質《たち》なれば、ツと立あがりて母の居間におもむき、しとやかに手をつかえて『おッ母様《かさま》、アノ只今《ただいま》お父様《とっさま》からうかがいましたが、明日からまいるのでございますか』わかり切《きっ》たる事をかさねてきくあわれさ。母の藤子は気むずかしい顔を向けて『アー、だからよく今日から支度をしてお置き』同じ事をきけば同じ答をうるは当然なれど、何《なに》やら花江にはそうおもわれず、内心頗《すこぶ》る不平にて『ハイそれではアノ……支度は私《わたくし》一人でするのでございますか』『勿論《あたりまえ》さ、何《なに》も面倒な事はなかろう』面倒なりといいたきは山々なれども、またにらまるるおそろしさにせんかたなく『ハイ別に面倒でもございませんけれど』『そんなら小言をいわないでサッさとするさ……それからあの着物ネー、お父様もそう仰たし、向《むこう》に行《ゆ》けばお前もいわば内《うち》の書生のような事をしなければなるまいから、とても今までのようにはならないよ、いいかえ、そのつもりでかれこれ言《いっ》てはお父様にしかられるよ、いうまでもないが夜具もそうだし、それから学校へ行くにも、別に着かえなくッてもよかろう』あまりといえば御情《おなさけ》ない仰りようと、勿体《もったい》ないが御怨《おうら》み申しても、なく子と地頭《じとう》にはせんかたなさに、ただおとなしくかしこまりて『ハイよろしゅうございますとも』『それからあんまりチヨイチヨイ内《うち》にきても、先生が何《なん》とお思いなさるか知れないし、またお前の勉強のさまたげになッてもいけないから、こちからむかいをあげた時の外《ほか》は、かえッてくるにおよばないよ』『ハイ……』『おやお前涙ぐんでるネー、何《なに》がかなしいのだえ』花江はたまらず声をあげて泣き倒れぬ。

四

きわだちてこれという程の粧飾《そうしょく》もなけれど、よろず行《ゆき》とどきてあかぬところなく、風流《みやび》たるひとまのかたすみには、花車《かしゃ》なる朱塗の行燈光《あんどうひかり》ほのかに、誰《た》がたきしめしか心にくくも名香かおるは白菊か、ここ桜木家令嬢姉妹《ふたり》の寝室なり。二人とも地は藤色に扇流《おうぎながし》の模様ある縮緬《ちりめん》の蒲団二ツをかさね、枕も対の御《ご》守殿風《しゅでんふう》、同じ模様に燃立《もえたつ》ばかりの紅絹《もみ》うらつけたる夜着をかずきて伏したるさま、ほのかなる夜目にはいずれおとらぬ花あやめ、引《ひき》ぞわずらう面影を、もし色このむ男のかいま見なば、何《なに》とかいわん。されど親ににぬ花江の心は冷熱鉄の如く、たえて浮世の恋というものをしらず。さりとて物のあわれをしらぬ、何事もあらあらしき男の子めきたるにもあらねど、人ありてもし婚姻をすすむれば、たちまちに柳眉《りゅうび》をさかだて、世に男程おそろしくけがらわしきものはなし、朝《あした》に廃娼論《はいしょうろん》をとなえておもてに道徳をかざるも、そしらぬ顔して夕《ゆうべ》は北里《ほくり》の花にたわむるえせ君子《くんし》、さらずば世の信用をかうためのえせ信者、さては世渡上手《よわたりじょうず》の軽薄才子、上辺はともあれかくもあれ、大かた内心は皆《みな》腐敗せしもののみなるを、我身何《なに》とてさるけがらわしきものを夫《つま》として、清き心をけがさるべきと、事もなげに言いとばして取りあわず。されどこれをまじめにきく者すくなく、すべて世に女の男ぎらいというもの、大かたは皆《みな》当にならぬものぞかし。一度優しき男の詞《ことば》の、骨身にしみて嬉しと思えば、とめ度もなくとりのぼせて、かえッて夢中になるもの多し。或はまたふかくいいかわせる男などありて、それに操《みさお》をたてんため、私《わたし》は男ぎらいの何《なん》のとぴんしゃんするものもあり、あの年頃あの姿、自分はよしいかにかたくとも、あたりでそうしてはおくものにあらず。されど大家《たいけ》の嬢さん故、まだ虫もつきはせまじけれど、そのような口車にうかとのらるるものにあらず。なぜあなたさまはうちつけにくどきおとして、お嫁におもらいなされませぬ。羅綾《らりょう》の袂《たもと》も引かばなどかきれざらんとは、琴の組にもあるではござりませぬか、でもあんまり阿呆《あほう》なと、不作法にもある下腹《したばら》に毛のなき華族の外妾《がいしょう》とやらは、どこかで花江をかいま見て、病《やまい》になるまで恋したうお屋敷の馬鹿様《ばかさま》に、お見舞伺候《しこう》の折柄《おりから》、者共《ものども》を遠ざけて、はばかりながらこう見えても、この道の師匠は私《わたくし》、何《なん》とでございます、わかさまエ、早くそう遊したらよろしゅう御座いましょうと、我は顔に申上しこともありとかや。されどもそれは岡目の評《うわさ》、実《じつ》は男の親をもちしさえちと不平におもう程、真実男ぎらいな花江なれば、いかなるところより縁談を申こむも、皆はねつけて鉄に吹矢、世間の人もあきれはてて、遂には誰《たれ》いうとなくあたら標致《きりょう》をもちながら、解語《かいご》の花江は名のみにて、あれがまことに桜の木娘《きむすめ》よといわるるを自分はかえりてうれしとおもいぬ。今日しも父母《ふぼ》にいわれたる事ども気にかかりて、更にねむらるべくもあらず。さかしといえどまだ十六の少女《おとめ》なれば、その身はまま母にバクテリヤのごとくいみきらわれ、うまく手元を遠ざけてうきめを見せられんとは、神ならぬ身の夢にも知らねど、ただ同じ学ぶものならば、このめる事を学びたしなど、さまざまにおもいみだれて心のうちに『ああこまッた、一たん承知はしたものの、とても私《あたい》にはできない、一たい私はちいさい時から絵をかく事がすきで、草紙をよむ事がすきで、そしてしずかに景色をながめる事がすきで、小供《こども》の癖にこま癪《しゃく》れたとまでいわれた位《ぐらい》だから、やッぱり自分のすきな絵かきになるか、それとも文学でも研究するのなら、自分の性質に適当だろうとおもうけれど、なんぼお父様《とっさま》が医者をおすきだからッて、私にまで医学しろとは……マどういう御了見だろう。しかし今一人でこんな愚痴をならべたッて仕方がない、それよりともかく一度《いちど》はお父様のお言葉通り、吉岡さんのお宅から学校へ行く事として、その上でまたとてもできないならできないで、何とか工風《くふう》もあるだろうし、もしまたお父《とっ》さまのお言葉通り、少しずつでも医学がおもしろくなれば、何より結構、けれどそれはとてもだめらしい。ああそれにしても今夜はもう十二時すぎ、自分のうちにいるのも今十四、五時間位なもの、ああどうか夜《よ》があけないでくれればいい……おやもう一時だよ、なぜ今夜はこんなに時間が早いだろう……しかしおもえば私は妾腹《めかけばら》だから、姉といッてもここのうちを相続する事はできないだろう。して見ると始終はお嫁に行《ゆか》なければならない、だがそんな事私は大《おお》きらいだから、どうしても独立しなければならない。して見ると女の医者もいいかしら……しかしいやだ、同じ独立するなら絵かきの方がいい……なあに今はどうでもいつかなられない事はなかろう、それにしても吉岡さんてエのはどんな人だろう、内のおッ母《か》さまよりやさしい方かしら……おッ母さまといえば私のまことのおッ母さまは、ほんとにどこにどうして入《いら》ッしゃるだろう、どうしても逢う事ができないかしらん……入ッしゃるところさえ知れるなら、どんな事してもたずねて行くけど、……』はては涙がにじんできて、こしかた行末の思《おもい》に胸もふさがり、ねむられぬ苦《くるし》さに、ツとおきあがりて次の書斎にいたり、書棚を手さぐりにつかみあてしは紫女七論《しじょしちろん》なり。よきもの得つと心うれしく、行燈《あんどう》かきたて床《とこ》にいりて一、二枚黙読しながら、そぞろに式部が才をうらやむ折しも、かたえにふせし妹《いもと》の春江は、ふと目をさましてこちらにむき、本妻腹《ほんさいばら》とて我まま気随《きずい》に、姉にむかいて遠慮もなく、ねぼけ声のまぬけて『姉《ねえ》さんおよしなさいよ、私《あたい》まぼしくッてねむられないワ』

五

翌日父にともなわれて神田淡路町の吉岡の門辺《かどべ》にいたり静に車を下りてまず標札を見れば、墨くろぐろと女医吉岡生子《いくこ》、書風も洒落《しゃれ》た松花堂《しょうかどう》、これではそうやぼな人でもなかろうと、てもマ大胆な、これから自分の先生とたのむべき人を、あられもない友達気取《きどり》な花江の腹の中《うち》、我子の心を白髪まじりの父親は、例《れい》の気短き質《たち》なれば、やたらに落つく花江をしきりにもどかしがりて、車夫が土産ものを車より取りおろさぬもかまわず、我のみひとりのみこみ顔に『これ花江、何もそうはずかしい事はない、はやくきな』と先に立って玄関にいたり、名刺をいだして案内をこえば、年の頃二十二、三かともおもわるる女書生《おんなしょせい》いできたりて、こちらへと通しぬ。このところは応接所と見えたり、花やかなる絨毯《じゅうたん》を敷きつめ、中央に一脚の卓子《テイブル》をすえ、椅子も二、三脚そなえありて、床《とこ》にはどうやらおぼつかなき文晁《ぶんちょう》の赤壁山水の幅《ふく》をかけ、遠州流に紅葉《もみじ》をも生けられたれど、あまりほむべきお手ぎわにもあらず。また一方の壁にはさすがに御商売柄とて、感心にもヒッポクラテェズの肖像かけたるなど、和洋混合《わようこんごう》の粧飾おかしく、花江は内心頗る不《すこぶるふ》感服《かんぷく》にて、あちこちとながめ居《い》る事十分ばかりありて、やがて以前の女書生いできたり、茶菓をすすめていで行《ゆ》けば、まもなくこのやの女主生子女史《あるじいくこ》、威儀堂々と滅方すましこんですり足に入《い》りきたり、にッこりともせでこれはようこそと、吝《けち》くさくも言葉数の少きは、つとめて品格を保たんとてなるべし。互に紋切形の初対面の挨拶すみて、薫は花江の事をくれぐれもたのむまに、花江は見ぬようにして、生子の頭より足のさきまで打ながめて心のうちに『まア姿はかなりだが何だろう、この人の顔はまるで羽子板に目鼻をつけたようだよ、そして声もさびた鈴ふるようでいやな、どうも美術思想などはあまりなさそうだわ、おやおやあのお茶ののみようも無骨で、すこしもつやがない、ああこんな人をこれから私《あたい》が先生とよぶのかしらん、嗚呼嗚呼《ああ》何というなさけない事だろう』などとつまらぬ事を考えおりぬ。二人はかれこれ世間話に一時間ばかりたちて、やがて薫は暇《いとま》をつげて玄関にいたり、またも生子に向い、繰りかえしてよろしくたのみ、ともに送りいでし花江にも、万事先生の仰る通りに、いいか、忘れてはならないよと、見かえりがちに帰り行《ゆ》きたり。されど親の子をおもう程子は親の心を思わぬにや、平然として何《なに》やら上の空なる花江にむかい、生子はやさしく親切に『それでは花江さん、お父様《とっさま》の仰ったように、二、三日中《うち》に本郷の学校へいらッしゃる手つづきをさせますから、そのおつもりで……それにあのあなたのお部屋といッて、別に一間をかしてあげることも何分《なにぶん》ごらんの通りできませんから、おいやでしょうけれども、うちの書生とどうか一所《いっしょ》にいて下さいな』『ハイどういたしまして、ふつつかものでさぞ御面倒でございましょうけれども、どうぞよろしく』と挨拶すれば、生子はうなずき、やがて二人の書生をまねきて紹介せられぬ。一人はさき程取次にいでし女にて石山金子《いしやまきんこ》となかなかかたそうなお名前なり。一人は年の程十七、八にして、平田広子《ひらたひろこ》というよしなり。いずれもまさりおとらぬふとりがた、されど一かかえあれど柳はと、風流びし洒落もできそうなきつまはずれ、大かたそだちもおもいやられぬ。御面相はこれにて推察せらるべし。きけばこの二人いずれも産婆《さんば》の雛児《ひよっこ》なりとぞ。金子は古参の故を以《もっ》て、特別に下の薬局食堂兼寝室におり、桜木は広子と二階の六畳にすむべしと先生の仰《おお》せ、石山は委細かしこみ花江をそことともないゆきて、さまざまこのやの家風《かふう》などいいきかせていでゆきぬ。まもなく下女にやあらん四十ばかりの女、花江がもてきし本箱、机、夜具、葛籠《つづら》、洋燈《ランプ》など、なる程力もありそうな広子と共にはこび上ぐれば、花江は丁寧に一々礼をのべつつ、広子のさまたげにならぬよう、程よきところにおきならべながら、つらつらこの間《ま》のありさまを見るに、まず天井ひくく衛生には害ありそうなり。心のうちには、なる程医者の不養生とはまこと、目を転じてふすまを見れば、すす色にくろみてところどころ雨漏《あまもり》のあとあるさま、ただかの田舎源氏の光氏《みつうじ》が、たそがれをいざないたる古寺《ふるてら》のふすまにいとよく似かよいて、御所車《ごしょぐるま》にはあらねど、片輪車の漣《さざなみ》にただようさまをえがきたるは、やさしくも鎌倉様をうつせしかと、これのみ花江の気に入りたり。またこの間《ま》に床《とこ》はなく、西のかたは押入にて、東のかたは窓なり。この窓をあくれば往来を望むべく、これも今までの我居間にくらぶれば、一寸《ちょっと》かわりて面白そうなれど、かしましきはいとうたてしとおもうなるべし。とかくするうち、金子《きんこ》段梯子《だんばしご》のもとにきたりて『桜木さんご膳ですよ』とよびぬ。花江は『ハイ』といらえて、さきにしめされたる食堂にいたれば、こはいかに、ただ白木の長き台の上に、一同の食器をならべたるのみにて、別に膳というものもなし、これらはいまだ見し事なければ、心の中《うち》にいたく驚きたれど、色にも見せず、いわるるままにかたすみに座れば、やがてさきの下女も広子も入りきたりて『おや今夜は鮭《さけ》があるのネー、まアおいしかろう』といえば、金子は『おいしくッてもごぜんをいつもより余計にたべちゃアいけませんよ』と、じッと二人の顔を見る。これらの応答におどろきながらも、さかしき花江は早くも金子が先生の腹心なるをさとりぬ。また鮭というのは塩鮭の事にて、花江が家にありし時は、書生や下女の食物《くいもの》とのみおもいたるものなれば、そのわるくさき香《か》の胸につかえて、嘔吐《おうど》も催《もよお》さんばかりなれど、顔をしかめてはきだす訳にもゆかねば、からく小石をのむおもいにて、否応《いやおう》なしにやッとの事一膳だけつめこみ、いざお茶をのまんとすれば、これさえ家にありし時の玉露には引かえて、大赭色《おおあかいろ》の番茶なれば、妙に芝くさきようにて、とてもとてものまるべくもあらねば、いいかげんにごま化《か》して、まずまず食事は終りたり。これから一同は何《なに》をするのかと見ていれば、まず下女はいちはやくおのが受持の皿小鉢を取かたづけて台所にさがれば、広子は何《なに》か用事ありと見えて、さきほど一同へ土産にもてきし月の雫を頬張《ほおば》りながら、一寸形ばかりの会釈していずれへかいでゆきぬ。とりのこされし金子は、俄に心づきし様子にて、花江にむかい、すこし言いにくそうに『あのあなた、先生がそう仰《つか》いましたから、お召をおかえなさいな』なる程お母さまにもそういわれたッけとおもえば、別に不平らしき顔もせず『ハイ』としずかに立あがり、二階に上《あが》りて葛籠の中より二子《ふたこ》木綿の綿入を引ずり出《だ》し、面倒くさそうに今までまとえる縮緬《ちりめん》の着物と着かえ、まず両袖をふりこころみるに、そのおもき事非常にして、肌ざわりいたいたしく、心柄《こころがら》にやさむき事袷《あわせ》のごとし。されどもせんかたなければ、ぬぎし着物をたたみてまた葛籠に押いれ、これよりは別に用事もなければ、一人粗末なる机によりて、つくづくと物おもいにしずみぬ。折からまた金子下よりこえふりたてて『桜木さん、洋燈のお掃除をなさいよ』『ハイ』とはいらえしものの、花江は今まで母のきげんをとりかねて、いうにいわれぬ苦労はせしも、上辺は仕合《しあわせ》なおかいこぐるみのお嬢さまにて、まこと箸《はし》よりおもきものを持たる事なく、絶えて下司《げす》の仕業《しわざ》を習わざれば、まして洋燈の掃除などはしばしかりねの夢にもしらず。されば今この一言《いちごん》をききて、ここ吉岡という孤島の中《うち》に、俄に苦役にでもきたりしごとき心地して、そぞろ涙を催しつつ、我しらずたゆたえば、下にはまたじれッたそうに『桜木さん早くきて下さいよ――』

六

その夜《よ》はさらでも重くるしき木綿夜具のいとつらきを、かしましき広子のいびきにさまたげられて、ろくろく夢も結ばず。あくるを待かねし花江は、広子と共に朝とくおきて、まず始めて手ずから床をあげ、始めて箒《ははき》を手にして、ここ六畳の掃除をすませ、下におりて顔あらい、口すすがんと勝手に行《ゆ》けば、金子ここにてはなし、外の井戸端なりというにぞ、花江はこの霜月の朝風に、ふるいながら井戸端にいたれば、うすぎたなき金盥《かなだらい》一ッそなえあり。今しかた誰《たれ》かきたりしと見えて、花王散《かおうさん》の粉こぼれておりぬ。いまだならいし事もなければ、からくして水を金盥に汲《く》みいれ、別にコップも茶碗《ちゃわん》もなければ、歯をみがくにも手に結びて口すすぎ、このさむぞらに氷のごとき水もて、おもいきりて顔をあらえば、つめたさに指もおちんかとおもうばかり、いまいましさに罪もなき我玉のごとき顔を、人の物のごとく手あらくふきながら、たえがたき不平を下駄にうつして、足音あらく勝手にかえれば、下女はすかさず『桜木さん、お二階の梯子をふいて下さいよ』とぬかしぬ。いやといいたきは山々なれど、新参者のかなしさはそれもならず、これをもしぶしぶ承知して、あわれきのうまでは深窓にすきもる風を厭《いと》いつつ、絹物《きぬもの》ならでは肌ふれぬかよわき花江も、さだめなきは世のならいとて、今日はいたいたしきぬのこに身をかため、はじめてたすきを肩にかけ、ましろに細く玉のごとき腕をおしげもなくむきいだし、白魚《しらお》のごとき指に、勿体《もったい》なや雑巾つかみてふき掃除するさまのいじらしさ、まことあわれを知り美を知る人ならば、涙もこぼし情《なさけ》もかけぬべきを、心なき下女や産婆の雛児《ひよこ》は露程も思うてくれず、ひまなく目をきょろつかせて用捨もなく『桜木さん、そんなにしずかに撫《な》でまわしたッて仕方ありません。もッと指の折れるほど力をいれておふきなさいよ、ネー仲《なか》どん』と金子は怒鳴《どな》りぬ。下女も下唇《したくちびる》をつきいだして『そうでございますとも、おうちにお出《いで》の時はお嬢さまだろうがお姫さまだろうが、今日からはこちらの書生さんですもの』きのう土産のわけまえをもらわぬ怨《うらみ》の執念《しゅうね》さ、さてもさてもおそろしき事かな、それとはしらねど、ここにいたりて花江はさとりぬ。父はひたすら医学をすすめ、吉岡は女医《にょい》なる上に、宅は学校にも近ければ、何《なに》かにつけてたよりよし、万事はこなたより仕送るべければ、是非ともここに寄宿すべしといわれしはいつわりにて、月謝とこづかい位は送らるべきも、全くはじめより書生として、かつ教えかつ使いくれよとたのみたまいしものか。あわれいみじきこの軍師こそ、いわでもしるきその原ならぬははき木《ぎ》なれとおもえば、いとどうらめしさに雑巾をうつなみだの玉霰《たまあられ》。

七

『先生、今日も秋山《あきやま》さんへ御《お》いでなさいますか』『この二、三日はよほどいいから、今日は見舞《みまわ》なくッてもいいよ』『さようでございますか』『ときに桜木はいるかえ』『只今《ただいま》お湯へまいりましたが……』『アアそうかえ、あの子については少しききたい事があるが、マアよほど暗くなッたから洋燈《ランプ》をつけておくれ』『かしこまりました』と、重々しき身をおこして石山は勝手にいたり、やがてうすぐらき三分心《ぶじん》のらんぷをもちきて座につけば、生子は暫時《しばし》黙然として、無心に天井をながめ、一寸目を眠りて、やがて大きな口をあいてあくびをもらし、あわてて手でおさえながら『ききたい事ッて別の事でもないがね、とかくこの頃はいそがしくッて内にいないので、一向どんな様子か知らないでいたが、あの桜木は随分勉強するかえ』『……』『エ自分の望みで医者になりたいという程だから、勉強はするだろうね』『ハイ』『ハイではわからないよ』『ハイ、イイエどうも……勉強はなさらないようでございます』『フンそうかい、それは妙だねー、じゃア学校から帰ると何をしているの』『御本をよんで入《いら》ッしゃいます』『してその本は』『何《なん》だかちんぷんかんの古々《ふるぶる》しい仮名の多い本でございますが、やッぱり昔の小説か何かでございましょう、百人一首のような絵のあるものでございますから』『そう、どうも妙だね、して本を見ない時は』『さまざまきれいな絵をかいて、彩色をなさいます』『それでは医学の方のはちッとも見ないのかい』『イイエ、平田さんのおいでの時は少しごらんなさるそうです。きのうの事でございましたが、ああいやだとか言て、解剖学の図解をさいしきなさッたそうです』『フン妙だ、山本さんや薫さんのいうのはいつわりだね、して見ると……ああこまッた、どうしたらいいかねー』と独言《ひとりごと》のようにつぶやきしが、暫時《しばらく》考えて『実は私《わたくし》も始めから桜木ともいわるる大家の嬢さんが、何《なに》もすきこのんで医学なんぞやらなくッてもよかろうのに、妙な物好の人もあればあるものとおもッたが、して見るとこれには何《なに》か訳があるだろう、まず第一あのように贅沢《ぜいたく》に育《そだっ》た者を、塾生などによこすというのは気がしれないね、しかもあんな大家でありながら、食料もよこさないで、書生と同じに使《つかっ》てくれろなんて……』『さようでございますよ、何《なん》だッてあなた、まあ学校へ行《ゆ》くのに蒔絵《まきえ》の木履《ぼくり》じゃァあきれまさアね』『そうさ、それもいいが、あのお洒落にはこまるよ、最も世の美術家にいわせれば、女は人間の花だとか何《なん》とかいうから、わかいうちは少しはおつくりするもいいが一体のつくりがまるでお姫さまのようだから、何《なん》だか私《わたし》どもの主人のようで、桜木桜木ッてよびずてにするのも変なようなのにはこまるよ』『さようでございますね』『どうも長つづきは……しかしよく教えて見た上でともかくも……マアちょいと面倒だろうが、その本とかきちらした絵を持てきてごらん』『ハイ』といらえて石山が立あがる折しも、花江はいつのまに帰りしやら、しずかに障子をあけて手をつかえ、只今《ただいま》という美声は、はしなく二人に失望をあたえぬ。

八

学生の品行よろしからずと評判ある、本郷医学校に通学するはもとよりこのまぬところなれど、さりとてのがるるすべもなければ、日々屠所《としょ》の羊の歩《あゆみ》をはこび、紫縮緬《むらさきちりめん》の本づつみをこわきにかかえ、花江は今しも校門をくぐりて入口にいたり、下駄をぬぎて草履にはきかえおずおずしながら教場に入《い》るより早く、はやつめかけし生徒一同こちらをむき、馬鹿《ばか》に大きな声をはり上げ『イヨー別品《べっぴん》別品、小町《こまち》――業平《なりひら》オット失敬《しっけい》クレオパトラー新駒《しんこま》――』などいうかとおもえば、すぐそのあとは一同足をドタバタさせ『シーシーシーシー』と何《なん》の事やら訳もわからず。されどこの頃は花江もなれて左程におもわず。片すみに設けられたる婦人席にいたり、しずかに椅子に腰をおろしぬ。いならびたる女生徒は、いずれも吉岡の産婆の雛児《ひよっこ》同様《どうよう》、女かと見れば女、男かと見ればまたそれかとも見え、頭《かしら》は一様《よう》に引《ひ》ッつめしいぼちりまき、衣紋《いもん》をつくるという事もなく、肩を怒《いか》らしたるあり、腕ぐみするあり、絶えてやさしく床《ゆか》しき所《ところ》なきに、お顔はいずれも黒ひかる君《きみ》、御手《おて》はとつらつら見たてまつれば、姫御前《ごぜ》ににげなく、皆《みな》腕力を貴《とうと》ばるると見え、指はいずれもふとく、胡蘿蔔《だいこん》の如きあり牛蒡《ごぼう》の如きあり、あるは里芋のごとく短く太く、むくむくとして水でもではせぬかとうたがわるるばかり、まずは医者にでもなりて独立せずば、もらいてのなさそうな連中なり。これに対する男生徒《だんせいと》のかたを見れば、これも流石《さすが》にまけはせず、南瓜面《かぼちゃづら》に西瓜頭《すいかあたま》、夕顔面《ゆうがおづら》に、いが栗頭《ぐりあたま》、どん栗眼《ぐりまなこ》に柘榴口《じゃくろぐち》、何《なん》の事はなくここ青物《あおもの》展覧会という見えなり。花江はもとよりその名にそむかず、けだかくゆかしき星見草《ほしみぐさ》、姿の光はあたりをはらいてまばゆきまでかがやき渡れば、青物ために色をうしない、女に目のなき男書生《おとこしょせい》はいうまでもなく、ねたみ深き女生徒《おんなせいと》さえ、見れば見る程日毎にまさる美くしさに、しばしは見とれて口アングリ、かかる人々の未来は、いずれもどうやらこうやらドクトルとなりすまし、貴重なる人の生命をあつかわるる事とおもえば、随分ぞッとする話なれど、しかしながら、中には普通学もよくはできぬ人々の、さる立派なる方々とならるるかとおもえば、とにもかくにもおそろしきは世の中なり。それはさておき、花江はあまりの手持無沙汰《ぶさた》に、首をまげて後《うしろ》の薄墨色なる白壁を見れば、こはいかに、金釘流《かなくぎりゅう》も跣足《はだし》でにげださんかとおもわるる御名筆《ごめいひつ》の走りがき、遠慮会釈も更になく、まず目につきしは、ひときわ大きくかきたる奇婦珍席《きふちんせき》、お多福御前《たふくごぜん》、生意気姫《なまいきひめ》、おこぜの方《かた》など、その他筆《たふで》にまかせて山水天狗《やまみずてんぐ》、狂歌、端歌《はうた》、都々一《どどいつ》など、訳もわからずめちゃめちゃに落書せられぬ。かれを見これを見るにも、花江は実に居ても立《たっ》てもいられぬまで、否《いや》で否で否でならず、何《なん》の因果と心になきぬ。とかくするうち授業を知らする柝《たく》と共に、教師某入《きょうしぼうい》りきたれば、生徒はひとしく拍手喝采するさま、恰《あたか》も演説会のごとし。喝采終れば鹿爪《しかつめ》らしく、教師は卓子《テイブル》の前に立て、しずかにアナトミーの講義を始め、成形原素のどうだとか、結締《けってい》組織がどうだとか、いや血液淋巴《りんぱ》液《えき》がどうだの、何《なん》とかはこうだの、かんとかはああだのと、滔々《とうとう》千万言、何《なに》やらいとねんごろにとき示せど、熱心耳をかたむきて謹聴するものは、雨夜《あまよ》の星、他《た》はねむるあり談話するあり、まことに千差万別《せんさまんべつ》なり。花江も無論馬耳東風、いやが高じて頭痛をおぼえ、頭痛にこりてその後《のち》は月謝のみおさむれど、絶えて通学する事なく、いつも上野の博物館、動物園、さては小石川の植物園などにいたりて、おのがこのめる写生をなし、またある時は図書館《ずしょかん》にあそびて、たくみに吉岡一家《いっけ》の目をくらまし、そしらぬ顔にすましいたり。

九

かくれたるよりあらわれて、花江が魂胆《こんたん》秘密はいつか生子の耳にいり、実はあまりのお嬢様育《そだち》にあきれはてたる折柄《おりがら》なれば、これ幸《さいわい》といいかげんに断られて、望《のぞみ》のごとくおはらい箱となりたるはよけれど、不幸にもかんじんの父母《ふぼ》の怒《いかり》は火のごとく、いかなる言訳もその効《こう》なく、かたく一間《ひとま》におしこめられて、絶えて自由に外出せしめず。このめるふみはいうまでもなく、絵筆一本あたえられず。あたえらるる物は三度の食《しょく》のみ。されど雄々しき花江は、いかでいつまでかかる非道をしのぶべき、どういう了見かは当人ならで知るよしなけれど、ある夜家内《ようち》に来客あり、人々つかれてうまいしたるひまをうかがい、古机古本箱などを踏台とし、からくしてふるえる足をふみしめながら、窓よりひそかにのがれいで、まず安心とほッと一息つくやいなや、百雷一時《ひゃくらいいちじ》に落かかるごとき地下の鳴動、同時に家は四離滅裂、ひびきに四、五間はねとばされ、石にあたりて怪我《けが》せしか、ちるは花江が血しおのつゆ、はッとおもいて見かえれば、今まで立《たた》ずみいたりし軒下《のきした》は二ツにさけて、物すごくも勢さかんに噴出する水の高さは八、九尺、あとは諸人《しょじん》のさけぶ声血なまぐさき夜嵐《よあらし》につれて、四方八方一時《いちじ》に燃あがる猛火にまじりてきこゆるのみ。さてもおそろしの世や。

十

机にもたれて物おもわしげなる生子の顔をながめて、近頃きたる佐野《さの》よし子《こ》といえる十八、九の書生は、いとど心配そうに『先生、どこかおわるうございますか』とわれていとど物うげに『イイエ、どこもわるくはないがね、今日は三月の十日だろう……お前はうッかりしていたろうが、あの三年前の大地震のあッた日だよ』『おやさようでございましたッけねー』『実は今その地震の事を考えて居《い》たの、あの折はね、私《わたくし》の家もさんざんに潰《つぶさ》れて、その時いた下女は死ぬ私《わたし》も少し怪我をして、今でもこんなに額《ひたえ》にきずが残《のこっ》てるがね、実に今日のような妙に暖《あった》かな日だッたよ、ああいまおもいだしても身ぶるいする程だから、自然と顔色もかわッたのだろうよ』『さようでございますか、ほんとに世の中に、地震程いやなものはございませんね、私《わたし》の国の熊本なども、ひどく地震の多いところでございますが、うちのかんかんなどはことに大《おお》きらいで、どうか地震のない国へ行《ゆ》きたいッて、始終申して居《お》りました』この女二、三年都《みやこ》にすみたれば、国なまりも大かたはうせたれど、うッかりするというものと見えたり。されども生子は九州なまりを知らざれば、けげんな顔をして『かんかんとは何《なに》、下女の事かえ』いわれてよし子も心づき、はずかしげに『オホホホホホホそうじゃございませんの、あの私《わたくし》の国では、母《はは》の事をそう申《もうし》ますの』『おやそう、オホホホホホかんかんとはおッ母《か》さんの事、まアどうも妙ねー……ああすこし陰気でなくなッてきた、時にこの頃なにかおもしろい話はきかないかえ』『はい別に面白い話というてききませんが、あの四、五日さきから小川亭へかかッた女義太夫《おんなぎだゆう》は、なかなかの評判でございます』『おやそう、いい女かえ』『はい実に絶世の美人とはあの女の事だろうと、皆人《みんな》は申ますの、そしてなかなか上手なそうで御座います、先生これから入ッしゃいませんか』『でもそればかりじゃ……世の中にはえて広告通りのものはないよ……』『イイエそればかりじゃ御座いません』『ではどんな事があるの』『あのこういうめずらしい事が御座いますの、大切《おおぎり》には自画讃の扇をまき、そして語るものがみんな自作の浄瑠璃《じょうるり》でなかなかおもしろく、それがよびものになッて、第一書生連などは大浮れで、みんな素性をききたがるそうで御ざいます』『フンそう……それがほんとうならよほど面白かろう……じゃア話のたねに幸い今夜はひまだから、これから行《ゆっ》て見ようかネー』『そう遊《あそば》しませ、しかしすぐ入ッしゃらなければ、いいところは御座いますまいよ』『ああそうね、そして名は何《なん》というの』『竹本一葉《たけもといちよう》と申《もうす》そうで御座います』『おや優美な名だね――……じゃアすぐ支度をおし』『かしこまりました』

やがて支度もとゝのいしが、留守をば下女にいいつけて、生子はよし子をともないつつ、程ちかき小川亭にいたれば、何《なに》さまおそろしき人気と見え、はや大入にてへしあいつめ合《あい》、さしもにひろき楼上《ろうじょう》も早一ぱいにて、よいところはおろか、ようようの事にて片すみにうずくまり余程くるしい思いをして、前座や何《なに》かはよくもきかず、待に待たるいよいよの大切となりて、東西東西の口上も面倒くさく、みすのあがるを待かねて、それ今度こそは一葉よと、さかんに喝采する書生連の高帽もうらめしく、おもわずしらず首さしのべて一目見るや『アッ』花江はちりて一葉とは、いつよびかえし名なりけん、これが桜木長者の末路かと、生子は実におどろきぬ。されども彼は知らずして、高座にさらす姿派手に、やがてひきだす三味線《しゃみせん》につれて、徐々とかたりいずる美音はさながら玉の如く、たくみに聴衆の腸《はらわた》を絞るぞあわれにもまた笑止なる。

十三夜　樋口一葉

樋口一葉(一八七二〜九六年)。東京生まれの小説家。本名奈津。中島歌子の歌塾萩の舎《や》で和歌の手ほどきをうける一方、姉弟子の三宅花圃《かほ》が小説「藪の鶯」で高額な原稿料を得たのを知り、半井桃水《なからいとうすい》に師事し小説を書き始める。代表作に「大つごもり」(一八九四年)、「にごりえ」(一八九五年)などがある。特に「たけくらべ」(同年)は『めさまし草』の合評「三人冗語」で森鷗外、幸田露伴、斎藤緑雨に絶賛され、その後の一葉の評価を決定づけた。二四歳で結核により夭折。

「十三夜」(『文藝俱楽部』一八九五年一二月)では、両親に夫との離縁を申し出るお関と、その帰路で拾った人力車の車夫録之助との邂逅《かいこう》が描かれる。上野新坂下は維新後に切り開かれた新開地であり、駿河台には邸宅や病院・大学が建ち並び、小川町(実際は裏神保町)には総合市場である勧工場東明館が建設されるなど、作中には維新後大きく変化を遂げていく東京の街が配されている。本作は封建的な家制度に引き裂かれるお関の姿を、明治時代中頃の東京の街並みを通して描き出している。底本には『樋口一葉集　新日本古典文学大系　明治篇』(岩波書店、二〇〇一年)を用いた。

上

例《いつも》は威勢よき黒ぬり車の、それ門《かど》に音が止まった娘ではないかと両親《ふたおや》に出迎われつる物を、今宵《こよい》は辻《つじ》より飛《とび》のりの車さえ帰して悄然《しょんぼり》と格子戸の外に立てば、家内《うち》には父親が相かわらずの高声《たかごえ》、いわば私《わし》も福人《ふくじん》の一人、いずれも柔順《おとな》しい子供を持って育てるに手は懸らず人には褒められる、分外《ぶんがい》の欲さえ渇かねばこの上に望みもなし、やれやれ有難《ありがた》い事と物がたられる、あの相手は定めし母様《ははさん》、ああ何《なに》も御存じなしに彼《あ》のように喜んでお出遊《いであそ》ばす物を、何《ど》の顔さげて離縁状もろうて下されと言われた物か、叱《し》かられるは必定、太郎と言う子もある身にて置いて駆け出して来るまでには種々《いろいろ》思案もし尽しての後《のち》なれど、今更にお老人《としより》を驚かしてこれまでの喜びを水の泡にさせまする事つらや、寧《いっ》そ話さずに戻ろうか、戻れば太郎の母と言われて何時《いつ》何時までも原田の奥様、御両親《ごりょうしん》に奏任の聟《むこ》がある身と自慢させ、私《わたし》さえ身を節倹《つめ》れば時たまはお口に合う物お小遣いも差《さし》あげられるに、思うままを通して離縁とならば太郎には継母《ままはは》の憂き目を見せ、御両親には今までの自慢の鼻にわかに低くさせまして、人の思わく、弟《おとと》の行末、ああこの身《み》一つの心から出世の真《しん》も止めずはならず、戻ろうか、戻ろうか、あの鬼のような我良人《わがつま》のもとに戻ろうか、彼《あ》の鬼の、鬼の良人《つま》のもとへ、ええ厭《い》や厭やと身をふるわす途端、よろよろとして思わず格子にがたりと音さすれば、誰《だ》れだと大きく父親《ちちおや》の声、道ゆく悪太郎の悪戯《いたずら》とまがえてなるべし。

外《そと》なるはおほほと笑《わろ》うて、お父様《とっさん》私《わたし》で御座《ござ》んすといかにも可愛《かわゆ》き声、や、誰《た》れだ、誰れであったと障子を引明《ひきあけ》て、ほうお関《せき》か、何《なん》だな其《そ》んな処に立って居《い》て、何《ど》うしてまたこのおそくに出かけて来た、車もなし、女中も連れずか、やれやれま早く中へ這入《はい》れ、さあ這入れ、何《ど》うも不意に驚かされたようでまごまごするわな、格子は閉めずとも宜《よ》い私《わ》しが閉める、ともかくも奥が好《い》い、ずっとお月様のさす方《ほう》へ、さ、蒲団《ふとん》へ乗れ、蒲団へ、何《ど》うも畳が汚ないので大屋《おおや》に言っては置いたが職人の都合があると言うてな、遠慮も何《なに》も入《い》らない着物がたまらぬからそれを敷いてくれ、やれやれ何《ど》うしてこの遅くに出て来たお宅《うち》では皆《みな》お変りもなしかと例《いつ》に替《かわ》らずもてはやさるれば、針の席《むしろ》にのる様《よう》にて奥さま扱かい情なくじっと涕《なみだ》を呑込《のみこん》で、はい誰《だ》れも時候の障りも御座りませぬ、私《わたし》は申訳のない御無沙汰《ごぶさた》して居《お》りましたが貴君《あなた》もお母様《つかさん》も御機嫌よくいらっしゃりますかと問えば、いや最《も》う私《わし》は嚔《くさみ》一つせぬ位《くらい》、お袋は時たま例《れい》の血の道と言う奴《やつ》を始めるがの、それも蒲団かぶって半日も居《い》ればけろけろとする病《やまい》だから子細はなしさと元気よく呵々《からから》と笑うに、亥之《いの》さんが見えませぬが今晩は何処《どちら》へか参りましたか、彼《あ》の子も替《かわ》らず勉強で御座んすかと問えば、母親《ははおや》はほたほたとして茶を進めながら、亥之は今しがた夜学に出て行《ゆき》ました、あれもお前お蔭さまでこの間《あいだ》は昇給させて頂いたし、課長様が可愛がって下さるので何《ど》れ位《くらい》心丈夫であろう、これと言うもやっぱり原田さんの縁引《えん》が有るからだとて宅《うち》では毎日いい暮して居《い》ます、お前に如才は有るまいけれどどこの後《ご》とも原田さんの御機嫌の好《い》いように、亥之は彼《あ》の通り口の重い質《たち》だし何《いず》れお目に懸《かか》ってもあっけない御《ご》挨拶《あいさつ》よりほか出来まいと思われるから、何分《なにぶん》ともお前が中に立って私《わたし》どもの心が通じるよう、亥之が行末をもお頼み申《もうし》て置《おい》ておくれ、ほんに替り目で陽気が悪いけれど太郎《たろ》さんは何時《いつ》も悪戯《おいた》をして居《い》ますか、何故《なぜ》に今夜は連れてお出《いで》でない、お祖父《じい》さんも恋しがってお出なされた物をと言われて、また今更にうら悲しく、連れて来ようと思いましたけれど彼《あ》の子は宵《よい》まどいで最《も》う疾《と》うに寐《ね》ましたからそのまま置いて参りました、本当に悪戯《いたずら》ばかりつのりまして聞《きき》わけとては少しもなく、外へ出れば跡を追いまするし、家内《うち》に居《い》れば私《わたし》の傍《そば》ばっかり覗《ねろ》うて、ほんにほんに手が懸って成《なり》ませぬ、何故彼様《なぜあんな》で御座りましょうと言いかけて思い出しの涙むねの中に漲《みなぎ》るように、思い切って置いては来たれど今頃は目を覚して母《かか》さん母さんと婢女《おんな》どもを迷惑がらせ、煎餅《おせん》やおこしの哆《たら》しも利かで、皆々手を引いて鬼《おに》に喰《く》わすと威《おど》かしてでも居《い》よう、ああ可愛《かあい》そうな事をと声たてても泣きたきを、さしも両親《ふたおや》の機嫌よげなるに言い出《いで》かねて、烟《けむり》にまぎらす烟草《たばこ》二、三服《ぷく》、空咳《からせき》こんこんとして涙を襦袢《じゅばん》の袖《そで》にかくしぬ。

今宵は旧暦の十三夜、旧弊なれどお月見の真似事に団子《いしいし》をこしらえてお月様にお備え申せし、これはお前も好物なれば少々なりとも亥之助に持たせて上《あげ》ようと思うたれど、亥之助も何《なに》か極《きま》りを悪《わ》るがってその様《よう》な物はお止《よし》なされと言うし、十五夜にあげなんだから片月見に成っても悪るし、喰《た》べさせたいと思いながら思うばかりで上《あげ》る事が出来なんだに、今夜来てくれるとは夢の様《よう》な、ほんに心が届いたのであろう、自宅《うち》で甘《うま》い物はいくらも喰《た》べようけれど親のこしらいたはまた別物《べつもの》、奥様気《ぎ》を取《とり》すてて今夜は昔《むか》しのお関になって、見得を構わず豆なり栗なり気に入ったを喰べて見せておくれ、いつでも父《とと》様《さん》と噂《うわさ》すること、出世は出世に相違なく、人の見る目も立派なほど、お位《くらい》の宜《い》い方々《かたがた》や御身分のある奥様がたとの御《お》交際《つきあい》もして、ともかくも原田の妻と名告《なの》って通るには気骨《きぼね》の折れる事もあろう、女子《おんな》どもの使いよう出入りの者の行渡《ゆきわた》り、人の上に立つものはそれだけに苦労が多く、里方がこの様な身柄ではなおさらのこと人に侮られぬようの心懸けもしなければ成るまじ、それを種々《さまざま》に思うて見ると父《とと》さんだとて私《わたし》だとて孫なり子なりの顔の見たいは当然《あたりまえ》なれど、余《あん》まりうるさく出入りをしてはと控えられて、ほんに御門《ごもん》の前を通る事はありとも木綿着物に毛繻子《けじゅす》の洋傘《こうもり》さした時には見《み》す見すお二階の簾《すだれ》を見ながら、吁《ああ》お関は何《なに》をして居《い》る事かと思いやるばかり行過ぎてしまいまする、実家でも少し何《なん》とか成って居《い》たならばお前の肩身も広かろうし、同じくでも少しは息のつけよう物を、何《なに》を云《い》うにもこの通り、お月見の団子をあげようにも重箱《おじゅう》からしてお恥《はず》かしいでは無かろうか、ほんにお前の心遣いが思われると嬉しき中にも思うままの通路が叶《かな》わねば、愚痴の一トつかみ賤《いや》しき身分を情なげに言われて、本当に私《わたし》は親不孝だと思いまする、それはなるほど和《やわ》らかい衣類《きもの》きて手車《てぐるま》に乗りあるく時は立派らしくも見えましょうけれど、父《とと》さんや母《かか》さんに斯《こ》うして上《あげ》ようと思う事も出来ず、いわば自分の皮一重《かわひとえ》、寧《いっ》そ賃仕事してもお傍《そば》で暮した方が余《よ》っぽど快よう御座いますと言い出すに、馬鹿《ばか》、馬鹿、その様な事を仮にも言うてはならぬ、嫁に行った身が実家《さと》の親の貢《みつぎ》をするなどと思いも寄らぬこと、家《うち》に居《い》る時は斎藤の娘、嫁入っては原田の奥方ではないか、勇《いさむ》さんの気に入る様にして家の内を納めてさえ行《ゆ》けば何《なん》の子細は無い、骨が折れるからとてそれだけの運のある身ならば堪えられぬ事は無いはず、女などと言う者は何《ど》うも愚痴で、お袋などが詰らぬ事を言い出すから困り切る、いや何《ど》うも団子《だんご》を喰《た》べさせる事が出来ぬとて一日《いちにち》大立腹《おおりっぷく》であった、大分熱心で調製《こしらえ》たものと見えるから十分に喰《た》べて安心させて遣《や》ってくれ、余程甘《よほどうま》かろうぞと父親《てておや》の滑稽《おどけ》を入れるに、再び言いそびれて御馳走《ごちそう》の栗《くり》枝豆ありがたく頂戴をなしぬ。

嫁入りてより七年の間、いまだに夜《よ》に入りて客に来しこともなく、土産もなしに一人歩行《あるき》して来るなど悉皆《しっかい》ためしのなき事なるに、思いなしか衣類も例《いつも》ほど燦《きらびや》かならず、稀《まれ》に逢《あ》いたる嬉しさに左《さ》のみは心も付かざりしが、聟《むこ》よりの言伝《ことづて》とて何《なに》一言の口上もなく、無理に笑顔は作りながら底に萎《しお》れし処《ところ》のあるは何か子細のなくては叶わず、父親《てておや》は机の上の置時計を眺めて、これやモウ程なく十時になるが関は泊って行《い》って宜《よ》いのかの、帰るならば最《も》う帰らねば成るまいぞと気を引いて見る親の顔、娘は今更のように見上げて御父様私《おとっさんわたくし》は御願《おねが》いがあって出たので御座ります、何《ど》うぞ御聞遊《おききあそば》して屹《きっ》となって畳に手を突く時、はじめて一トしずく幾層《いくそ》の憂きを洩《もら》しそめぬ。

父は穏かならぬ色を動かして、改《あらた》まって何かのと膝《ひざ》を進めれば、私《わたし》は今宵限り原田へ帰らぬ決心で出て参ったので御座ります、勇が許しで参ったのではなく、彼《あ》の子を寐かして、太郎を寐かしつけて、最早《もう》あの顔を見ぬ決心で出て参りました、まだ私《わたし》の手より外誰《ほかだ》れの守りでも承諾《しょうち》せぬほどの彼《あ》の子を、欺《だま》して寐かして夢の中《うち》に、私《わたくし》は鬼に成って出て参りました、御父様《おとっさん》、御母様《おっかさん》、察して下さりませ私《わたくし》は今日まで遂《つ》いに原田の身について御耳《おみみ》に入れました事もなく、勇と私《わたし》との中《なか》を人に言うた事は御座りませぬけれど、千度《ちたび》も百度《ももたび》も考え直して、二年も三年も泣尽して今日という今日どうでも離縁を貰《もろ》うて頂《いただ》こうと決心の臍《ほぞ》をかためました。何《ど》うぞ御願いで御座ります離縁の状《じょう》を取って下され、私《わたし》はこれから内職なり何《なん》なりして亥之助が片腕にもなられるよう心がけますほどに、一生一人で置いて下さりませとわっと声たてるを噛《かみ》しめる襦袢《じゅばん》の袖、墨絵の竹も紫竹の色にや出《いず》ると哀《あわ》れなり。

それは何《ど》ういう子細でと父も母も詰寄《つめよ》って問《とい》かかるに今までは黙って居《い》ましたれど私《わたし》の家《うち》の夫婦《めおと》さし向いを半日見て下さったら大底が御解《おわか》りに成ましょう、物言うは用事のある時慳貪《けんどん》に申つけられるばかり、朝起《おき》まして機嫌をきけばふと脇を向いて庭の草花《くさばな》をわざとらしき褒め詞《ことば》、これにも腹はたてども良人《おっと》の遊ばす事なればと我慢して私《わたし》は何《なに》も言葉あらそいした事も御座んせぬけれど、朝飯《あさはん》あがる時から小言は絶えず、召使の前にて散々と私《わたし》が身の不器用不作法を御並べなされ、それはまだまだ辛棒《しんぼう》もしましょうけれど、二言目には教育のない身、教育のない身と御蔑《おさげす》みなさる、それは素《もと》より華族女学校の椅子《いす》にかかって育った物ではないに相違なく、御同僚の奥様がたの様《よう》にお花のお茶の、歌の画《え》のと習い立てた事もなければその御話しの御相手は出来ませぬけれど、出来ずば人知れず習わせて下さっても済むべきはず、何《なに》も表向き実家の悪《わ》るいを風聴《ふうちょう》なされて、召使いの婢女《おんな》どもに顔の見られるような事なさらずとも宜《よ》かりそうなもの、嫁入って丁《ちょ》度《うど》半年ばかりの間は関や関やと下へも置かぬようにして下さったけれど、あの子が出来てからと言う物はまるで御人が変りまして、思い出しても恐ろしゅう御座ります、私《わたし》はくら暗《やみ》の谷へ突落《つきおと》されたように暖かい日の影というを見た事が御座りませぬ、はじめの中《うち》は何《なに》か串談《じょうだん》にわざとらしく邪慳《じゃけん》に遊ばすのと思うて居《お》りましたけれど、全くは私《わたし》に御《お》飽《あ》きなされたので此様《こう》もしたら出てゆくか、彼様《ああ》もしたら離縁をと言い出すかと苦《いじ》めて苦めて苦め抜くので御座りましょ、御父様《おとっさん》も御母様《おっかさん》も私《わたし》の性分は御存じ、よしや良人《おっと》が芸者狂《げいしゃぐる》いなさろうとも、囲い者して御置きなさろうとも其様《そん》な事に悋気《りんき》する私《わたし》でもなく、侍婢《おんな》どもから其様《そん》な噂《うわさ》も聞えまするけれど彼《あ》れほど働きのある御方《おかた》なり、男の身のそれ位はありうちと他処行《よそゆき》には衣類《めしもの》にも気をつけて気に逆らわぬよう心がけて居《お》りまするに、ただもう私《わたし》の為《す》る事とては一から十まで面白くなく覚《おぼ》しめし、箸《はし》の上げ下しに家の内の楽しくないは妻が仕方が悪《わ》るいからだと仰《おっ》しゃる、それも何《ど》ういう事が悪い、ここが面白くないと言い聞かして下さる様《よう》ならば宜《よ》けれど、一筋に詰らぬくだらぬ、解らぬ奴《やつ》、とても相談の相手にはならぬの、いわば太郎の乳母《うば》として置いて遣《つか》わすのと嘲《あざけ》って仰しゃるばかり、ほんに良人《おっと》というではなく彼《あ》の御方は鬼で御座りまする、御自分の口から出てゆけとは仰しゃりませぬけれど私《わたし》がこの様《よう》な意久地《いくじ》なしで太郎の可愛《かわゆ》さに気《き》が引《ひ》かれ、何《ど》うでも御詞《おことば》に異背《いはい》せず唯々《はいはい》と御小言を聞いて居《お》りますれば、張《はり》も意気地《いきじ》もない愚《ぐ》うたらの奴、それからして気に入らぬと仰しゃりまする、左《そ》うかと言って少しなりとも私《わたし》の言条《いいじょう》を立てて負けぬ気に御返事をしましたらそれを取《と》って出てゆけと言われるは必定、私《わたし》は御母様《おっかさん》出て来るのは何《なん》でも御座んせぬ、名のみ立派の原田勇に離縁されたからとて夢さら残りおしいとは思いませぬけれど、何《なん》にも知らぬ彼《あ》の太郎が、片親に成るかと思いますると意地もなく我慢もなく、詫《わび》て機嫌を取って、何《なん》でも無い事に恐れ入って、今日までも物言わず辛棒して居《お》りました、御父様《おとっさん》、御母様《おっかさん》、私《わたし》は不運で御座りますとて口惜《くや》しさ悲しさ打出《うちいだ》し、思いも寄らぬ事を談《かた》れば両親《ふたおや》は顔を見合せて、さてはその様《よう》の憂き中《なか》かと呆《あき》れて暫時《しばし》いう言《こと》もなし。

母親《ははおや》は子に甘きならい、聞く毎々《ことごと》に身にしみて口惜《くちお》しく、父様《ととさん》は何《なん》と思し召すか知らぬが元来《もともと》此方《こち》から貰《もろ》うて下されと願《ねご》うて遣《や》った子ではなし、身分が悪いの学校が何《ど》うしたのと宜《よ》くも宜くも勝手な事が言われた物、先方《さき》は忘れたかも知らぬが此方《こちら》はたしかに日まで覚えて居《い》る、阿関《おせき》が十七の御正月、まだ門松を取もせぬ七日《なのか》の朝の事であった、旧《もと》の猿楽町の彼《あ》の家《うち》の前で御隣の小娘《ちいさいの》と追羽根《おいばね》して、彼《あ》の娘《こ》の突いた白い羽根《はね》が通り掛った原田さんの車の中へ落《おち》たとって、それをば阿関が貰いに行《ゆ》きしに、その時はじめて見たとか言って人橋《ひとばし》かけてやいやいと貰いたがる、御身分がらにも釣合《つりあ》いませぬし、此方《こちら》はまだ根っからの子供で何《なに》も稽古事《けいこごと》も仕込んでは置《おき》ませず、支度とてもただ今の有様で御座いますからとて幾度《いくたび》断ったか知れはせぬけれど、何《なに》も舅姑《しゅうとしゅうとめ》のやかましいが有《あ》るでは無し、我《わし》が欲しくて我が貰うに身分も何《なに》も言う事はない、稽古は引取ってからでも充分させられるからその心配は要《い》らぬ事、とかくくれさえすれば大事にして置こうからとそれはそれは火のつく様《よう》に催促して、此方《こちら》から強請《ねだっ》た訳ではなけれど支度まで先《さ》方《き》で調えて謂《い》わば御前《おまえ》は恋女房、私《わたし》や父様《ととさん》が遠慮して左《さ》のみは出入りをせぬというも勇さんの身分を恐れてでは無い、これが妾手《めかけて》かけに出したのではなし正当《しょうとう》にも正当にも百《ひゃく》まんだら頼みによこして貰って行った嫁の親、大威張に出這入《ではいり》しても差《さし》つかえは無けれど、彼方《あちら》が立派にやって居《い》るに、此方《こちら》がこの通りつまらぬ活計《くらし》をして居《い》れば、御前の縁にすがって聟の助力《たすけ》を受けもするかと他人様《ひとさま》の処思《おもわく》が口惜しく、痩《や》せ我慢では無けれど交際《つきあい》だけは御身分相応に尽して、平常《へいぜい》は逢《あ》いたい娘の顔も見ずに居《い》まする、それをば何《なん》の馬鹿馬鹿しい親なし子《ご》でも拾って行ったように大層らしい、物が出来るの出来ぬのと宜《よ》く其様《そん》な口が利けた物、黙って居《い》ては際限もなく募ってそれはそれは癖に成ってしまいます、第一は婢女《おんな》どもの手前奥様の威光が削《そ》げて、末には御前の言う事を聞く者もなく、太郎を仕立《したて》るにも母様《ははさん》を馬鹿にする気になられたら何《なん》としまする、言うだけの事は屹度《きっと》言うて、それが悪《わ》るいと小言《こごと》をいうたら何《なん》の私《わたし》にも家《うち》が有《あり》ますとて出て来るが宜《よ》かろうでは無いか、実《ほん》に馬鹿馬鹿しいとってはそれほどの事を今日が日まで黙って居《い》るという事が有ります物か、余《あんま》り御前が温順《おとな》し過《すぎ》るから我儘《わがまま》がつのられたのであろ、聞いたばかりでも腹が立つ、もうもう退《ひ》けて居《い》るには及びません、身分が何《なん》であろうが父もある母もある、年はゆかねど亥之助という弟《おとと》もあればその様《よう》な火の中《なか》にじっとして居《い》るには及ばぬこと、なあ父様《ととさん》一遍勇さんに逢《お》うて十分《ぶん》油を取ったら宜《よ》う御座りましょと母は猛《たけ》って前後《ぜんご》もかえり見ず。

父親《てておや》は先刻《さきほど》より腕ぐみして目を閉じて有《あり》けるが、ああ御袋《おふくろ》、無茶《むちゃ》の事を言うてはならぬ、我《わ》しさえ始めて聞いて何《ど》うした物かと思案にくれる、阿関の事なれば並大底で此様《こん》な事を言い出しそうにもなく、よくよく愁《つ》らさに出て来たと見えるが、して今夜は聟どのは不在《るす》か、何《なに》か改《あら》たまっての事件でもあってか、いよいよ離縁するとでも言われて来たのかと落《おち》ついて問うに、良人《おっと》は一昨日《おととい》より家《うち》へとては帰られませぬ、五日六日と家《うち》を明《あ》けるは平常《つね》の事、左《さ》のみ珍らしいとは思いませぬけれど出際《でぎわ》に召物の揃《そろ》えかたが悪いとて如何《いか》ほど詫《わ》びても聞入れがなく、其品《それ》をば脱いで擲《たた》きつけて、御自身洋服にめしかえて、吁《ああ》、私位不仕合《わしぐらいふしあわせ》の人間はあるまい、御前のような妻を持ったのはと言い捨《ず》てに出て御出《おい》で遊《あそば》しました、何《なん》という事で御座りましょう一年三百六十五日物《もの》いう事も無く、稀々《たまたま》言われるはこの様《よう》な情ない詞《ことば》をかけられて、それでも原田の妻と言われたいか、太郎の母で候《そうろう》と顔おし拭《ぬぐ》って居《い》る心か、我身《わがみ》ながら我身の辛棒《しんぼう》がわかりませぬ、もうもうもう私《わたし》は良人《つま》も子も御座んせぬ嫁入《よめいり》せぬ昔《むか》しと思えばそれまで、あの頑是《がんぜ》ない太郎の寝顔を眺めながら置いて来るほどの心になりましたからは、最《も》う何《ど》うでも勇の傍《そば》に居《い》る事は出来ませぬ、親はなくとも子は育つと言いまするし、私《わたし》の様な不運の母の手で育つより継母御《ままははご》なり御手《おて》かけなり気に適《かの》うた人に育てて貰《もろ》うたら、少しは父御《ててご》も可愛《かわゆ》がって後々《のちのち》あの子の為《ため》にも成《なり》ましょう、私《わたし》はもう今宵かぎり何《ど》うしても帰る事は致しませぬとて、断っても断てぬ子の可憐《かわゆ》さに、奇麗に言えども詞はふるえぬ。

父は歎息《たんそく》して、無理は無い、居愁《いづ》らくもあろう、困った中に成ったものよと暫時《しばらく》阿関の顔を眺めしが、大丸髷《おおまるまげ》に金輪《きんわ》の根を巻きて黒縮緬《くろちりめん》の羽織《はおり》何《なん》の惜しげもなく、我が娘ながらもいつしか調う奥様風、これをば結び髪に結いかえさせて綿銘仙《めんめいせん》の半天《はんてん》に襷《たすき》がけの水仕業《みずしわざ》さする事いかにして忍ばるべき、太郎という子もあるものなり、一端の怒りに百年の運を取《とり》はずして、人には笑われものとなり、身はいにしえの斎藤主計《さいとうかずえ》が娘に戻らば、泣くとも笑うとも再度《ふたたび》原田太郎が母とは呼ばるる事成るべきにもあらず、良人《おっと》に未練は残さずとも我が子の愛の断ちがたくは離れていよいよ物をも思うべく、今の苦労を恋しがる心も出ずべし、かく形よく生れたる身の不幸《ふしやわせ》、不相応の縁につながれて幾らの苦労をさする事と哀れさの増《まさ》れども、いや阿関こう言うと父が無慈悲で汲取ってくれぬのと思うか知らぬが決して御前を叱《し》かるではない、身分が釣合わねば思う事も自然違《ちご》うて、此方《こちら》は真《しん》から尽す気でも取りように寄っては面白くなく見える事もあろう、勇さんだからとて彼《あ》の通り物の道理を心得た、利発の人ではあり随分学者でもある、無茶苦茶にいじめ立る訳ではあるまいが、得て世間に褒め物の敏腕家《はたらきて》などと言われるは極めて恐ろしい我まま物、外では知らぬ顔に切って廻《まわ》せど勤め向きの不平などまで家内《うち》へ帰って当りちらされる、的《まと》に成っては随分つらい事もあろう、なれども彼《あ》れほどの良人《おっと》を持つ身のつとめ、区役所がよいの腰弁当が釜《かま》の下を焚《た》きつけてくれるのとは格が違う、随《したが》ってやかましくもあろうむずかしくもあろうそれを機嫌の好《い》い様《よう》にととのえて行《ゆ》くが妻の役、表面《うわべ》には見えねど世間の奥様という人達の何《いず》れも面白くおかしき中ばかりは有るまじ、身一つと思えば恨みも出る、何《なん》のこれが世の勤めなり、殊にはこれほど身がらの相違もある事なれば人一倍の苦もある道理、お袋などが口広い事は言えど亥之が昨今の月給に有《あり》ついたも必竟は原田さんの口入れではなかろうか、七光どころか十光《とひかり》もして間接《よそ》ながらの恩を着ぬとは言われぬに愁《つ》らかろうとも一つは親の為弟《おとと》の為、太郎という子もあるものを今日《きょう》までの辛棒がなるほどならば、これから後《ご》とて出来ぬ事はあるまじ、離縁を取って出たが宜《よ》いか、太郎は原田のもの、其方《そち》は斎藤の娘、一度縁が切れては二度と顔見にゆく事もなるまじ、同じく不運に泣くほどならば原田の妻で大泣きに泣け、なあ関そうでは無いか、合点《がてん》がいったら何事も胸に納めて、知らぬ顔に今夜は帰って、今まで通りつつしんで世を送ってくれ、お前が口に出さんとても親も察しる弟《おとと》も察しる、涙は各自《てんで》に分《わけ》て泣こうぞと因果を含めてこれも目を拭《ぬぐ》うに、阿関はわっと泣いてそれでは離縁をというたも我ままで御座りました、なるほど太郎に別《わか》れて顔も見られぬ様《よう》にならばこの世に居《い》たとて甲斐《かい》もないものを、ただ目の前の苦をのがれたとて何《ど》うなる物で御座んしょう、ほんに私《わたし》さえ死んだ気にならば三方四方《ぼうほう》波風たたず、ともあれ彼《あ》の子も両親の手で育てられまするに、つまらぬ事を思い寄まして、貴君《あなた》にまで嫌《い》やな事を御聞かせ申《もうし》ました、今宵限《かぎ》り関はなくなって魂一つが彼《あ》の子の身を守るのと思いますれば良人《おっと》のつらく当る位《くらい》百年も辛棒出来そうな事、よく御言葉も合点が行《ゆ》きました、もう此様《こん》な事は御聞かせ申ませぬほどに心配をして下さりますなとて拭《ぬぐ》うあとからまた涙、母親《ははおや》は声たてて何《なん》というこの娘《こ》は不仕合《ふしやわせ》とまた一しきり大泣きの雨、くもらぬ月も折《おり》から淋しくて、うしろの土手の自然生《しぜんばえ》を弟《おとと》の亥之が折《おっ》て来て、瓶にさしたる薄《すすき》の穂の招く手振りも哀れなる夜《よ》なり。

実家は上野の新坂下、駿河台への路《みち》なれば茂れる森の木《こ》のした暗侘《やみわび》しけれど、今宵は月もさやかなり、広小路へ出《いず》れば昼も同様、雇いつけの車宿《くるまやど》とて無き家なれば路ゆく車を窓から呼んで、合点が行ったらともかくも帰れ、主人《あるじ》の留守に断《ことわり》なしの外出、これを咎《とが》められるとも申訳の詞《ことば》は有るまじ、少し時刻は遅れたれど車ならば遂《つ》い一ト飛《とび》、話しは重ねて聞きに行《ゆ》こう、先《ま》ず今夜は帰ってくれとて手を取って引出《ひきいだ》すようなるも事あら立《だて》じの親の慈悲、阿関はこれまでの身と覚悟してお父様《とっさん》、お母様《つかさん》、今夜の事はこれ限り、帰りまするからは私《わたし》は原田の妻なり、良人《おっと》を誹《そし》るは済みませぬほどに最《も》う何《なに》も言いませぬ、関は立派な良人《おっと》を持ったので弟《おとと》の為にも好《い》い片腕、ああ安心なと喜んで居《い》て下されば私《わたし》は何《なに》も思う事は御座んせぬ、決して決して不了簡《ふりょうけん》など出すような事はしませぬほどにそれも案じて下さりますな、私《わたし》の身体《からだ》は今夜をはじめに勇のものだと思いまして、彼《あ》の人の思うままに何《なん》となりして貰いましょ、それでは最《も》う私《わたし》は戻ります、亥之さんが帰ったらば宜しくいうて置いて下され、お父様《とっさん》もお母様《つかさん》も御機嫌よう、この次には笑うて参りまするとて是非《ぜひ》なさそうに立あがれば、母親《ははおや》は無けなしの巾着《きんちゃく》さげて出《で》て駿河台まで何程《いくら》でゆくと門《かど》なる車夫に声をかくるを、あ、お母様《つかさん》それは私《わたし》がやりまする、有《あり》がとう御座んしたと温順《おとな》しく挨拶して、格子戸くぐれば顔に袖、涙をかくして乗り移る哀れさ、家《うち》には父が咳払《せきばら》いのこれもうるめる声成《なり》し。

下

さやけき月に風のおと添いて、虫の音たえだえに物がなしき上野へ入りてよりまだ一町もようようと思うに、いかにしたるか車夫はぴったりと轅《かじ》を止めて、誠《まこと》に申《もうし》かねましたが私《わたし》はこれで御免《ごめん》を願《ねが》います、代《だい》は入《い》りませぬからお下《お》りなすってと突然《だしぬけ》にいわれて、思いもかけぬ事なれば阿関は胸をどっきりとさせて、あれお前そんな事を言っては困るではないか、少し急ぎの事でもあり増しは上げようほどに骨を折っておくれ、こんな淋しい処《ところ》では代りの車も有るまいではないか、それはお前人困らせという物、愚図《ぐず》らずに行《い》っておくれと少しふるえて頼《たの》むように言えば、増しが欲しいと言うのでは有《あり》ませぬ、私《わたし》からお願いです何《ど》うぞお下《お》りなすって、最《も》う引くのが厭《い》やに成ったので御座りますと言うに、それではお前加減でも悪《わ》るいか、まあ何《ど》うしたと言う訳《わけ》、ここまで挽《ひ》いて来て厭《い》やに成ったでは済むまいがねと声に力を入れて車夫《しゃふ》を叱《しか》れば、御免《ごめん》なさいまし、もう何《ど》うでも厭やに成ったのですからとて提燈《ちょうちん》を持《もち》しままふと脇《わき》へのがれて、お前は我ままの車夫《くるまや》さんだね、それならば約定《きめ》の処《ところ》までとは言いませぬ、代りのある処《とこ》まで行《い》ってくれればそれでよし、代《だい》はやるほどに何処《どこ》か开処《そこ》らまで、切《せ》めて広小路までは行《い》っておくれと優しい声にすかす様《よう》にいえば、なるほど若いお方ではありこの淋《さび》しい処《ところ》へおろされては定めしお困りなさりましょう、これは私《わたし》が悪う御座りました、ではお乗せ申《もうし》ましょう、お供を致しましょう、さぞお驚きなさりましたろうとて悪《わる》者らしくもなく提燈を持《もち》かゆるに、お関もはじめて胸をなで、心丈夫に車夫の顔を見れば二十五、六の色黒く、小男《こおとこ》の痩《や》せぎす、あ、月に背けたあの顔が誰《た》れやらで有った、誰れやらに似て居《い》ると人の名も咽元《のどもと》まで転がりながら、もしやお前さんはと我知らず声をかけるに、え、と驚いて振《ふり》あおぐ男、あれお前さんは彼《あ》のお方では無いか、私《わたし》をよもやお忘れはなさるまいと車より滲《すべ》るように下《お》りてつくづくと打《うち》まもれば、貴嬢《あなた》は斎藤の阿関さん、面目《めんもく》も無い此《こ》様《ん》な姿《なり》で、背後《うしろ》に目が無ければ何《なん》の気もつかずに居《い》ました、それでも音声《ものごえ》にも心づくべきはずなるに、私《わたし》は余程《よっぽど》の鈍《どん》に成りましたと下を向いて身を恥《はじ》れば、阿関は頭《つむり》の先より爪先《つまさき》まで眺めていいえいえ私《わたし》だとて往来で行逢《ゆきお》うた位《くらい》ではよもや貴君《あなた》と気は付きますまい、唯《たっ》た今の先までも知らぬ他人の車夫《くるまや》さんとのみ思うて居《い》ましたに御存じないは当然《あたりまえ》、勿《もっ》体《たい》ない事であったれど知らぬ事なればゆるして下され、まあ何時《いつ》から此様《こん》な業《こと》して、よくそのか弱い身に障りもしませぬか、伯母《おば》さんが田舎へ引取られてお出《いで》なされて、小川町のお店をお廃《や》めなされたという噂は他処《よそ》ながら聞いても居《い》ましたれど、私《わたし》も昔《むか》しの身でなければ種々《いろいろ》と障る事があってな、お尋ね申すは更なること手紙あげる事も成《なり》ませんかった、今は何処《どこ》に家《うち》を持って、お内儀《かみ》さんも御健勝《おまめ》か、小児《ちっさい》のも出来てか、今も私《わたし》は折ふし小川町の勧工場《かんこうば》見《み》物に行《ゆき》まする度々《たびたび》、旧《もと》のお店がそっくりその儘《まま》同じ烟草店《たばこみせ》の能《の》登《と》やというに成って居《い》まするを、何時《いつ》通っても覗《のぞ》かれて、ああ高坂《こうさか》の録《ろく》さんが子供であったころ、学校の行返《ゆきもど》りに寄っては巻烟草《まきたばこ》のこぼれを貰《もろ》うて、生意気らしゅう吸立《すいた》てた物なれど、今は何処《どこ》に何をして、気の優しい方なれば此様《こん》なむずかしい世に何《ど》のようの世渡りをしてお出《いで》なろうか、それも心にかかりまして、実家へ行《ゆ》く度に御様子を、もし知っても居《い》るかと聞いては見まするけれど、猿楽町を離れたのは今で五年の前、根っからお便りを聞く縁がなく、何《ど》んなにお懐しゅう御座んしたろうと我身《わがみ》のほどをも忘れて問いかくれば、男は流れる汗を手拭《てぬぐい》にぬぐうて、お恥《はず》かしい身に落まして今は家《うち》と言う物も御座りませぬ、寐処《ねどころ》は浅草町の安宿《やすやど》、村田というが二階に転がって、気に向いた時は今夜のように遅くまで挽《ひ》く事もありまするし、厭《い》やと思えば日がな一日ごろごろとして烟《けぶり》のように暮して居《い》まする、貴嬢《あなた》は相変らずの美くしさ、奥様にお成りなされたと聞いた時からそれでも一度は拝む事が出来るか、一生の内にまたお言葉を交わす事が出来るかと夢のように願《ねご》うて居《い》ました、今日までは入用《いりよう》のない命と捨て物に取《とり》あつこうて居《い》ましたけれど命があればこその御対面、ああ宜《よ》く私《わたくし》を高坂の録之助《ろくのすけ》と覚えて居《い》て下さりました、辱《かたじけ》のう御座りますと下を向くに、阿関はさめざめとして誰《だ》れも憂《う》き世に一人と思うて下さるな。

してお内儀《かみ》さんはと阿関の問えば、御存じで御座りましょ筋向《すじむこ》うの杉田やが娘、色が白いとか恰好《かっこう》が何《ど》うだとか言うて世間の人は暗雲《やみくも》に褒めたてた女《もの》で御座ります、私《わたし》が如《い》何《か》にも放蕩《のら》をつくして家《うち》へとては寄りつかぬように成ったを、貰《もら》うべき頃に貰う物を貰わぬからだと親類の中《うち》の解らずやが勘違いして、彼《あ》れならばと母親《ははおや》が眼鏡にかけ、是非もらえ、やれ貰えと無茶苦茶に進めたてる五月蠅《うるさ》さ、何《ど》うなりと成れ、成れ、勝手に成れとて彼《あ》れを家《うち》へ迎えたは丁度貴嬢《ちょうどあなた》が御懐妊だと聞《きき》ました時分の事、一年目には私《わたし》が処《ところ》にもお目出とうを他人《ひと》からは言われて、犬張子《いぬはりこ》や風車を並べたてる様《よう》に成りましたれど、何《なん》のそんな事で私《わたし》が放蕩《のら》のやむ事か、人は顔の好《い》い女房《にょうぼ》を持たせたら足が止まるか、子が生れたら気が改《あらた》まるかとも思うて居《い》たのであろうなれど、たとえ小町と西施《せいし》と手を引いて来て、衣通姫《そとおりひめ》が舞いを舞って見せてくれても私《わたし》の放蕩《のら》は直らぬ事に極《き》めて置いたを、何《なん》で乳くさい子供の顔見て発心が出来ましょう、遊んで遊んで遊び抜いて、呑《の》んで呑んで呑み尽して、家《いえ》も稼業もそっち除《の》けに箸一本もたぬように成ったは一昨々年《さきおととし》、お袋は田舎へ嫁入った姉の処《ところ》に引取って貰いまするし、女房《にょうぼ》は子をつけて実家《さと》へ戻したまま音《いん》信不通《しんふつう》、女の子ではあり惜しいとも何《なん》とも思いはしませぬけれど、その子も昨年の暮チプスに懸って死んだそうに聞《きき》ました、女はませな物ではあり、死ぬ際《ぎわ》には定めし父様《ととさん》とか何《なん》とか言うたので御座りましょう、今年居《い》れば五つになるので御座りました、何《なん》のつまらぬ身の上、お話しにも成りませぬ。

男はうす淋しき顔に笑《え》みを浮べて貴嬢《あなた》という事も知りませぬので、飛んだ我ままの不調法、さ、お乗りなされ、お供をしまする、さぞ不意でお驚きなさりましたろう、車を挽くと言うも名ばかり、何が楽しみに轅棒《かじぼう》をにぎって、何が望みに牛馬《うしうま》の真似をする、銭《ぜに》を貰えたら嬉しいか、酒が呑まれたら愉快なか、考えれば何も彼《か》も悉皆《しっかいい》厭やで、お客様を乗せようが空車《から》の時だろうが嫌《い》やとなると用捨なく嫌やに成《なり》まする、呆《あき》れはてる我まま男、愛想《あいそ》が尽きるでは有りませぬか、さ、お乗りなされ、お供をしますと進められて、あれ知らぬ中《うち》は仕方もなし、知って其《それ》車に乗れます物か、それでも此《こん》様な淋しい処《ところ》を一人ゆくは心細いほどに、広小路へ出るまでただ道づれに成って下され、話しながら行《ゆき》ましょうとてお関は小褄《こづま》少し引あげて、ぬり下駄《げた》のおとこれも淋しげなり。

昔の友という中《うち》にもこれは忘られぬ由縁《ゆかり》のある人、小川町の高坂とて小奇麗な烟草屋の一人息子、今はこの様《よう》に色も黒く見られぬ男になっては居《い》れども、世にある頃の唐桟《とうざん》ぞろいに小気《こき》の利いた前だれがけ、お世辞も上手《じょうず》、愛敬《あいきょう》もありて、年の行《ゆ》かぬようにも無い、父親《てておや》の居《い》た時よりは却《かえ》って店が賑《にぎ》やかなと評判された利口らしい人の、さてもさてもの替《かわ》り様《よう》、我身《わがみ》が嫁入りの噂《うわさ》聞え初《そめ》た頃から、やけ遊びの底ぬけ騒ぎ、高坂の息子はまるで人間が変ったような、魔《ま》でもさしたか、祟《たた》りでもあるか、よもや只事《ただごと》では無いとその頃《ころ》に聞きしが、今宵見れば如何《いか》にも浅ましい身の有様、木賃泊《きちんどま》りに居《い》なさんすように成ろうとは思いも寄らぬ、私《わたし》はこの人に思われて、十二の年より十七まで明暮れ顔を合せる毎《たび》に行々《ゆくゆく》は彼《あ》の店の彼処《あすこ》へ座って、新聞見ながら商いするのと思うても居《い》たれど、量《はか》らぬ人に縁の定まりて、親々《おやおや》の言う事なれば何《なん》の異存を入《いれ》られよう、烟草屋の録さんにはと思えどそれはほんの子供ごころ、先方《さき》からも口へ出して言うた事はなし、此方《こちら》は猶《なお》さら、これは取《とり》とまらぬ夢の様《よう》な恋なるを、思い切ってしまえ、思い切ってしまえ、あきらめてしまおうと心を定めて、今の原田へ嫁入りの事には成ったれど、その際《きわ》までも涙がこぼれて忘れかねた人、私《わたし》が思うほどはこの人も思うて、それ故の身の破滅かも知れぬ物を、我がこの様《よう》な丸髷《まるまげ》などに、取済《とりすま》したる様《よう》な姿をいかばかり面《つら》にくく思われるであろう、夢さらそうした楽《たの》しらしい身ではなけれどもと阿関は振《ふり》かえって録之助を見やるに、何を思うか茫然《ぼうぜん》とせし顔つき、時たま逢いし阿関に向って左《さ》のみは嬉《うれ》しき様子も見えざりき。

広小路を出《いず》れば車もあり、阿関は紙入れより紙幣いくらか取出《とりいだ》して小菊《こぎく》の紙にしおらしく包みて、録さんこれは誠に失礼なれど鼻紙なりとも買って下され、久し振でお目にかかって何か申《もうし》たい事は沢山《たんと》あるようなれど口へ出ませぬは察して下され、では私《わたし》は御別れに致します、随分からだを厭《いと》うて煩《わず》らわぬ様《よう》に、伯母さんをも早く安心させておげなさりまし、蔭ながら私《わたし》も祈ります、何《ど》うぞ以前の録さんにお成りなされて、お立派にお店をお開きに成ります処を見せて下され、左様《さよう》ならばと挨拶すれば録之助は紙づつみを頂いて、お辞儀申すはずなれど貴嬢《あなた》のお手より下されたのなれば、あり難く頂戴して思い出にしまする、お別れ申すが惜しいと言ってもこれが夢ならば仕方のない事、さ、お出《いで》なされ、私《わたくし》も帰ります、更けては路《みち》が淋しゅう御座りますぞとて空車《からぐるま》引いてうしろ向く、其人《それ》は東へ、此人《これ》は南へ、大路《おおじ》の柳《やなぎ》月のかげに靡《なび》いて力なさそうの塗り下駄のおと、村田の二階も原田の奥も憂きはお互いの世におもう事多し。

大さかずき　川上眉山

川上眉山(一八六九〜一九〇八年)。大阪生まれの小説家。本名亮《あきら》。尾崎紅葉らの硯友社の同人となり、帝国大学文科大学を中退した後、「墨染桜」(一八九〇年)で文名をあげた。やがて、日清戦争後の社会と世相に目を向け、「大さかずき」(一八九五年)、「書記官」(同年)、「うらおもて」(同年)などを発表、観念小説の流行をもたらした。その後の沈滞期を経て再び文壇に復帰したが、突然の自殺で三九歳の生涯を閉じた。

「大さかずき」(『文藝倶楽部』一八九五年一月)は、当時の社会風潮ともなっていたアメリカへの出稼ぎを題材とした作品。盲目の父と恋人のお千代を残してアメリカに渡った船乗りの梅吉は、大金を稼いで三年後に帰国するが、父はすでに他界し、お千代は他人に嫁していた。梅吉に束縛され、暴行されて心変わりをなじられ、自らも恥じて自殺するお千代の造型には、女性の身体や貞節に対する男の立場からの思い入れが色濃く投影されているが、当時においては、道義節操の頽廃を描いて功利主義を批判した問題性、観念性が高く評価された。底本には『眉山全集　第一巻』(臨川書店、一九七七年)を用いた。

一

「実に済まねえ。済まねえが父様《とッさん》ここだ。ここん処《ところ》を何《ど》うかマア辛抱しておくんなせえ。三年と言やア長えようだが、ナーニお前《めえ》、暮して見りゃア造作はねえや。しかしお前も取る年だし、その上不自由な身体《からだ》で居《い》るのを、一人放出《ほうりだ》して行《い》った跡じゃア、さぞ心細かろう淋《さび》しかろうと、思やア我慢にも踏出せねえが、父様、その代りにゃア末があらア。ここを一番ぐッと踏堪《ふんごた》えてくんねえか。己《おら》ア屹度《きっと》遣って見せる気だ。同《おんな》じような稼《かせぎ》に行って、立派になった奴《やつ》がいくらも有るというが、己ア其奴等《そいつら》に負けやアしねえ。ぐッと乗越した処へ泳出して見せらァ。喃《なア》父様、己が一生の願《ねげ》えだ。諾《うん》と言って一つ己を遣ってくんねえ。

ついこの間《あいだ》の事だっけ、佐賀町河岸を虚舟《から》で帰《けえ》って来る途中でよ、ふらふらッと考《かんげ》え事を初めたが、冒頭《のッけ》に胸へ浮かんだのはお前の事だ。己ア実に意久地《いくじ》がねえ。寄合世帯《よりええじょたい》の彼様《あん》な処へ、一人の親をくすぶらして置いてよ、馴れねえ身体に杖《つえ》を支《つ》かせて、毎日《めえにち》稼がせるたア何《ど》う考《かんげ》えても済まねえ事だ。ああ、何うかして気楽な身にさせねえじゃアならねえ。如彼《ああ》して目が見えなくなってしまっちゃア、さぞ世の中が詰《つま》るめえ。人一倍面《べいおも》白《しれ》え事をさせて遣らざアならねえが、それにつけても、いつまで此様《こん》な事してぐずぐずしちゃア居《い》られねえ。己ア何うしても船頭で果てる気は無《ね》えや。べらぼうめ。鍛込《きてえこ》んだ五尺《しゃく》の身体だ。気の利かねえ櫓綱《ろづな》に取着《とっつか》まって、閼伽《あか》の中で老込んでなるものか。うんと乗出せ、世界中《せけえじゅう》が金《かね》の山だア。なんぞと思込んで夢中になってね、船の曲がったのも知らずに漕いだからお前、河岸に繋《もや》ってある高瀬へ突掛《つっか》けて、先方《むこう》の舵《かじ》を打砕《ぶっこ》わしてしまったアな。己ア実にきまりが悪かったぜ。

何《なに》も亜米利加《アメリカ》三界《げえ》まで行《い》かずともと、お前は思うかア知らねえが、己もまたお前の事が気になるから、なんなら此地《こっち》に居《い》て遣れる仕事をと思わねえでもなかったが、父様、引込思案でいじけて居ちゃア、ろくな稼《かせぎ》は出来ねえや。勝蔵《かつぞう》親分も己の腹の中を察して、連れて行って遣ろうと親切に言ってくれるんだ。彼人《あのひと》はお前十年から彼地《あっち》に居《い》て、先方《むこう》の事は鵜《う》で居《い》るから、先へ行ってまごつくような事は屹度《きっと》ねえよ。己アまあ一人じゃア、行こうと思って極《き》めて居《い》るんだ。父様悪いと思ったら言ってくんねえ。相談と言ったのは是《これ》だ。己ア死物狂《しにものぐる》いで遣って来るが、何うだお前その間、おッ堪《こら》えて待《ま》って居てくれるか。」

思込んで言う口元はきりりと締まって、骨格逞《たく》ましく今が血気の二十一、二、裄《ゆき》の短かい目盲縞《めくらじま》の筒袖《つつそで》からはみ出す両肱《りょうひじ》の節《ふし》くれ立《だ》ったのを無造作に組合わせて、据眼《すえまなこ》に父の答《こたえ》を待って居る様子は、いかにも一心《いっしん》を籠《こ》めたらしく見える。

差向いに座って居る老爺《おやじ》もきかぬ気の面構え、剃《そ》りこぼった頭の処々《ところどころ》、最早《もはや》初霜の跡がちらちら見えるけれど、岩丈作《がんじょうづく》りの骨節《ほねぶし》は干枯《ひから》びた中にも流石《さすが》に屹《きっ》として居る。一文《もん》字口《じくち》二段鼻《だんばな》、まだまだ確《しっ》かりした男ではあるが、哀《あわ》れ両眼《りょうがん》は直《ひた》と盲《し》いて居《い》る。

首を斜めに肩を少し怒《いか》らせて、我子《わがこ》の言葉をつくづく聞いて居たが、「うむ、可矣《よし》、豪《ごう》気《ぎ》だ。遣付《やッつ》けろ。腕一杯《いっぺい》に遣付けろ。梅《うめ》、手前《てめえ》もいい野郎になったな。手前が左様《そう》いう気を出してくるのは己ア実に有難《ありがて》え。ナーニ、あとの事は案じるな。己も男だ。何《なに》をくよくよ思うもんか。高《たか》が三年や五年の間《あいだ》、ぐッと一寝入《ひとねいり》して待って居《い》たって済まア。此方《こっち》の心配《しんぺい》は些《ちっと》もいらねえ。今でも鋼鉄《はがね》の平作《へいさく》だ。己アまだまだ老込まねえ。目こそ満足に遣《つか》えりゃア、手前と一所《いっしょ》に行って見る位《くれえ》な元気だ。アハハハハ、行け行け。行かねえじゃア嘘《うそ》だ。何《なん》でも一番うまく遣《や》って、己の鼻も高くなるような、立派な身の上になってくれ。己ア今ッから楽《たの》しみにして待って居《い》るぜ。」

ああ、その実《じっ》平作は疝気《せんき》で悩んで、昨夜《ゆうべ》も一晩寝られなかった位《くらい》だ。一昨日《おととい》も起られない、身を我慢して杖《つえ》を力に漸《や》っと仕事に出たが途中の阪《さか》で流石の強情も遂《つい》にへたばって、片手に笛を持ったまま、辛うじて支《つ》いて居《い》た杖に取縋《とりすが》って、やや多時《しばし》は前へも踏出せなかった。「ああ己《おれ》も年を取った」と、思わず知らず出た言葉もつくづく身の衰えを感じたからでもあろう。けれども今は充分の元気を装って物の見事に言ってのけた。閉合った目は淋《さび》しそうに笑《えみ》を含んで、我子の方《ほう》へ向いて居《い》る。着物に余る膝頭《ひざがしら》の前を掻合《かきあわ》せながら乗出して、

聞いて梅吉《うめきち》はぞくぞくするほど嬉《うれ》しがった。

「父様、よく言ってくれた。何《なん》にも言わねえ忝《かたじ》けねえ。父様なればこそ左様いってくれるんだ。その有難《ありがて》え挨拶《あいさつ》に対しても、己《おら》ア屹度《きっと》遣って来るよ。行って帰った暁にゃア、望次第《のぞみしでえ》の贅沢《ぜいたく》も為《し》てえ放題《ほうでえ》させて見せらア、己ア真箇《ほん》に腕ッ限り魂《こん》限り遣って遣って遣りぬく気だ。」

と思わず拳《こぶし》に力も這入《はい》る。平作も身を進めて、

「うむ、うむ、手前なら屹度《きッと》遣るだろう。ああ己アいい子を持った。」

「ナニお前《めえ》、誉《ほ》めるなア未《ま》だ早《はえ》えや。だが己ア、少しの中《うち》でもお前に別れて居るのが

実を言やア、嫌だけれど、それを言った日にゃア仕様《しよう》がねえ。」

と流石《さすが》に少し萎《しお》れ顔《がお》、聞く身の思《おもい》も色には出たが、忽《たちま》ち変って声鋭く、

「べらぼうめ、其様《そん》な気で可《い》けるもんか。己《おれ》を見や。此様《こん》な身体《からだ》で居《い》るけれど、これンばかりも弱い音《ね》は吹かねえ。」

一揺《ひとゆり》身を揺《ゆす》って梅吉はまた乗出した。目には一雫《ひとしずく》涙を浮べて、

「父様《とッさん》、有難《ありがて》え、有難え、己《おら》ア礼のいい様《よう》も知らねえ。最《も》う逡巡《あとびッしゃり》は決してしねえよ。一も二もなく我無者《がむしゃ》に飛出さア。喜んでくんねえ。」

「それでこそ己《おれ》の子だ。己《おら》ア外《ほか》に言う事アねえ。ただ確《しっ》かり遣ってくれろよ。」

「うむ遣らなくって、何《ど》うするものか。」

と声に力の籠《こも》る折節、台所の方《ほう》からかん高《だか》な女の声で、

「梅様《うめさん》、今鰻《うなぎ》と酒が来たが、こりゃアお前《めえ》が誂《あつら》えたんだろうね。」

「左様《そう》だ左様だ。今そっちへ行《ゆ》くよ。」と、父の方《かた》へ振返って、「父様お前の好な蒲焼《かばやき》が来た。一盃《ぺえ》飲んでくんねえ。」

「手前《てめえ》また費《つい》えな事をしたな。止《よ》しゃアいいに。」

「ナーニお前。」と捨台辞《すてぜりふ》で梅吉は出て行《い》った。

平作はただ心の中《うち》に、ああ可愛《かあい》い奴《やつ》だ、一日も早く出世をさせて遣りてえ。己《おれ》の身体《からだ》は何《ど》うなっても構《かま》わねえ。うんと気丈夫にして出して遣ろう。己《おら》ア最う沢山だ。先は見えてらあ。これが真実《ほん》の娑婆《しゃば》塞《ふさ》げだ。こんなものに気を置かしてなるものか。左様《そう》だ。左様だ。

とばかり眉《まゆ》は自然と寄る途端、梅吉は無骨な手つきで膳を持って這入《はい》って来た。傍《そば》に出て居《い》る火鉢を除《ど》けて、足の曲がった能代の膳の縁の、離れて居《い》ない方《ほう》を父の前へ差向けながら、「さあ父様、始めよう。いいか注《つ》ぐぜ。」

「うむ、此奴《こいつ》ア御馳走《ごちそう》だ。手前《てめえ》の志だと思やア、己《おら》ア真箇《ほん》にうまく飲めるぜ。」

「左様いってくれりゃア、酒が活《い》きらア。まあまあ重ねねえな。」

肴《さかな》といえば鰻と菜漬ばかりだ。器はいずれも満足なものはない。部屋は素《もと》より風穴だらけで、根太《ねだ》は夙《とう》から抜けて居《い》るから、腹の切れた畳は波を打って居《い》る。天井といえば屋根裏ばかりの、何処《どこ》も彼処《かしこ》も煤《すす》古《ぼ》けて居《い》る此《こん》様な中《なか》にも、金で買われない春は二人の間《あいだ》にある。

「梅、手前《てめえ》は些《ちっと》も飲まねえじゃアねえか。己ア酌《しゃく》をしてえが勘が悪いから。」

「ナーニ先刻《さっき》から一人で飲《や》って居るよ。うむすッかり忘れて居た。己アこの間一寸《あいだちょっと》山仕事を遣らかしてね、儲《もう》けた金がここに八両ばかり有る。何《なに》かの足《た》しにお前《めえ》取って置きねえ。それから今度行《い》く事が極《き》まりゃア、親方から遣《よこ》す金も少しある。それも皆《みんな》お前に遣らア。」

盃《さかずき》を下に置いて平作は手を掉《ふ》った。

「ナニ己《おら》アいらねえ。何日中《いつかじゅう》くれたのも、未《ま》だ手を付けねえでそッくりして居らア。食って行くばかりなら按摩《あんま》でちゃアんと渡れるんだ。其様《そんな》に貰ったって仕様がねえ。手前それで出稼ぎのお名残りに、何《なに》か前祝《まえいわい》でもするがいいや。」

「祝は帰《けえ》って来てから思うさま為《す》らアな。其様《そん》な事を言わねえで取って置きねえ。え、よう、折角持って来たんだ。」

暫《しばら》く押合ったが遂《つい》に取らせた。流石平作は老人染《としよりじ》みて、

「手前《てめえ》は何《ど》うして此様《こんな》によく気を付けてくれるんだ。己アついぞ親らしい事もしず、野放しに抛出《ほうりだ》して育てた手前だが、親と思やアこそこうして始終……、ああ子は持ちてえもんだなア。梅己ア決して忘れねえよ。」

この上優しい言葉を掛けられたらば、涙もこぼしそうな様子で、殆《ほとん》ど泣声で言出した。首の骨を曲げた事は無《ね》えと若い時分言われた意地も、容易《たやす》く折れて手をつくのを梅吉は

慌てて押止めた。

「何《なん》だな。止《よ》しねえ、見ッともねえお辞儀なんぞをして其様《そん》な事をされちゃア己《おら》ア困っちまわア、子が親にするに何《なん》の不思議があるものかな。左様《そう》かと言ったッきりで黙って納《しま》ってくんねえ。」

周辺《まわり》の壊れた火鉢の上に手を負いながらも湯気を吹いて居る鉄瓶の中から新らしく燗《かん》のついた徳利《とくり》を引抜いて、

「さあ、熱いのが出来た。最う少し飲《い》きねえ。お前まだ些《ちっと》も酔わねえぜ。」

「ナニお蔭でいい心持になった。いつも左様いうが、手前と飲むと早く酔うぜ。」

「己もお前と飲むほどいい心持の事はねえ。だが喃父様《なアとッさん》、今に確《しっ》かり儲けて帰《けえ》って、こうしてまた二人で飲んだら、その時ア何《ど》んなにいい心持だろうな。」

「左様とも、左様とも、早く左様いうようにしてくれろ。」

「父様、一つ差そう。」

「うむ貰おう。」

父も喜び子も喜んで、彼是《かれこれ》する中《うち》に時も移る、酔えばいよいよ大束《おおたば》に出て、さも勇ましく今度の見込を話す梅吉の言葉を、喜んで平作は身を入れて聞いて居る。果《はて》は前後も左右もなく、我子の愛というより外《ほか》は何《なに》も彼《か》も忘れて、その昔寐酒《ねざけ》の膳の傍《そば》に未《ま》だ十歳《とお》ばかりの梅吉を引付けて、「梅手前は強《つえ》えなア」と肴《さかな》を挟んで与《や》った時のように、何《なん》とも知らずいい心持になった。

「最う飲《い》けねえ。すッかり酔っちまッたぜ。ああ酒はいいものよなア。何《ど》んな時に飲んでも事が面白くなる。ここが有難《ありがて》え。」

「まだお前余《めえよ》ッ程《ぽど》あるぜ。じゃア残して行《い》こう。そんなら父様《とッさん》いずれ改めて暇乞《いとまごい》に来らア。これから帰《けえ》って親方にその事も話をして、それから勝蔵親分の所《とこ》へ行《い》って来よう。」

「最う行くのか。まあいいじゃアねえか。」

「うむ、また来るよ。」

「左様《そう》か。じゃアまたその中《うち》に逢《あ》おう。」

梅吉はやがて帰って行った。時は早暮方《はやくれがた》になって、片隅から次第に暗くなって来た。豆腐屋の声と茹出温飩《ゆでだしうどん》と売残りの塩辛が入乱れて行《ゆ》く跡から、何処《どこ》の製造所から出て来たか腹の減ったような顔付をした一群《ひとむれ》が、思い思いの足並で往還を通《とおりす》過ぎる。路次向《ろじむこう》では赤ん坊が泣出す、隣の家《うち》では膳を踏返す、何《なん》の祝か遠くの方で花火の音が聞える、鍛冶《かじ》屋《や》の槌《つち》が鳴渡って、米屋の臼《うす》が響くというその中《なか》に埋《うま》って平作は柱に凭《もた》れながら、半ば眠《ねぶ》ったようにポツネンとして居《い》た。折しも吹起る風の音に、気が付いて耳をそばだてて、

「ああ悪く風になったたな。梅は住馴《すみな》れちゃア居《い》るだろうが、川ッ端《ぱた》はさぞ寒《さぶ》かろう。」

楯《たて》になって居《い》る破障子《やぶれしょうじ》はどッと吹撲《ふきなぐ》られて、今にも飛んで行《ゆ》きそうだ。

「ああ梅は最う家《うち》へ着いたろうか。」

遥《はる》かに法華寺の太鼓《たいこ》が聞える。四辺《あたり》はすッかり暗くなった。

二

号外の呼声は遠くなって、いつも通る辻占売《つじうらうり》も未《ま》だ廻《まわ》って来ない宵の取付《とりつき》、左衛門河岸の裏道を辿《たど》って行《ゆ》く一人の女がある。三河屋と大きく仮名で散らしたぶら提灯《ぢょうちん》をさげ、棒縞《ぼうじま》の半天の袖《そで》に千草色《ちぐさいろ》の包《つつみ》を抱えて、島田は根が重たくってと言いそうな銀杏返《いちょうがえ》しに銀の一本挿《ぼんざし》、東下駄《あずまげた》の突掛工合《つッかけぐあい》にも俠《きゃん》という処《ところ》が見えて、白粉《おしろい》無しの口紅ばかり、少しは御自慢らしい風の娘だ。

恰《ちょう》どその時後ろから、俯向《うつむ》きながら歩いて来る大男がある。女の足の造作もなく追付かれて、前の娘は何心なく振返った。

「おやッ、梅じゃないか。」

提灯を取直して莞爾《にっこ》り見上げる。男はそれと見て忽ち《たちま》顔を和《やわ》らげた。

「おお、お千代《ちよ》さん。今時分何処《どこ》へ。」

「何処へも無いもんだ。お前《まえ》は酷《ひど》いよ。」

「何故《なぜ》何故。」

「この提灯で誰だか分りそうなもんじゃないか。後ろから来ながら声も掛けないんだもの。たんと左様《そう》するがいいのさ。」

「詰らねえ事をいうぜ。己《おら》ア考えながら歩いて居《い》たから、前なんざア見《み》やしねえ。」

「何《なに》を考えながら歩いてたの。誰《たれ》かの事をかえ。」

「止《よ》せえ。癪《しゃく》をいうなえ。真実《ほんとう》に何処へ行《ゆ》ったんだよ。」

「いい処《とこ》。」

「話しねえな。」

「何《なに》ね、一寸《ちょっと》用があって大富《おおとみ》さんの処《ところ》まで行《い》って来たんだよ。真実《ほんと》にいい処《ところ》で遇《あ》ったねえ。お前は嫌だろう。」

と擦寄って一寸顔を見る。見返す梅吉も万更《まんざら》でない笑顔で、

「馬鹿《ばか》ア言いねえ。さあ、一処《いっしょ》に帰《かえ》ろう。」

「直《すぐ》に帰《けえ》らなくったって可《いい》じゃないか。未だ早いやね。真実《ほんと》にわざと拵《こさ》えたように落合ったねえ。私《わたし》ア此様《こんな》に嬉しがってるのに、お前は何《なん》とも思わないから平気だよ。憎らしい。」

と優しく睨《にら》む。

「べらぼうめ、男というものはな、表へ出して其様《そんな》にぎゃアぎゃア騒ぎゃアしねえ。これでも腹の中じゃアな、」

「無拠《よんどころな》くと思ってるんだろう。お前は不実だよ。」

手を挙げて二の腕をぷッつり、梅吉は大げさに顔を顰《しか》めて、

「あ痛《いて》え、邪慳《じゃけん》な事をするぜ。そんなら一寸何処かへ寄って行《い》こうか。左様《そう》いえばお前《めえ》に話して置きてえ事もあるんだ。」

と打解けて物和《ものわ》に出る。そうなるとまた女の方《ほう》は拗《すね》出して来る。

「何《なに》もお附合《つきあい》に其《そん》様な事をしなくってもいいよ。」

「其様な事をいうなえ。おつう悪く出るぜ。最もこうなっちゃア嫌だッたって連れて行かア。」

と少し御機嫌を取る。お千代は片笑《かたえ》凹《くぼ》に内心を見せながら、

「そんなら負けて上げようか。」

「なぞと恩に着せる奴《やつ》さ。余《あんま》り粗末にすると男罰《おとこばち》が当るぜ。」

「おほほほほ、さあ行《い》こう。」

と言いながら持って居《い》た提灯を吹消す。

「何《なん》だって消しちまったんだな。下らねえ事《こと》をするじゃアねえか。」

「私《わたし》ア闇《やみ》の方《ほう》が嬉しいわ。」

「なアんだ。」と一つ笑った様子、「闇が好《よ》けりゃア盲目《めくら》に成《な》んねえ。」

二足三《ふたあしみ》足《あし》前へ歩出した。お千代は後ろから追掛けるような調子で、

「人の気も知らないで何《なん》だねえ。あれ、恐《こわ》いから手を引かれておくれよう。」

「チョッ、困った孩児《ねんねえ》だなア。」

軒の下に寝て居た赤犬は吠《ほ》えようか吠えまいかと言う風で、怪訝《けげん》な顔をして後《あと》を見送った。闇は遠くなって行《ゆ》く足音を埋《うず》めて、只《と》見る中《うち》に二人は横町へ曲った。路次を抜けて左へ折れて、浮世鮨《うきよずし》の角から右へ這入れば、そこは阿多福新道《おたふくじんみち》と言って、艶《なま》めかしい住居《すまい》が並んで居る所《ところ》、「黄金升《こがねます》にて米《よね》量る」と怪しげな声で若衆《わかいしゅ》が稽古《けいこ》して

居る出格子《でごうし》の家《うち》から三軒目に、鳥という擦硝子《すりガラス》の招牌《かんばん》を掛けた家《うち》がある。浅黄の壁に箕《み》垣《がき》という拵《こしらえ》の処《ところ》から這入って、飛石伝《とびいしづた》いにずッと通れば、安普請の見付《みつき》ばかりの、鈴虫の籠《かご》という建築の二階家がある。室《へや》は大抵二畳三畳四畳半、大きな胡瓜《きゅうり》があれば挿《はさ》んで遣りたいような小間《こま》ばかりで、細長い縁側が蜘手《くもで》に折曲《おれまが》って居る。表二階の裏梯子《うらばしご》を下りると、猫の額ほどな中庭があって、横手にまた一つ小座敷がある。床《とこ》には贋一蝶《まがいいっちょう》の浮《うき》世人物《よじんぶつ》、脇《わき》に氷柱形《つららがた》の掛花瓶《かけはないけ》が水も入れた事もないから中《なか》は塵埃《ごみ》だらけで、誰が譃戯《いたずら》をしたのか護謨《ゴム》細工《ざいく》の花簪《はなかんざし》が挿してある。

暫くしてその室に姿を見せたのは先刻《さっき》の二人だ。鍋《なべ》を中に差向って箸を余所《よそ》に談話《はなし》をして居る、梅吉の煙管《きせる》の詰ったのを、お千代は通して遣りながら、

「女房がないと如此《こう》だから困るねえ。」

「一人ありゃア沢山だ。」

「おや何処《どこ》に。」と白《しら》ばッくれる。

「べらぼうめ、外《ほか》に有るもんかえ。其奴《そいつ》はな、三河屋の娘でお千代と言ってな、自慢じゃアねえが美《い》い女よ。お前《めえ》まだ遇《あ》った事はねえか。」

「馬鹿にお為《し》でないよ。お前は何《なん》だか当《あて》にならないよ。」とは言ったが腹では莞爾《にっこり》。

「これほど惚《のろ》くなっても、未だ不足か。だが喃《なア》、考《かんげ》えて見りゃア気が咎《とが》めらア」と口《くち》三味線《じゃみせん》で、「大事大事のお主様《しゅうさま》、勿体《もったい》ながら家来の身、」

「おほほほほ、久松にしちゃア色が黒いねえ。」

と掃除をしまって弗《ふっ》と吹いて見て、

「一服つけて上げようか。」

「うむ、気が付くな。お前《めえ》のなら美味《うま》かろう。」

「嬉しがらせはお止《よ》しよ。そりゃア何《ど》うせ中洲《なかず》の彼人《あの》見たいにゃア行《い》かないのさ。」

「止しねえ。彼様《あん》なものを兎《と》や角《こう》いったッて始まらねえ。」

「お前《まえ》は性悪だから油断がならないよ。」

と言いつつ一寸吸付けて、

「さあ」と煙管を差出したが、「おお苦い」と顔を顰《しか》めて口を拭《ふ》く。

「ハハハハ、お前《めえ》始めてか。」

「誰が外《ほか》の人に此様《こん》な事をするものかね。」

談話《はなし》が途切れて食事が始まる。やがて梅吉が差出す猪口《ちょく》に、お千代は手軽く酌《しゃく》をしながら、

「お前先刻私《まえさっきわたし》に話して置きたい事があるとか言ったね。何《なん》だえ。」

「うむ、そりゃア是非《ぜひ》話さなければならねえ。少し真面目な事だ。」

「二人で世帯《しょたい》を持とうとでも言う事かえ。」

「其《それ》もあり是《これ》もあるんだ。」

「おや嬉しいねえ。早くお話しな。」

とお千代は乗出す。梅吉は膝を直して、容《かたち》を改めるというほどでも無いが、少しきまって、

「まあ一盃注《ぺいつ》いでくんねえ。おっと可《よ》し、」と一口飲んで下へ置いて、「お前《まえ》まあよく聞いてくんねえ。己《おら》ア見掛けた山があってね、この頃《ごろ》に遠い処《ところ》へ出稼ぎに行《ゆ》く事にしたんだ。」

話出すのをお千代は遮ぎった。

「一寸待っておくれ。お前私《まえ》を置いて何処《どこ》かへ行《ゆ》くのかえ。私ア嫌だよ。好《い》い事かと思ったら何《なん》だねえ其様《そん》な事を。」

「まあ聞きねえ。それも一つにはな。親父に飽《あく》まで楽《らく》をさせてえし、一つにはお前《めえ》だって、今の己《おら》の身の上じゃア、貰掛《もらいか》けた処《ところ》が親方がてんから承知もしめえ。そればッか

りじゃアねえ己《おれ》だっても、人に押されねえ身になりてえや、そこで己《おら》ア身上《しんしょう》を拵《こさ》えに、一番力瘤《ちからこぶ》で出掛ける心算《つもり》だ。左様《そう》すりゃア暫くの間《あいだ》は、お前にも別れて居《い》ざアならねえ。お前もまあ乗掛《のっか》った船だ。それも嫌なら仕方がねえけれど、己を思ってくれるなら、帰《けえ》る時まで我慢して待って居《い》てくんねえ。己《おら》の為《ため》なりお前《まえ》の為だ。ぐッと呑込《のみこ》んでいい挨拶をしちゃアくれめえか。」

目瞬《またたき》もせずお千代は梅吉の顔を見詰めて居る。言終って梅吉もまたじッと見返した。

「そしてお前何辺《まえどっち》の方《ほう》へ行《ゆ》くの。」

「ぐッと乗切《のッき》るんだア。先は米国《アメリカ》だ。」

「米国。」と目を見張って、「あの大津絵《おおつえ》で唄《うた》う米国かえ。何《なん》だって其様《そん》な処《とこ》へ行《い》っ仕舞《まい》うんだねえ。私ア嫌だよ。其様な遠い処へ行《い》って跡《あと》の私を何《ど》うするんだえ。私ア嫌《ち》だよ。一寸逢《あ》うッたってなかなか逢われやしないじゃないか。嫌だよ。嫌だよ。私ア聞かないよ。」

「分らねえなア、」と眉を顰《ひそ》めて、「それだから事を分けて言ってるじゃアねえか。」

「私は何《ど》うせ分らないよ。」と生娘《きむすめ》らしいダダをいう。

「其様な事を言っちゃア困らアな。冗談じゃアねえ。落付いてよく考えて見《み》ねえ。」

お千代は聞入れずただ首を掉通《ふりとお》す。

「私ア嫌だよ。何《なに》が何《なん》でも嫌だよ。一日だっても私ア離れる気はないよ。お前《まえ》それでも強《たっ》て行《い》くんなら、私を一所《いっしょ》に連れて行《い》っておくれ。」

「仕様がねえなア。聞きねえ。そりゃア己《おれ》だってもな、お前《めえ》に別れるのは勿論《もちろん》嫌だ。嫌は何処《どこ》までも嫌だけれど、そこが浮世だ。左様《そう》両方いいようにゃア行《い》かねえ。当座の別離《わかれ》を兎《と》や角《こう》いうのは、そりゃアお前鼻元思案《はなもとしあん》だ。ぐッと先へ目を付けねえ。こうしてぐずぐず萎《しな》びてしまうか。うんと大《でか》ばちな身の上になるか。考えなくっても分るだろう、お前どっちがいい。苦労の為時《しどき》ッて言う若え年頃をあッけらかんと暮らしてなるものかな。お前も従っていい目に遇うんだ。お前この位《くれえ》な辛抱が出来ねえか。」

未だ肚《はら》に嵌《はま》らねえかと、顔に言わせて屹《きっ》と見込んだ。流石《さすが》にお千代も折て来て、そう我儘《わがまま》も言わなくなる。

「それなら何《ど》うしてもお前《まえ》は行《ゆ》くの。私はまあ何《ど》うしようねえ。」投首《なげくび》で萎出《しおれだ》したが、

「そしてお前何《ど》の位の間《あいだ》行って居《い》るの。」

「見込をつけた処《ところ》は三年だ。」

「え、三年。」とまた目を見張って、「そんな長い間顔を見られないのかえ。私ア嫌だ

よ。嫌だよ。嫌だよ。」

とまた蒔直《まきなお》しをする。

「そこが辛抱だ。お前《めえ》の肚《はら》は分《わか》ってるが、ここは何《ど》うしても己《おれ》を立ててくれなくッちゃアいけねえ。」

「お前《まえ》は自分の勝手ばかり言ってるよ。分ってるとお言いだけれど、お前私の身に成っても御覧な。その間《あいだ》私アまあ何《ど》んなだと思って居るの。些《ちっと》はお前察《さっ》しておくれよ。」

と心細い声で言出す。

「尤《もっとも》だ。そりゃア己《おれ》も思わねえじゃアねえ。」

太い声もいくらか物優しくいう。お千代はなおもしんみりと、

「私のようなものだって、お前可憫《かわい》そうじゃないか。私ア何《ど》うしても離れる気はないよ。お前は平気で私を置いて行《ゆ》くほど、それだけ情《じょう》がないのだよ。彼地《あっち》へ行ったらお前また浮気をお為《し》だろう。」と怨言《うらみ》まじり。

「べらぼうめ。其様《そん》な気楽な事が出来るもんかえ。最う文句はいらねえ。待つか待たねえか返事をしろ。嫌なら嫌でいいや。勝手にしねえ。」

と疳癪声《かんしゃくごえ》、お千代は吃驚《びっくり》して顔を見上げた。

「あらお前怒《おこ》ったの。」

「怒りゃアしねえけれど、何時《いつ》までも形《かた》がつかねえからよ。己《おら》ア其様《そんな》に優長《ゆうちょう》にしちゃア居《い》られねえ。」

「お前は何故《なぜ》そう気強いのだねえ。私ア待たないとは言わないよ。けれどもお前、別れるのが辛いという私が悪いかえ。」

「だってお前仕様《めえ》がねえや。」

「私ア何《ど》うして可《いい》か分らなくなってしまったよ。それなら何《なん》だね、こうして談話《はなし》をするのも最う僅《わずか》の中《うち》だね。私ア最う何《なん》だか悲しくなって……。」

「左様《そう》言ってくれるな。己《おれ》だってもお前を忘れる空《そら》はねえ。」

顔を見合せて暫く無言、目は互《たがい》に物を言って居る。流石《さすが》女気のお千代は涙梅吉はそれなり俯向いてしまった。徳利《とックり》はいつの間にか冷たくなって居る。

三

立並んで居《い》る船宿の中《うち》で三河屋が一番早く起きた。今日は梅吉がいよいよ行《ゆ》くという日だ。立振舞の酒を出して、親方は目出度《めでた》く門出を祝ってくれる。朋輩の誰彼《たれかれ》も、じゃア達者で行《い》って来ねえと、言葉は淡白《あっさり》して居《い》るが充分実意を含んで、銘々に別離《わかれ》の心を酌《くみ》交《か》わす。そんなら是《これ》から親父《おやじ》の処《ところ》へ暇乞《いとまごい》にと、漸くそこを立出でたのは未だ朝汐《あさしお》の引かない時分であった。

河岸には始終上乗《うわの》りをした舟が、舳《へさき》を並べて繋《もや》ってある。水は無心に流れて行《ゆ》く。朝霧を冠って居る厩橋は墨絵のようで、向島はただ髣髴《ほうふつ》として居《い》る。ああ、数えて見れば幾年越、朝夕《あさゆう》となく通馴《かよいな》れた処《ところ》、今が別れかとつくづく見渡せば、勇む心も流石にたじろいで、暫くその場を去りあえず佇《たたず》んで居た。水に曝《しゃ》れて腐込《くされこ》んで居る杭《くい》に古簑《ふるみの》の破れたのが引掛《ひッかか》って居るのも、心あって目を付ければ何《なん》となく裏悲《うらかな》しくも見える。思返して漸く歩出《あるきだ》した。親父《おやじ》の方《ほう》へ行《ゆ》く前に梅吉は一つ寄る処《ところ》がある。先刻《さっき》家《うち》の首尾を拵《こしら》えて三河屋を一足先に出て行《い》った人がある。梅吉はその人と落合わなければならぬ。

梅吉は急ぎ足になってその方《ほう》へ行《い》った。只有《とあ》る淋しい町の二階で、梅吉の上がって来る影を見るより、待って居たよとばかり飛立って迎えた人がある。それはお千代だ。

＊　＊　＊　＊

「あのねえ。これは紫繻子《むらさきじゅす》で異《おか》しいけれどねえ、昨夜《ゆうべ》私《わたし》が秘密《ないしょ》で拵《こさ》えた胴巻だよ。先《せん》達《だって》よく締めて居《い》た帯を破《こわ》したんだから、お前《まえ》後生だから何《ど》うぞ身につけて行っておくれな。その中《なか》にお金が少し這入ってるよ。それはお前も知ってる田舎の叔母さんがね、何《なに》か買えって私にくれたんだよ。それから水天宮様の護符《おふだ》も這入ってるよ。それからね、大変あつかましいけれどね、」と一寸羞《はず》かしそうに笑って「私の写真も這入ってるよ。」

「そりゃア種々《いろいろ》と有難《ありがて》え。帯を胴巻とは妙に思付いた。帰《けえ》って来るまで肌身を離すめえよ。その金は己《おら》アいらねえ。」

「左様《そう》いわないで私の心意気を受けておくれよ。少しばかりだけれどお前の何《なに》かの足しになったと思えば、私ア何《ど》んなに嬉しかろう。私ア知ってる通りおッ母《かア》がふんだんだから、それが無くっても少しも不自由はしないよ。」

「じゃアまあ貰って置こう。ああお前《めえ》も己《おら》のようなものに掛り合ったが因果で、いろいろ気を遣わせると思やア、己ア真箇《ほん》に気の毒でならねえ。」

「其様《そん》な事はいいけれど何《ど》うぞねえ、一つ事を五月蠅《うるさ》くいうようだが、お前彼地《まえあっち》へ行《い》ったら身体《からだ》を大事にして、屹度《きっと》病《わずら》っておくれでないよ。何《ど》うぞ早く帰って来て、ねえ、一日でも早く喜ばせておくれ。それにしても、最う直《じき》に別れなければならないかと思うと、私ア真実《ほんとう》に堪《たま》らなくなってくるよ。」

「そりゃア己だっていい心持はしねえ。」

「何《なん》だって今日に決めちまったんだねえ。」

「其様《そん》な事を言ったって仕様がねえ。だが喃《なア》、己アお前《めえ》というものがあるので、先方《むこう》へ行《い》ってからも何《ど》んなに励みになるか知れねえ、言うまでもねえけれど、お前も身体を厭《いと》ってな、必ず達者で居《い》てくんねえ。己ア行ってしまってからは、帰《けえ》ってお前の笑顔《わらいがお》が見られるというのが最上《いち》の楽《たのし》みだ。」

「私ア別れるのが実につらいよ。」

「最うそれを言ってくれるな。無理にも笑って見せてくんねえ。」

「何《ど》うかして最う一日延《の》しておくれな。」

「其《そ》んな事を言っちゃア切《きり》はねえ。勝蔵親分は新橋で待合してるはずだ。最う何うにも抜差はならねえ。」

「仕様がないねえ。お前《まえ》最う外《ほか》に言置く事はないの。私ア言いたい事だらけだけれど、何《なん》だか胸がつかえてしまって……。」

「己《おれ》も何だか別れともねえけれど、最う左様《そう》しちゃア居られねえ。」

「其様《そんな》に早く行っちゃア嫌だよ。」

「それだってお前《めえ》……。」

「私ア寧《いっ》そお前《まえ》と一処《いっしょ》に行ってしまいたいよ。」

膝に縋って、お千代は泣伏す。乱れかかって居る髪と真白《まッしろ》な首筋を梅吉はじッと見詰めて居たが、思わず知らずはらりと一雫衿元《えりもと》へつい振落す。お千代は濡優《ぬれまさ》る顔を上げて、

「お前《まえ》も泣いてくれるのかえ。」

と涙で一杯な目に見上げたが、「お前」と梅吉の諸手《もろて》を把《と》って、

「忘れてくれちゃア聞かないよ。」

「そりゃア己《おれ》も屹度頼むぜ。」

把合《とりあ》った手は容易に離れない。やや多時《しばし》はそのまま言合したように顔を見詰めて居る。漸く気をかえて梅吉は遂に引離した。

「ああ、こうして居ると何《なん》だか行きたくなくなって来る。己《おら》ア一思《ひとおもい》に出掛けるよ。じゃアお前《めえ》、達者で居ねえ。」

と立上った。お千代は無言で裾《すそ》を押えて居る。

「とめてくれるのは嬉しいけれど、それじゃア己ア困らアな。よ放しねえ。」

お千代はなお確《しっ》かり押えて、忍音《しのびね》にただ泣いて居る。しよう事がなく梅吉は再び座った。逢うの嬉しさ別れのつらさ。思う中《なか》なら道理《もっとも》ではある。だましつ賺《すか》しつ、漸くの事で納

得させて、梅吉は遂に往還《おもて》へ出た。お千代はいきなり手摺《てすり》の処《ところ》へ駈出《かけだ》して手巾《ハンケチ》を噛《かみ》しめてじッと見送った。梅吉もまた振仰《ふりあお》いで、見れば思えば流石に引かされる。無言で挨拶すれば涙で答えるそのいじらしさには、踏出す力も一時《いちじ》はなくなった。

「畜生め、おつう遣るぜ。」

と車力体《しゃりきてい》の男は聞えよがしに言って過ぎた。梅吉ははッと急足にきまり悪さを隠す。お千代も同じく中《なか》へ逃込んだが、細目に引開けた障子の間《あいだ》から、目は何処《どこ》までも後姿《うしろすがた》を離れない。雁《がん》が共音《ともね》に鳴連れて行った。

四

「そんなら父様《とッさん》。」と梅吉は出掛ける。

「うむ、最う行《ゆ》くのか。勇んで行《い》きねえ。文句《もんく》はいらねえが、うまく遣って来てくんねえよ。」

声尻《こえじり》たしかに父は元気よく言放つ。子はその顔を見詰めて居《い》たが、

「父様、如才もあるめえが、何《ど》うぞ先刻《さっき》言った事をな。」

「うむ、呑込《のみこ》んで居るよ。最う何《なに》も気に掛けるな。あとへ心を残すようじゃア、先へ

行って踏張った仕事は出来ねえ。己《おれ》の事は決して案じるにゃア及ばねえよ。大丈夫《でえじょうぶ》だ。目こそ不自由で些少《ちっ》とひけるが、身体《からだ》はいつでもシャンと来いだ。さあ行きねえ。ぐッと景気をつけて行きねえ。」

「うむ行くよ。じゃア父様無事で。」

意を決して梅吉は行《ゆ》きかけたが、名残惜しさについ振返る。今まで屹《きッ》として居た平作は、様子を変えて急に立上った。

「ああ梅、」と見当の違った方を招いて、「一寸待《ちょっと》ってくれ。」

聞くまでもなく梅吉は駈戻《かけもど》った。見詰める目には有余《ありあま》る心。

「父様、何《なん》だ。」

我知らず平作は梅吉の肩へ手をかけて、

「梅、笑ってくれるな。別れに何《ど》うかして一目手前《てめえ》を見てえが、そりゃアとても出来ねえ事だから、せめて手探《てさ》ぐりにでも能《よ》く覚えて置こうと思うんだ。梅、親の心だ、探《さぐ》らしてくんねえ。」

「うむ有難《ありがて》え。己《おら》も最う一遍よく父様を見て置こう。」

覚束《おぼつか》ない手で平作は撫廻《なでま》わした。梅吉はいうに言われぬ悲しさを覚えて、鷲掴《わしづかみ》にして居た手拭《てぬぐい》で窃《そっ》と目の縁を拭く。

「父様、お前《めえ》よく分るか。」

「分るとも。手前己《てめえおれ》が目の利いて居た時分と些少《ちっと》も変らねえな。ああ小気味よく肥大《ふと》ってるぜ。何《ど》うぞこの身体《からだ》を瘠《や》せさしてくれるな。」

身体を抱くようにして、見えない目で暫く見詰めた。

「梅、己《おら》ア真実《ほんとう》に手前《てめえ》を可愛《かあい》がったぜ。」

「己《おれ》だっても喃《なア》、一日もお前《めえ》を思わねえ日はねえ。」

「達者で居てくれろよ。」

「お前も尚更《なおさら》身を大事《でえじ》にしてくんねえ。」

「梅……。」

「父様……。」

「ああ目が明きてえなア。」

はらはらと落つる梅吉の涙は、肩へ横にかけて居た平作の手首を濡した。平作は心付いてはッと引離れた。

「あははは、つい下らねえ愚痴になったぜ。よしねえ事をした。さあ、一つ笑って別れよう。」

梅吉は返事もせずただ顔を見て居る。

「梅、何《なに》をして居るんだ。」

「己《おら》ア最う些少《ちっと》ここに居よう。」

「ええ思切の悪い。梅、未練だ。何をぐずぐずして居るんだよ。其様《そん》な事じゃアいけねえ。最《も》っと威勢をつけやな。未練だ未練だ。」

未練だという平作にも未練は充分ある。励ます口の下からも、別れともない色は穂に顕《あら》われないまでも見え透いて居る。形《かた》ばかりに二人はまた別れの言葉を交わした。梅吉は未だそのまま立って居る。平作は遂に手を把《と》って外へ押出《おしだ》した。

「いずれ目出度く会おうぜ。」

笑って見せてピッシャリ障子を閉めてしまった。梅吉は無拠《よんどころな》く歩出《あるきだ》した。二、三間《げん》踏出して礑《はた》と立止《たちどま》って我にもあらず振返ったが、それなりまた駈戻《かけもど》って来た。

「父様、父様。」

平作も実は障子の蔭で、窃《ひそ》かに耳を欹立《そばだ》てて居た。

「何《なん》だ。未だそこに居るのか。何《なに》をして居るんだなア。」

とは言ったが急がわしく障子を引明けた。梅吉は直《ひた》と身を寄せて心を籠《こ》めた目にしげしげと振仰いで見た。

「父様最う一度顔を見せてくんねえ。」

五

木枯の果が帆柱の森を鳴らして、沖の鷗《かもめ》も何処《どこ》へか見えなくなった冬の昼過《ひるすぎ》、梅吉は遂に横浜を出て行《い》った。追手《おいて》の風が残る烟《けぶり》を吹撲《ふきなぐ》った跡は渺茫《びょうぼう》たる水と雲ばかり、汽笛の声も半ばは太平洋の方《かた》へ散ってしまった。波止場《はとば》の浪《なみ》は寄せて返して、その後《のち》外国船は度々来たが、言った通り三年の間彼《かれ》は帰《かえ》って来なかった。

桑港《そうこう》へ着いてからの彼の歴史は、労働の歴史である。彼は腕の続く限り有らゆる力役《りきえき》に身を委《ゆだ》ねた。彼が一念は天晴《あっぱれ》稼出してというより外《ほか》は無い。かくして半年余りに漸く百弗《ドル》の金を得たけれども、こればかりの事で兎《と》ても満足しては居《い》られない。「こんな道を拾ってちゃア仕様がねえや。」と終りに言放って、更に荒い稼ぎに目を付《つ》けた。彼は一転して猟虎船《ラッコぶね》に乗組んだ。

ベーリング海の波濤《はとう》はしばしば彼を呑《の》まんとした。張りきって居る彼の気は更に危険をも感じなかった。アラスカの雪を渡って横手なぐりに吹く風に海は黒吼《くろぼえ》に吼《ほ》えて、寒暖計も為《ため》に凍りつめる寒《さぶ》さの中《うち》に、彼は一意奮って事に従った。絶海の荒磯際に見るものとては何《なに》もない。耳も劈《つんざ》く怪しげな鳥の声を聞いて、遥かに浪を蹴って行《ゆ》く一群の鯨を眺めながら、一盞《さん》のジンに辛《から》くも労を慰める位《ぐらい》が山である。そればかりにも満足して、彼は飽くまで辛苦に堪えた。

幾度か彼は故郷を想起したであろう。あわれ老に臨んで明《めい》を失って、憂世《うきよ》の渦中に一人格闘して居《い》る父の上を、彼は思わずには居られなかった。今一人取分けて心を惹《ひ》く人が、此方《こなた》の空を見詰めてただ待焦がれて居る姿を、幾度か彼は現《うつつ》に見たであろう。されど彼は離れて居る間、よしない物思《ものおもい》をしまいと決心した。彼はその思を紛らす為に、進んで忙しい中《なか》に身を置いた、彼はただ閑暇《ひま》を恐れた。その上にも有りと有らゆる手段を求めて、それからそれと心を移した、人の思のかくしても止まるものではない、彼は身を休める直《すぐ》に酒を飲んだ。彼の酒量は非常に上《あが》った。酔ってそのまま寐《ね》てしまって、目が覚めるや否《いな》や寸時の猶予《ゆうよ》もせず飛起《とびお》きて働いた。

運よくも意外の獲物は日頃の十倍に越えて、乗組員は皆《みな》多額なる配当の仕合《しあわせ》を喜んだ。多猟《たりょう》の船が着くという報知は早くも桑港に来て、是等《これら》水夫の上汁《うわしる》を吸おうという輩《やから》は、手ぐすね引いて待綱《まちあみ》を張って居た。されど梅吉は骨牌《カード》の席へも臨まなかった。紅帳《レッドカーテン》の家《うち》へも行《ゆ》かなかった。一瓶のブランデーに疲れを医《い》して、醒《さ》める直《すぐ》に他《た》の仕事を求めた。何処《どこ》を伺《ど》う潜り込んだか、彼は熊坂松《くまさかまつ》と綽名《あだな》された下田生れの男と共にまたも或《あ》る秘密の船に傭《やと》われた。彼は並外れたる報酬にかえて、抜売《スマッグラー》の仲間へ入込《いりこ》んだ。

彼はそれより北米沿岸の津々浦々を航海して廻った。一行の仕事は闇《やみ》の夜《よ》である。彼は最もよくその職を尽した船員の一人である。船長の満足は彼に非常の好遇《こうぐう》を与えた。彼はその下に立って最も大胆に最も敏活に働廻《はたらきまわ》った。その健腕とその勇気とは、あまねく船中の称する所であった。かくして彼は遂に太平洋を横ぎって濠洲《ごうしゅう》へと押渡った。

彼は船長に愛せられて次第に無二の幕僚となった。再び桑港へ帰った時、人々は莫大の利益に従ってそれぞれの配当を得て、多くはこの船を立去ったが、彼はなお留って片腕と頼まれて居た。三たび桑港へ帰った時は彼が予《かね》て定めた三年の期限であった。彼は強いて止《とど》められたけれど押して船長の許《もと》を辞した。船長は給料と利益の配当との外《ほか》に餞別《せんべつ》として更に夥《おびた》だしい金を贈《おく》った。上陸しても彼は長くその地に留っては居ない。彼は既にその目的を達した。かの紫繻子の胴巻の中《うち》には合せて今三万弗《ドル》の手形がある。勝蔵親分の許へ行《い》って充分の礼をして父とお千代とにと目を驚かすほどな土産物を買った後《のち》、彼は直ちに帰国の途についた。日は花やかにテレグラフ、ヒルの燈明台《とうみょうだい》を射る冬の朝早く、チャイナ号は彼を載せて海原の霧を分けて行《い》った。

船を共にして帰朝する同国人の中《うち》に両人《ふたり》の紳士がある。彼等《ら》は欧洲から廻って来た人々である。一人はグラスゴー大学出のバチェラー、オブ、サイエンスで、その一人はリオン大学出のドクトル、アン、ドロア幾年かの修学によって得た学位と名誉とはその両肩《りょうけん》にからまって彼等は如何《いか》にも得々《とくとく》として見える。されどその得々たる点においては梅吉も更に譲らなかった。彼は両位《りょうい》の紳士よりはなお大《おお》なる艱苦《かんく》を凌《しの》いだ。愛嬌《あいきょう》のあった彼の眼《め》からは、人を射る鋭い光が出て、ふっくりとして笑うように見えた頰《ほほ》も、たの間にか淋しくこけてしまった。骨折《ほねおり》からいえば梅吉は今日の結果をこの紳士達よりは或《あるい》は高く買ったかも知れぬ。けれども彼は少しもその事は思わなかった。己《おれ》は己だけの事を遣ってのけたんだと、彼は実に得々として居た、ああ彼が満腔《まんこう》の喜びは今何《ど》れほどであろう。彼は一直線に日本の空を見詰めた。波は浮いて雲は懸って見渡す限りただ縹《ひょう》渺《びょう》として居る。チョッ、この船はべらぼうに遅いじゃねえか。

六

「し、し、し、しッ、しまった。父様《とっさん》は、あの父様は、な、な、亡くなってしまったか。情けねえッ、何故《なぜ》死んだ何故殺した。己《おら》ア……、己ア……、己ア……、むむむむ。」

無念の歯噛《はがみ》に身を震わせ、拳を握んで突立《つった》つ梅吉、そのまま犬居《いぬい》に撞《どう》と仆《たお》れる。太助《たすけ》も何《なん》と慰める言葉もない。

「尤《もっとも》だ。尤だが何《なに》というにも過ぎた事だ。約束事と諦《あきら》めるより外《ほか》に仕方はない。お前《まえ》の腹じゃアなるほどそりゃア済むまいが、こういう事が世間にもよくある。それだけ残念がって居るお前の心持で、平様《へいさん》も浮ぶというものだ。諦めなさい。諦めなさい。」

梅吉は殆ど前後不覚で、人前も構わず男泣きに泣出した。手を付けかねて太助は見て居たが、

「そんならお前平様の事は些少《ちっと》も知らなんだか。」

哀悼の涙に乱れて梅吉はなお夢中で居る。

「父様、何故死んでくれた。何故死んでくれたよう。愚痴を言うじゃアねえけれど、

三年の辛苦は何の為だ、何故我慢にも待っててくれねえ。こんな事になると知ったなら、先の長《なげ》え己《おれ》の身体《からだ》を、何《なに》あせって踏出すものか。く、く、口惜《くや》しい。己《おら》ア口惜しい。思うお前《めえ》を先立たして、何《ど》うして己《おれ》が済むと思う。父様恨みだ、何故死んでくれたよう。ああ何故死んでくれたよう。」

またも声を挙げて正体もなく泣出した。顔は熱《ねっ》して火のようになって、最早拭《ぬぐ》おうとも為《し》ない涙《なみだ》は、滾々《こんこん》としてその上を押流れる。気の毒とばかり太助は宥《なだ》め顔《がお》に、

「いくら歎《なげ》いても仕様はない。取って返しの出来ない事だ。是非もない運と諦めて、喃《なア》、思切って目を拭《ふ》いてしまいなさい。」

梅吉は漸く涙の隙《ひま》から、

「今更泣いたって追付かねえけれど太助さん察してくんねえ。己《おら》ア此様《こん》なはずで帰《けえ》っちゃア来ねえ。己アこの胸が実に張裂けるようだ。」と落ちかかる涙を払って、「太助さん、己が行《い》ってから後《のち》の事をお前《めえ》知って居なさるだろう。後生だから聞かせてくんなせえ。」

「それも話せば涙の種だ。しかしこりゃアまあ追《おっ》て話そう。この上お前《まえ》の歎《なげき》を見るのも気の毒だ。」

「構わねえから話してくんなせえ。ざッとでも可《い》い。聞きてえから。」

「それじゃアまあ皆《みんな》打明けて話してしまおう。聞きなさい。こうだ。お前が出掛けてから当座の一年足らずというものは、何《なに》も彼《か》も極々《ごくごく》無事でな、平様は毎日稼業に出るし、一所に居る弥太郎《やたろう》夫婦も、知ってる通り悪気のない人達だから、出来るだけは随分世話もする。あのままで行《ゆ》けば何《なに》もないんだが、ここが平様の運の悪い処《ところ》だ、恰度《ちょうど》冬の取附《とりつき》だっけ隣《となり》家の土方の処《とこ》から火事を出してな、あッという中《うち》に家は全焼《まるやけ》だ。平様はその前に出掛けて夢にも知らないで、帰《かえ》って見ると着て居るものより外《ほか》に何《なに》もないという始末さ。弥太郎夫婦も仕様がないので、田舎へ引込《ひっこ》んでしまうという事になる。並々のものならば実に途方にくれるという処《ところ》だ。だが平様は如彼《ああ》いう気性だから、「灰になりゃアそれまでだ。惜しいと思う身代でもねえ。あははは。」ッてお前《まえ》笑ったぜ。私《わし》も心易くした中《なか》だから、「ともかくも梅様の処《ところ》へ知らせて遣って、後《あと》の相談でもしなければ早速困るだろう。」と種々《いろいろ》言って見たが平様は一向聞入れないで、「ナニお前《めえ》梅は今一処懸命に稼いでる処《ところ》だ。此《こ》んな事を聞かせて余計な心配《しんぺえ》をさせたくねえ。彼奴《あいつ》はお前親思いだから、知らせて遣りゃア直《す》ぐに帰《けえ》って来る。左《そ》様すりゃア折角遣りかけた仕事も、中途で止《や》めさせてしまわざアならねえ。この位な事で己《おら》ア彼奴《あいつ》の邪魔アするのは嫌だ。遣る処《ところ》まで思うさま遣らして見てえ。真箇《ほん》によここからもし声が届くものなら出来るだけ威勢をつけて遣りてえのだ。ナニ己ア一人で何《ど》うにかするよ。食いさえすりゃア、生きて居るんだ。訳はねえやな。」とこう言ったぜ。」

「うむ、それほどまでに己《おら》を思ってくれたか。ああ父様、己アこれというほどの恩返しもしねえに、お前は何《ど》うして左様《そう》己を可愛《かあい》がってくれるんだ。」とばかり重ねて目を押拭って、「うむ、それから。」とまた聞きかける。

「それッきり平様は誰《だれ》にも知らせずに、何処《どっ》かへ行《い》ってしまったじゃアないか。私《わし》も一人でただ心配して居ると、それから恰度三月《ちょうどみつき》ばかり経ってひょッくり私の処《ところ》へ訪ねて来た。驚きながらも先ず先ず安心して、何処《どこ》へ行《い》って居たと聞いたがその事は一向言わず見れば様子もひどく窶《やつ》れて、顔の色も心細いほど悪いんだ。気になるから聞いて見たが、何《なん》ともねえとばかりで其《それ》も言わずさ、自分の苦労は全体いわない人だからと思って、慰めるようなまあ話をして居ると、「実はお前《めえ》に少し頼む事があって来たんだ。」と言うから、「私のようなものだけれど、出来る事なら及ばずながら頼まれよう。」と言って私も膝を進めた。

するとと平様のいうには、「此様《こん》な事を言出しちゃア早まり過ぎたようで、何《なん》だか胆《きも》ッ玉《たま》の小《ちい》せえようにも聞えるが、人間というものは脆《もれ》えもので、いつ何時《なんどき》どんな事があるかも知れねえ。己《おれ》もこの頃は年を取って愚痴になったよ。そこでお前に頼みと言うのは外《ほか》でも無《ね》え梅の事だ。ひょッとして己の亡《ね》え後《のち》に梅が帰《けえ》って来たならばね、己の心を何《ど》うぞよく伝えてくんねえ。己アね、こうして居ても絶間アなく思出すのは梅の事だ。実を言やア……」と言掛けたが気をかえて、「そりゃアまあいいや。梅にこう言ってくんねえ。己《おら》ア梅《うめ》が一生懸命に稼いで居てくれると思って心丈夫にその日を送って居た。ところで或日の事、梅が立派に出世した夢を見て、(この夢は真実《ほんと》に見たんだ)いい心持そうに笑ったッけが、その日に目出度く往生したと、忘れずに屹度《きっと》言ってくんねえ。くれぐれもお前頼むぜ。」

これで外《ほか》に心残りもない。とばかりで直《すぐ》に帰りかけるから私は慌てて止めた。第一居処《いどころ》も聞かないで、それに何《なん》だか心元ない容体《ようだい》のままで別れてしまう事は私は何《ど》うしても出来ない。そちこちして居る中《うち》に晩方にもなる。足元も危ないからと漸《やっ》との事で引止めて、その晩とうとう家《うち》へ泊めたが、」

ここまで続けて太助は俄《にわ》かに言葉を止《と》めた。暫くして鼻を詰らせながら、

「その翌朝《よくあさ》の事だっけ、」

とばかり後《あと》を継ぎかねて、窃《そッ》と梅吉の顔を見る。聞く身の素《もと》より覚悟はして居ても、弱いは流石に子の心、梅吉は総身《そうみ》を我《われ》と引《ひき》しめて、声は立てないが苦しげに唸《うめ》いて居る。

太助は目をしばたたいて、

「私は委《くわ》しく言う事は出来ない。実にその、俄かの事でな、私もその時は何《ど》うしようかと思ったよ。それッというので医者の処《ところ》へ人を飛ばして遣ったが、最うそれも間に合わずさ。見る中《うち》に平様は土気色になって、囈言《うわごと》のような事ばかり言って居たが、いきなり頭を持上げて、「梅を、梅を、呼んで来てくれ。早く呼んで来てくれ。」と最う正気もなくなって来た。その中《うち》に「水を水を」というから、急いで一杯遣るとごッくり咽《のど》へ通ったが、うんと身悶《みもだ》えして一尺ばかり乗出して、ほッ、ほッ、と苦しそうに息切れをさせながら、「梅や。梅や。」と二言ばかり言って、両手を出して空《くう》を摑《つか》んだ。」

「た、た、た、沢山だ。最うそのあとは聞かせてくんなさるな。」

庭の紅葉《もみじ》は心なく散って居る。堪《こら》えかねたる咽押破《おしやぶ》って、一声絞《しぼ》る梅吉の悲鳴に、折しも往還《おもて》を通りかかった巡査は、何事と思わず足を止めた。空もいつしか一時雨《ひとしぐれ》、その雲の色。

七

梅吉は実に暗黒の底へ投込まれた。彼はその中《うち》に埋《うま》って出ようともしない。がその暗黒の上に、闇を照すべき光明が一つある。梅吉はこの世の中《うち》に今一つ慰むべきものを持って居る。愛の手はこの時彼が胸の中《うち》にある琴の糸に触れて美妙の力を以《もっ》て彼を喚覚《よびさ》ました。彼は始めて首を回《めぐ》らして他《た》の方面に目を付けた。この上はただお千代に逢って、あわれこの歎《なげき》を忘れんものと、漸く気を取直して見れば憂きに堪《た》えぬ心は苦みを免《のが》れん為に彼を駆って、直《ただ》ちに三河屋へと道を急がせた。

ああその途中である。恰度《ちょうど》聖堂前へ差懸った時、向うから来る一群《ひとむれ》の人があった。結城《ゆうき》の羽織に同じ小袖、腹懸股引《はらがけももひき》の裾をからげて、女夫鼻緒《めおとはなお》の草履をいなせに突掛《つっか》けて居る三十恰好《がっこう》の男は、その群《むれ》の頭分《かしらぶん》という様子で先に立って、後《あと》に付添って来る四、五人の野郎共、一盃《いっぱい》機嫌の顔を彩って、中《なか》の二人は折を下げて蹌踉蹌踉《ひょろひょろ》して居る。小脇に一人、荒木の中《うち》に花の色を見せて、派手を裏に着飾って居るのは、この頃丸髷《まるまげ》に結《ゆ》ったらしい未だ年若な女、前の男に何事か話掛けて嬉しそうに莞爾《にっこり》笑った。梅吉は何心なくその女の顔を見たが、愕然《がくぜん》として思わず歩《ほ》を止《とど》めた。それは紛れもないお千代である。

風采《ものごし》、容態《とりなし》、争われぬ丸髷、見る見る梅吉の腸《はらわた》は煮返《にえかえ》る。己《おの》れッとばかり歯を喰《く》いしば
って、道の真中へ仁王立に突立《つった》った。
近づくままにお千代も心付いた。はッと流石に一足退《さが》って、我にもあらず前の男の顔を
見たが、咄嗟《とっさ》の間《あいだ》に思案を定めて、わざと何気なく落付いて見せた。胸はもとより人知
れず轟《とどろ》きながらも、平気な顔で余所見《よそみ》をしながら、足も慄《ふる》えず寄って来た。
「オイ、お千代さん。」
静かには言ったが根に含む怒気を様子に見せて、梅吉は屹《きっ》とお千代を睨付《にらみつ》けた。一群《いちぐん》の
目は一斉に梅吉の上に集った。
「おや梅かえ。お前《まえ》まあ何時《いつ》帰ったの。先刻《さっき》生家《さと》へ寄ったけれど、其様《そん》な話は些少《ちっと》も
なかったから、私《わたし》ア未だ彼地《あっち》に居るとばかり思って居たよ。お前何《なん》だとねえ、彼地で奇
麗なお内儀《かみさん》を貰って、大そう仲好く暮して居たとねえ。いずれ此地《こっち》へ一処《いっしょ》に連れて来た
んだろう。逢いたいもんだね。」
「やいやいやい。そんな手で丸められるような梅吉じゃアねえぞ。己《うぬ》ア、よくも己《おれ》の
面《つら》へ泥《どろ》をなすりゃアがったな。」
「お戯《ふざ》けでないよ。泥をなすったとは何《なん》だえ。人聞の悪い大概におし。私アね亭主が

ある身だよ。詰らない冗談を言っておくれでない。未だ三河屋の娘だと思うと些少《ちっ》と違うよ。お前なんぞに指でも差される覚えは、これんばかりも有りゃしない。体《てい》よく挨拶して遣りゃアいいかと思って、生家《さと》の父《ちゃん》の耳へでも這入ったら、お前は何《ど》んな目に遇《あ》うか知れやしない。」

そのぬけぬけとした唇《くちびる》からはかつて燃ゆるが如き情《じょう》を含んだ言葉が、そもそも幾度《いくたび》出たであろう。手の裏返す冷熱は単に人前というばかりであろうか。千計万策は今お千代の脳裏を駈廻《かけめぐ》って居る。

「お千代何《なん》だ。」と彼《か》の親分らしい男は問掛ける。

「姉御《あねご》何でがす。」と一人が差出るあとから、

「一体何《ど》うしたんで。」

「何《なに》ね、お前さん。」とお千代は前の親分に向って、「此《これ》アね、前に生家で使って居た梅ッて言う男なの。お前さんの思わくも有るわ、私《わたし》ア口惜《くや》しくってならない。大方いつか肱《ひじ》を喰ったのを遺恨に思って此《こん》様な事を言うんだろうが……。」

「この阿魔《あま》ア。」

梅吉は猛《たけ》り立って飛掛った。見るより親分は割って這入った。

「何しやがるんでえ。」

いきなり梅吉の横《よこ》ッ面《つら》をくらわせる。梅吉も気は立ちきって居る。忽ち一場《いちじょう》の格闘《かくとう》が始まった。ついて居る野郎共はそれッと言うより酒の勢《いきおい》は充分に加わって、各自《てんで》に親分を助けて打ってかかる。拳固《げんこ》の雨は梅吉の真向《まっこう》に隙間《すきま》もなく降注いだ。黒鉄作《くろがねづく》りの筋骨ではあるが、多勢に無勢の仕方はない、梅吉は遂に撲倒《なぐりたお》されて、息もつかれぬほど散々に打ちすくめられた。

「ざまア見やがれ。さあ行こう行こう。」

あとには塒《ねぐら》を急ぐ烏と五、六人の人立《ひとだち》、漸くに身を起した梅吉の、顔は脹上《はれあが》って衣服《きもの》は寸裂《ずたずた》寸裂《ずた》に裂けて居る。痛むほどなお沸返《わきかえ》る無念に、血走る眼逆立つ髪噛《か》む唇に一筋血を引いて、最早見えぬ後影《うしろかげ》を睨詰《にらみつ》めたが、

「己《うぬ》、何《ど》うするか見やアがれ。」

八

月夜も暗い木《こ》の間《ま》を潜《くぐ》って、蔽重《おおいかさ》なる落葉《おちば》を蹴散《けち》らして出て来た一人の男が、小脇《こわき》に抱えて居《い》るものを撞《どう》と投下《なげおろ》した。ここは上野の森の裏手である。夜《よ》はしんしんと更渡《ふけわた》って

遠くの梢《こずえ》の木兎《ずく》の鳴く声が、何《なん》となく凄味《すごみ》を添えて居る。投下されたのは女である。口には猿轡《さるぐつわ》を嵌《は》められて、後手《うしろで》に厳しく縛《いま》しめられて居る。男は衿元を取って引据えた。

「やいお千代、ここで恨を霽《はら》すんだ。付覘《つけねら》ってるとも知らねえで、うッかり遠くへ出《で》やアがった帰《けえ》り道《みち》、捕捉《ふんづら》めえたが百年目だ。改めて言うにゃア当らねえ。己《うぬ》が胸に覚えがあるだろう。よくも心変りをしやアがったな。己ッ、己ッ、己ッ。」

二度三度力まかせにこづき廻して、うんと高蹴《たかけ》に蹴返《けかえ》した。嗚呼《ああ》これは梅吉である。やがて腰に差して居た出刃を引抜いて巻いてある手拭を解放《ときはな》した。

「やい。ここ一時《いっとき》がこの世の別れだ。覚悟をしやアがれ。」

逆手《さかて》に持って振冠《ふりかぶ》った。折しも雲間を離れた月は、磨《と》ぎすました刃《は》の上にきらりと宿って、同時にお千代の真向《まっこう》から、名残りとばかり優しい光を投掛けた。四辺《あたり》はただ闃《げき》として居る。霜の砕ける音がいとど冴《さ》えて聞える。

梅吉は屹と見下ろした。お千代は最早悪びれない。流石に顔を得上《えあ》げないで壊れた髪をがっくりと横へ曲げて哀れな姿で死を待って居る。梅吉は髻《たぶさ》を摑んで傾向《あおむ》かせて、再び屹と顔を見た。ああこれが寐ても覚めても忘られなかったお千代である。あわれ我が半生の幸福を分けてと、楽みに楽んで帰って来たお千代である。顔も容《かたち》もその以前命から二番目のものであったお千代と、それに付いて変りはない。梅吉はそのまま暫くじッと見詰めて居た。

あわや血を貪る出刃はずんと下《くだ》る。途端に梅吉の手は躊躇《ため》らった。片手はいつか髻を離れて、たじたじと二足《ふたあし》三足《み　あし》あとへ退《さ》がったが、出刃を捨てて撞《どう》と坐《ざ》を組んだ。月は皎々《こうこう》として高く冴渡《さえわた》って居る。森を搔動《ゆす》る風は木《こ》の葉《は》を捲《ま》いて、やがて何処《どこ》へか消えて行った。夜《よ》はいよいよ深くなって最早寂寞《せきばく》を破るものもない。

矢庭《やにわ》に梅吉は立上がって、ずかずかとお千代の傍《そば》へ行《い》った。

「やい。よく聞け。手前《てめえ》の命は最う無《ね》えものだ。この出刃で一つ剜《えぐ》りゃア、それでこの世はおさらばだが、己《おら》ア手前《てめえ》をな己《おれ》の手《て》にかけちゃア殺せねえ。己《おら》ア此様《こんな》に踏付けにされても、真《しん》から手前《てめえ》を、」と口惜《くや》しそうに涙をこぼして、「憎いと思っちゃア居ねえのかも知れねえ。ええい、其様《そん》な事ア言わなくっても可《い》いや。さあ早く帰《けえ》れ。帰って亭主《ていし》に実《じつ》を尽せ。」

手早く束縛《いましめ》を解放して一寸顔を見込んだが、そのまま足早に行ってしまった。お千代は夢に夢を見たようで茫然《ぼうぜん》としてやや暫く佇立《たたず》んで居た。始めて、真《しん》から悪かったという一念はその時さながら堤を切放したように押上《おしあが》って来た。我知らずばたばたと前へ駈出して、夢中になって梅吉の跟《あと》を追ったが、最う影も形も見えない。

「梅、梅さん、梅吉さアん。」

お千代は殆ど絶叫した。けれども返事は更に無かった。もし引返《ひっかえ》して来る足音もと、お千代は耳を欹立《そばだ》てた。四辺《あたり》は底の底まで闃《しん》として居る。

「梅吉さアん。梅吉さアん。」

再び声振絞って呼立てた。答えるものは風ばかりだ。木兎がまた鳴初めた。

「梅吉さアん。」

三たび根限りに呼んで見た。その声が反響《こだま》にひびくばかりだ。月はただ冴返って居る。

木枯は乱れた横鬢《よこびん》を吹撲《ふきなぐ》って行《ゆ》った。

翌《あく》る日の朝早く、大川端にわやわやと人立《ひとだ》ちがある。勝手な事を口々に言って、眉を顰《ひそ》めるものもあれば笑うものもある。物見高い市中の事、人の頭は忽ちに黒山を築いた。今しもゆくりなく通掛った梅吉は、思わず其方《そなた》へ目を付けた。人々は今そこへ漂着した溺死人《できしにん》を、寄って群《たか》って評して居るのだ。一目見て梅吉は色を変じた。嗚呼《ああ》、それはお千代の亡骸《なきがら》であった。

九

なみなみ注《つ》げば満五升、猩々倒《しょうじょうたお》しと銘を打った大盃《おおさかずき》を提げて、市中を徘徊《はいかい》する一人の男がある。口を開《ひら》けば彼はただ、「酒だ」という。二言めには「酒の事だ」という。彼は到る処の酒屋へ飛込んで、その大盃に満を引いて飲んで廻《まわ》った。覚《さ》めれば直《すぐ》に飲む。覚めずとも追掛《おっか》けて飲む。彼は酒と討死《うちじに》せんずばかりの様子で酔って酔って酔いつぶれた上にも、なお引掛けて飽くまで飲む。二六時中彼は盃を離した事はない。彼は酒の中《うち》にその身を葬《ほうむ》って終らんとした。彼は何者《なにもの》であろう。

かくてその後《のち》時を経て、彼はその大盃を枕《まくら》に、大《だい》の字《じ》なりに踏反《ふんぞ》りかえったまま、最期の言葉もなく息の通いを止《と》めてしまった。酒精《アルコール》中毒との診断の下に、彼は敢《あえ》なく浅はかなものにされて、程もなく只有《とあ》る寺の土となった。松吹く風は颯々《さっさつ》として居《い》る。誰《たれ》一人後《あと》を弔《とむら》うものもない。消えて行《ゆ》く霜。

夜行巡査

泉　鏡花

泉鏡花(一八七三～一九三九年)。金沢生まれの小説家。本名鏡太郎。一七歳で上京して尾崎紅葉に師事し「外科室」(一八九五年)で名を揚げる。「高野聖」(一九〇〇年)に代表されるように、幻想的な作風ゆえ自然主義陣営と対立し一時体調を崩しながらも、「春昼」(一九〇六年)、「春昼後刻」(同年)、「婦系図」(一九〇七年)を書き上げる。明治から昭和にわたり、幼くして亡くした母への思慕や近代の論理を覆す怪異、惑乱する現実感覚を巧みに物語として仕立て、唯一無二の言語世界を構築した。

「夜行巡査」(『文藝倶楽部』一八九五年四月)は、社会構造と警察制度を批評する観念小説とされる一方で、半蔵門周辺をめぐる都市小説としても読まれてきた。厳格な巡査・八田が巡回する麹町(現、千代田区)の英国公使館(現、駐日英国大使館)は一八七五年に品川から移転した、巨大な塀で囲まれた煉瓦建築。相愛の女性・お香とその伯父が歩く三宅坂の上には陸軍省や参謀本部が立ち並んでいた。近代的な諸機関や、堀を隔てて皇居が聳える国家の中枢が舞台となったところに、八田の人生と結末への皮肉が窺える。底本には『新編　泉鏡花集』(岩波書店、二〇〇三年)を用いた。

一

「こう爺様《じいさん》、お前《めえ》何処《どこ》だ。」と職人体《しょくにんてい》の壮佼《わかもの》のその傍《かたわら》なる車夫の老人に向《むか》いて問懸《といか》けたり。車夫の老人は年紀《とし》既に五十を越えて、六十にも間《ま》はあらじと思わる。餓《う》えてや弱々しき声のしかも寒さにおののきつつ、

「何卒《どうぞ》真平《まっぴら》御免なすって、向後屹《きっ》と気を着けまする。へいへい。」

と、どきまぎして慌て居《お》れり。

「爺様慌てなさんな。こう己《おれ》や巡査じゃねえぜ。え、おい、可愛想《かあいそう》に余程《よっぽど》面食《めんくら》ったと見える、全体お前、気が小さ過《すぎ》らあ。何《なん》の縛ろうとは謂《い》やしめいし、彼様《あんな》に怯気怯気《びくびく》しねえでものことさ。俺《おらあ》片一方で聞いてせえ少肝癪《すこしかんしゃく》に障って堪《こた》えられなかったよ。え、爺様、聞きゃお前の扮装《なり》が悪いとって咎《とが》めた様《よう》だっけが、それにしちゃあ咎め様が激しいや、他《ほか》にお前何《なん》ぞ仕損《しそこな》いでもしなすったのか、ええ、爺様。」

問われて老車夫は吐息《といき》をつき、

「へい誠に吃驚《びっくり》いたしました。巡査様《おまわりさま》に咎められましたのは、親仁《おやじ》今が最初《はじめて》で、はい、もう何《ど》うなりますることやらと、人心地もござりませなんだ。いやもうから意気地がござりません代《かわり》にゃ、決して後暗《うしろく》らいことはいたしません。唯今《ただいま》とても別に不重宝《ぶちょうほう》のあった訳ではござりませんが、股引《ももひき》が破れまして、膝《ひざ》から下が露出《むきだし》でござりますので、見苦しいと、こんなにおっしゃりますへい、御規則も心得ないではござりませんが、つい届きませんで、へい、唐突《だしぬけ》にこら！　ッて喚《わめ》かれましたのに驚きまして未《いま》だに胸がどきどきいたしまする。」壮佼は頻《しきり》に頷《うなず》けり。

「むむ、左様《そう》だろう。気の小さい維新前《むかし》の者は得て巡的《じゅんてき》を恐《こわ》がる奴《やつ》よ。何《なん》だ、高がこれ股引《ももひき》が無《ね》えからとって、仰山に咎立《とがめだて》をするにゃあ当らねえ。主《ぬし》の抱車《かかえぐるま》じゃあるめえし、ふむ、余計なおせっかちよ、喃爺様《なあじいさん》、向うから謂わねえたって、この寒いのに股引は此方《こっち》で穿《は》きてえや、そこが各々《めいめい》の内証で穿けねえのだ。何《なに》も穿かないというんじゃねえ。しかもお提灯より見ッこのねえ闇夜《やみ》だろうじゃねえか、風俗も糸瓜《へちま》もあるもんか。汝《うぬ》が商売で寒い思《おもい》をするからって、何《なに》も人民にあたるにゃ及ばねえ。糞《くそ》！　寒鴉《かんからす》め。彼様奴《あんなやつ》も滅多にゃねえよ、往来の少ない処《ところ》なら、昼だってひよぐる位《ぐらい》は大目に見てくれらあ。業腹《ごうばら》な、我《おら》あ別に人の褌襠《ふんどし》で相撲《すもう》を取るにもあたらねえが、これが若いものでもあることか、可愛想《かあいそう》によぼよぼの爺様《じいさん》だ。こう、腹あ立てめえよ、真個《ほんに》さ、この状《ざま》で腕車《くるま》を曳《ひ》くなあ、よくよくのことだと思いねえ。チョッべら棒め。洋刀《サーベル》がなけりゃ袋叩《ふくろだたき》にしてやろうものを、威張るのも可加減《いいかげん》にして置けえ。へむ、お堀端あ此方人等《こちとら》のお成筋《なりすじ》だぞ、罷間違《まかりまちが》やあ胴上《どうあ》げにして鴨《かも》のあしらいにしてやらあ。」

口を極めて既に立去りし巡査《じゅんさ》を罵《ののし》り、満腔《まんくう》の熱気を吐《は》きつつ、思わず腕を擦《さす》りしが、四谷組合と記したる煤《すす》け提灯の蠟燭《ろうそく》を今継足《つぎた》して、力無げに梶棒《かじぼう》を取上ぐる老車夫の風采を見て、壮佼《わかもの》は打悄《うちしお》るるまで哀《あわれ》を催《もよお》し、

「而《そ》して爺様稼人《かせぎにん》はお前《めえ》ばかりか、孫子《まごこ》はねえのかい。」優しく謂われて、老車夫は涙ぐみぬ。

「へい、ありがとう存じます、いやも幸《さいわい》と孝行《こうこう》な悴《せがれ》が一人居《いちにんお》りまして能《よ》う稼いでくれまして、お前様《まえさん》、此様《こん》な晩にゃ、行火《あんか》を抱いて寝て居《い》られる、勿体《もったい》ない身分でござりましたが、悴はな、お前様、この秋兵隊に取られましたので、後《あと》には嫁と孫が二人皆《みん》な快う世話をしてくれますが、何分活計《なにぶんくらし》が立ち兼ますので、蛙の子は蛙になる、親仁《おやじ》も旧《もと》はこの家業をいたして居《お》りましたから、年紀《とし》は取っても些少《ちっと》は呼吸がわかりますので、悴の腕車《くるま》をこうやって曳きますが、何が、達者《たっしゃ》で、奇麗《きれい》で、安いという、三拍子も揃《そろ》った

のが、競争をいたしますのに、私《わたし》の様《よう》な腕車《くるま》には、それこそお茶人《ちゃじん》か、余程後生《よっぽどごしょう》の善《い》いお客でなければ、とても乗ってはくれませんで、稼ぐに追着く貧乏なしとはいいまするが、どうしていくら稼いでもその日を越すことが出来悪《できにく》うござりますから、自然装《なり》なぞも構うことは出来ませんので、つい巡査様《おまわりさん》にお手数《てかず》を懸けるようにもなりまする。」

最長々《いと》しき繰言《くりごと》をまだるしとも思わで聞きたる壮佼《わかもの》は一方《ひとかた》ならず心を動し、

「爺様、否《いや》たあ謂われねえ、むむ、道理《もっとも》だ。聞きゃ一人息子が兵隊になっているというじゃねえか、大方戦争にも出るんだろう、そんなことなら黙って居《い》ないで、どしどし言籠《いいこ》めて隙《ひま》あ潰《つぶ》さした埋合せに、酒代《さかて》でもふんだくってやれば可《いい》に。」

「ええ、滅相《めっそう》な。しかし申訳のためばかりに、その事も申しましたなれど、一向お肯《きき》入《いれ》がござりませんので。」

壮佼はますます憤《いか》り、一入憐《ひとしおあわれ》みて、

「何《なん》という木人参《ぼくにんじん》だろう、因業《いんごう》な寒鴉め。トいった処《ところ》で仕方もないかい。時に爺様手間は取らさねえから其処《そこいら》まで一処《いっしょ》に歩《あゆ》びねえ。股火鉢《またひばち》で五合《ごんつく》とやらかそう。ナニ遠慮しなさんな、些《ちと》相談もあるんだからよ。はて、可《いい》わな。お前《めえ》稼業にも似合わねえ。馬鹿《ばか》め、こんな爺様を掴《つか》めえて、権突《けんつく》も凄《すさ》まじいや、何《なん》だと思って居《い》やがんでえ、こう指一本でもさして見ろ、今じゃ己《おいら》が後見だ。」

憤慨と、軽侮と、怨恨とを満たしたる、視線の趣く処、麴町一番町、英国公使館の土塀のあたりを柳の木立に隠見して、角燈《かくとう》あり、南をさして行《ゆ》く。その光は暗夜に怪獣の眼《まなこ》の如し。

二

公使館の辺《あたり》を行《ゆ》くその怪獣は八田《はった》義延《よしのぶ》という巡査《じゅんさ》なり。渠《かれ》は明治二十七年十二月十日の午後零時を以《も》て……町《なにがしまち》の交番を発し、一時間交代の巡回の途《と》に就けるなりき。

その歩行《あゆむ》や、この巡査には一定の法則ありて存《そん》するが如く、晩《おそ》からず、早からず、着々歩《ほ》を進めて路《みち》を行《ゆ》くに、身体《からだ》は屹《きっ》として立ちて左右《さゆう》に寸毫も傾かず、決然自若たる態度には一種犯すべからざる威厳を備えつ。

制帽の庇《ひさし》の下《した》に物凄《ものすご》く潜《ひそ》める眼光は、機敏と、鋭利と厳酷とを混《こん》じたる異様の光に輝けり。

渠《かれ》は左右の物を見、上下《じょうか》のものを視《なが》むる時、更にその顔を動かし、首を掉《ふ》ることをせざれども、瞳《ひとみ》は自在に回転して、随意にその用を弁ずるなり。

然《さ》れば路《みち》すがらの事々《じじ》物々《ぶつぶつ》、譬《たと》えば堀端の芝生の一面に白く仄見《ほのみ》ゆるに、幾条《いくじょう》の蛇《くちなわ》の這《は》えるが如き人の踏《ふみ》しだきたる痕《あと》を印《いん》せること、英国公使館の二階なる硝子窓《ガラスまど》の一面に赤黒き燈火《ともしび》の影のさせること、その門前なる二柱《にちゅう》の瓦斯燈《ガスとう》の昨夜よりも少しく暗きこと、往来の真中に脱捨《ぬぎす》てたる草鞋《わらじ》の片足の霜に凍《い》て附《つ》きて堅くなりたること、路傍《みちばた》にすくすくと立併《たちなら》べる枯柳《かれやなぎ》の一陣の北風に颯《さ》と音して一斉に南に靡《なび》くこと、遥に彼方《あなた》にぬっくと立てる電燈局の煙筒より一縷《いちる》の煙の立騰《たちのぼ》ること等《とう》、およそ這般《これら》の些細《ささい》なる事柄といえども一《ひとつ》として件《くだん》の巡査の視線以外に免《のが》るることを得ざりしなり。

しかも渠は交番を出でて、路《みち》に一個の老車夫を叱責《しっせき》し、しかして後《のち》この処に来《きた》れるまで、ただに一回も背後《うしろ》を振返りしことあらず。

渠は前途に向いて着眼の鋭く、細かに、厳しきほど、背後《うしろ》には全く放心せるものの如し。如何《いかに》となれば背後は既に一旦《いったん》我が眼《まなこ》に検察して、異状なしと認めてこれを放免したるものなればなり。

凶徒あり、白刃《はくじん》を揮《ふる》いて背後より渠を刺さんか、巡査はその呼吸《いき》の根の留まらんまでは背後に人ありということに思い到ることはなかるべし。他《た》なし、渠は己《おの》が眼《まなこ》の観察の一度達したる処には譬《たと》い藕糸《ぐうし》の孔中《こうちゅう》といえども一点の懸念をだに遺《のこ》し置かざるを信ずるに因《よ》れり。

故に渠《かれ》は泰然と威厳を存して、他意なく、懸念なく、悠々としてただ前途をのみ志《こころざ》すを得《う》るなりけり。

その靴は霜のいと夜深《よふか》きに、空谷《くうこく》を鳴らして遠く跫音《あしおと》を送りつつ、行《ゆ》く行く一番丁の曲角《まがりかど》の良此方《ややこなた》まで進みける時、右側の唯《と》ある冠木門《かぶきもん》の下《した》に蹲《うずく》まれる物体ありて、我が跫音に蠢《うご》めけるを、例《れい》の眼にて屹《きっ》と見たり。

八田巡査は屹と見るに、こは最寠々《いとやつやつ》しき婦人《おんな》なりき。

一個《ひとり》の幼児《おさなご》を抱《いだ》きたるが、夜深《よふか》の人目無きに心を許しけむ、帯を解きてその幼児《おさなご》を膚《はだ》に引締め、着たる襤褸《らんる》の綿入を衾《ふすま》となして、少しにても多量の暖を与えんとせる、母の心はいかなるべき。よしやその母子《おやこ》に一銭の恵《めぐみ》を垂れずとも、誰《たれ》か憐《あわれ》と思わざらん。

しかるに巡査は二つ三つ婦人の枕頭《まくらもと》に足踏《あしふみ》して、

「おい、こら起きんか、起きんか。」

と沈みたる、しかも力を籠めたる声にて謂《い》えり。

婦人は慌しく蹶起《はねお》きて、急に居住居《いずまい》を繕いながら、

「はい、」と答うる歯の音《ね》も合わず、そのまま土に頭《こうべ》を埋《うず》めぬ。

巡査は重々《おもおも》しき語気を以て、

「はいでは無い、こんな処に寝て居《い》ちゃあ不可《いか》ん、疾《はや》く行《ゆ》け、何《なん》という醜態だ。」

と鋭き音調。婦人は恥《は》じて呼吸《いき》の下にて、

「はい、恐入りましてございます。」

恁《か》く打謝罪《うちわぶ》る時しも、幼児《おさなご》は夢を破りて、睡眠の中《うち》に忘れたる、饑《うえ》と寒さとを思出し、あと泣出《なきいだ》す声も疲労のために裏嗄《うらが》れたり。母は見るより人目も恥《は》じず、慌てて乳房《ちぶさ》を含ませながら、

「夜分のことでございますから、何卒《どうぞ》旦那様お慈悲でございます、大目に御覧遊ばして。」巡査は冷然として、

「規則に夜昼《よるひる》は無い。寝ちゃあ不可《いか》ん、軒下で。」折から一陣荒《ひとしきりすさ》ぶ風は冷《れい》を極めて、手足も露《あら》わなる婦人の膚を裂きて寸断せんとせり。渠はぶるぶると身を震わせ、鞠《まり》の如くに悚《すく》みつつ、

「堪《たま》りませんもし旦那、何卒、後生でございます。少時《しばらく》ここにお置き遊ばして下さいまし。この寒さにお堀端の吹曝《ふきさらし》へ出ましては、こ、この子が可愛想《かあいそう》でございます。種々《いろいろ》災難に逢《あ》いまして、俄《にわ》かの物貰《ものもらい》で勝手は分りませず……」といいかけて婦人《おんな》は咽《むせ》びぬ。

これをこの軒の主人《あるじ》に請わば、その諾否《だくひ》未だ計り難《がた》し。しかるに巡査は肯入《ききい》れざりき。

「不可《いかん》、我《おれ》が一旦《いったん》不可といったら何《なん》といっても不可んのだ。譬《たと》い貴様《きさま》が、観音様の化身でも、寝ちゃならない、こら、行《ゆ》けというに。」

三

「伯父様《おじさん》お危《あぶの》うございますよ。」

半蔵門の方《かた》より来りて、今や堀端に曲らんとする時、一個《ひとり》の年紀《とし》少《わか》き美人はその同伴《つれ》なる老人の蹣跚《まんさん》たる酔歩に向いて注意せり。渠《かれ》は編物の手袋を嵌《は》めたる左の手にぶら提灯を携えたり。片手は老人を導きつつ。

伯父様と謂われたる、老人は、ぐらつく膝《ひざ》を踏占《ふみし》めながら、

「なに、大丈夫だ。あれんばかしの酒にたべ酔って堪るものかい。時にもう何時《なんどき》だろう。」

夜《よ》は更けたり。天色沈々《てんしょくちんちん》として風騒がず。見渡す堀端の往来は三宅坂にて一度尽き、更に一帯の樹立《こだち》と相連《あいつらな》る煉瓦屋《れんがおく》にて東京のその局部を限れる、この小天地寂《せき》として、星のみ冷かに冴渡《さえわた》れり。美人は人欲《ひとほし》げに振返りぬ。百歩《ひゃくほ》を隔てて黒影《こくえい》あり、靴を鳴らして

徐《おもむろ》に来る。

「あら、巡査《おまわり》さんが来ましたよ。」

伯父なる人は顧みて角燈《かくとう》の影を認むるより、直ちに不快なる音調を帯び、

「巡査《じゅんさ》が何《ど》うした、お前何《まえなん》だか、嬉しそうだな。」

と女《むすめ》の顔を瞻《みま》もれる、一眼盲《いちがんし》いて片眼《へんがん》鋭し、女はギクリとしたる様《さま》なり。

「ひどく淋《さび》しゅうございますから、もう一時前でもございましょうか。」「うむ、そんなものかも知れない、ちっとも腕車《くるま》が見えんからな。」「ようございますわね、もう近いんですもの。」

良《やや》無言にて歩《ほ》を運びぬ、酔える足は捗取《はかど》らで、靴音ははや近づきつ。老人は声高に、

「お香《こう》、今夜の婚礼は何《ど》うだった。」と少しく笑《えみ》を含みて問いぬ。

女は軽《かろ》くうけて、

「太層《たいそう》お美事《みごと》でございました。」「いや、お見事ばかりじゃあない、お前《まえ》は彼《あれ》を見て何《なん》と思った。」

女は老人の顔を見たり。

「何《なん》ですか。」「さぞ、羨《うらや》ましかったろうの。」という声は嘲《あざけ》る如し。

女は答えざりき。渠《かれ》はこの一冷語《いちれいご》のために太《いた》く苦痛を感じたる状《さま》見えつ。

老人はさこそあらめと思える見得《みえ》にて、

「何《ど》うだ、羨しかったろう。おい、お香、己《おれ》が今夜彼家《あすこ》の婚礼の席へお前を連れて行《い》った主意を知っとるか。ナニ、はいだ。はいじゃない。その主意を知ってるかよ。」

女は黙《もく》しぬ。首を低《た》れぬ、老夫はますます高調子《たかちょうし》、

「解るまい、こりゃ恐らく解るまいて。何《なに》も儀式を見習わせようためでもなし、別に御馳走《ごちそう》を喰《く》わせたいと思いもせずさ、ただ羨しがらせて、情なく思わせて、お前が心に泣いて居る、その顔を見たいばっかりよ。ははは、」口気《こうき》酒芬《しゅふん》を吐きて面《おもて》をも向くべからず、女は悄然《しょうぜん》として横に背けり、老夫はその肩に手を懸けて、

「何《ど》うだお香、あの縁女《えんじょ》は美しいの、さすがは一生の大礼だ。あのまた白と紅《あか》との三《さん》枚襲《まいかさね》で、ト羞《はずか》しそうに坐《すわ》った格好というものは、ありゃ婦人《おんな》が二度とないお晴《はれ》だな。縁女もさ、美しいは美しいが、お前にゃ星目《せいもく》だ。婿も立派な男だが、あの巡査にゃ一段劣る。もしこれがお前と巡査とであって見ろ。さぞ目の覚むることだろう。喃《なあ》、お香、過日《いつぞや》巡査がお前をくれろと申込んで来た時に、吾《おれ》さえアイと合点《がってん》すりゃ、あべこべに人を羨ましがらせて遣られる処よ。しかもお前が(生命《いのち》かけても)という男だもの、どんな

におめでたかったかも知れやアしない。しかし何《ど》うもそれ随意《まま》にならないのが浮世ってな、よくしたものさ。我《おれ》という邪魔者《じゃまもの》がおって、小気味よく断った。彼奴《あいつ》も飛《とん》だ恥を掻《か》いたな、はじめから出来る相談か、出来ないことか、見当をつけて懸《かか》ればよいのに何《どう》も八田も目先の見えない奴《やつ》だ。馬鹿巡査!。」「あれ伯父様」と声ふるえて、後《うしろ》の巡査に聞こえやせんと、心を置きて振返れる、眼《まなこ》に映ずるその人は、……夜目《よめ》にもいかで見紛《みまが》うべき。

「おや!」と一言我知《ひとことわれ》知らず、口よりもれて愕然《がくぜん》たり。八田巡査は一注《いっちゅう》の電気に感ぜし如くなりき。

四

老人は吐嗟《とっさ》の間《あいだ》に演ぜられたる、このキッカケにも心着《こころつ》かでや、更に気に懸くる様子も無く、

「喃、お香、さぞ吾《おれ》がことを無慈悲な奴《やつ》と怨《うら》んで居《い》よう。吾やお前に怨まれるのが、本望だ。いくらでも怨んでくれ。何《ど》うせ、吾もこう因業じゃ、良い《い》死様《しにざま》もしやアしまいが、何《なに》そりゃ固《もと》より覚悟の前だ。」

真顔になりて謂う風情、酒の業《わざ》とも思われざりき。女はようよう口を開き、

「伯父様、貴下《あなた》まあ往来で、何をおっしゃるのでございます。早く皈《かえ》ろうじゃございませんか。」

と老夫の袂《たもと》を曳動《ひきうご》かし急ぎ巡査を避けんとするは、聞くに堪えざる伯父の言《ことば》を渠《かれ》の耳に入れじとなるを、伯父は少しも頓着《とんちゃく》せで、平気に、むしろ聞えよがしに、

「彼《あれ》もさ、巡査だから、我《おれ》が承知しなかったと思われると、何《なに》か身分のいい官員《かんいん》か、金満《かねもち》でも択《えら》んで居《い》て、月給八円におぞ毛をふるった様《よう》だが、そんな賤《いや》しい了見じゃない。お前の嫌な、一所《いっしょ》になると生血《いきち》を吸われる様《よう》な人間でな、譬えば癩病坊《かったいぼう》だとか、高利貸《こうりがし》だとか、再犯の盗人《ぬすびと》とでもいう様《よう》な者《もの》だったら、吾《おれ》は喜こんで、くれて遣るのだ。乞食《こじき》ででもあって見ろそれこそ吾が乞食をして吾の財産を皆《みん》な其奴《そいつ》に譲《ゆず》って、夫婦《めおと》にしてやる。え、お香、そうしてお前の苦《くるし》むのを見て楽《たのし》むさ。けれども彼《あ》の巡査はお前が心《しん》からすいてる男だろう。あれと添われなけれりゃ生きてる効《かい》がないとまでに執心の男だ。そこを吾がちゃんと心得てるからきれいさっぱりと断った。何《なん》と慾《よく》の無いもんじゃあるまいか。そこで一旦吾が断った上は何《なん》でもあきらめてくれなければならないと、普通《なみ》の人間ならいう処だが、吾がのはそうじゃない。阿父《おじ》さんが不可《いけない》とおっしゃったからまあ、

私《わたし》も仕方がないと、お前にわけもなく断念《あきら》めて貰《もら》った日にゃあ、吾が志《こころざし》も水の泡さ、方《かた》なしになる。ところで、恋というものは、そんな浅墓《あさはか》なもんじゃあない。何《なん》でも剛胆な奴《やつ》が危険《けんのん》な目に逢《あ》えば逢うほど、一層《いっそ》剛胆になる様《よう》で、何《なに》か知ら邪魔が入《い》れば、なおさら恋しゅうなるものでな、とても思切れないものだということを知っているから、ここで愉快《おもしろ》いのだ。何《ど》うだい、お前は思切れるかい、うむ、お香、今じゃもう彼《あ》の男を忘れたか。」

女《むすめ》は良少時《ややしばらく》黙《もく》したるが、

「い……い……え。」とぎれとぎれに答えたり。

老夫は心地好げに高く笑い、

「むむ、道理《もっとも》だ。そうやすっぽくあきらめられる様《よう》では、吾が因業も価値《ねうち》がねえわい。これ、後生だからあきらめてくれるな。まだまだ足りない、もっとその巡査《じゅんさ》を慕うて貰いたいものだ。」

女は堪《こら》えかねて顔を振上げ、

「伯父様、何《なに》がお気に入りませんで、そんな情ないことをおっしゃいます、私《わたし》は……」

と声を飲む。

老夫は空嘯《そらうそぶ》き、「なんだ、何《なに》がお気に入りません？　謂《い》うな、勿体《もったい》ない。何《なん》だってまた恐らくお前ほど吾《おれ》が気に入ったものはあるまい。第一容色《きりょう》は可《よし》、気立は可、優しくはある、することなすことお前のことといったら飯《めし》のくい様《よう》まで気に入るて。しかしそんなことで何《なに》、巡査を何《ど》うするの、こうするのという理屈はない。譬《たとい》お前が何《なに》かの折に、我《おれ》の生命《いのち》を助けてくれてさ、生命の親と思えばとても、決して巡査にゃあ遣らないのだ、お前が憎い女《おんな》なら吾もなに、邪魔をしやあしねえが、可愛《かあい》いから、ああしたものさ。気に入るの入らないのと、そんなことあいってくれるな。」

女《むすめ》は少し屹《きっ》となり、

「それでは貴下《あなた》、あのお方《かた》に何《なん》ぞお悪いことでもございますの。」

恪《かく》言い懸けて振返りぬ。巡査はこの時囁《ささや》く声をも聞くべき距離に着々として歩《ほ》し居《お》れり。

老夫は頭《こうべ》を打掉《うちふ》りて、

「う、んや、吾や彼奴《あいつ》も大好《だいすき》さ。八円を大事にかけて世の中に巡査ほどのものはないと済まして居《い》るのが妙だ。あまり職掌《しょくしょう》を重んじて、苛酷だ、思遣りがなさすぎると、評判の悪いのにも頓着なく、すべ一本でも見免《みのが》さない、アノ邪慳《じゃけん》非道な処《ところ》が、馬鹿に吾は気に入ってる。まず八円の価値《ねうち》はあるな。八円じゃ高くない、禄盗人《ろくぬすびと》とはいわれない、まことに立派な八円様だ。」

女は堪《たま》らず顧みて、小腰《こごし》を屈《かが》め、片手をあげてソと巡査を拝みぬ。いかにお香はこの振舞を伯父に認められじと務めけむ。瞬間にまた頭《こうべ》を返して、八田が何等《なんら》の挙動を以《もっ》て我《われ》に答えしやを知らざりき。

五

「ええと、八円様に不足はないが、何《ど》うしてもお前を遣ることは出来ないのだ。それも彼奴《あいつ》が浮気もので、ちょいと色に迷ったばかり、お嫌ならよしなさい、他所《よそ》を聞いて見ますという、お手軽な処だと、吾も承知をしたかも知れんが、何《ど》うして己《おれ》が探《さぐ》って見ると義延《よしのぶ》(巡査の名)という男はそんな男と男が違う。何《なん》でも思込んだら何《ど》うしても忘れることの出来ない質《たち》で、やっぱりお前と同一様《おなじよう》に、自殺でもしたいという風《ふう》だ。ここで愉快《おもしろ》いて、はははははは。」と冷笑《あざわら》えり。

女は声をふるわして、

「そんなら伯父様、まあ何《ど》うすりゃいいのでございます。」と思詰めたる体《てい》にて問いぬ。

伯父は事もなげに、「何《ど》うしても不可《いけな》いのだ。何《ど》んなにしても不可いのだ。とても駄目《だめ》だ何《なん》にもいうな、譬い何《ど》うしても肯《き》きゃあしないから、お香左様《まあそう》思ってくれ。」

女《むすめ》はわっと泣出《なきいだ》しぬ、渠《かれ》は途中なることも忘れたるなり。

伯父は少《すこし》も意に介せず、

「これ、一生のうちにただ一度いおうと思って、今までお前にも誰《たれ》にもほのめかしたことも無いが、ついでだから謂って聞かす。可《いい》か、亡《な》くなったお前の母様《おっかさん》はな。」

母《はは》という名を聞くや否《いな》や女は俄《にわか》に聞耳立《きくみみた》てて、

「え、母様が。」「むむ、亡くなった。お前の母様には、吾が、すっかり惚《ほ》れて居《い》たのだ。」「あら、まあ伯父様。」

「うんや、驚くことぁない。また疑うにも及ばない。其《それ》を、その母様《おっかさん》をお前の父様《おとっさん》に奪《と》られたのだ。な、解ったか。勿論《もちろん》お前の母様は、吾が何《なん》だということも知らず、弟《おとと》もやっぱり知らない。吾もまた、口へ出したことはないが、心では、心では、実に吾やもう、お香、お前はその思遣《おもいやり》があるだろう。巡査というものを知ってるから。婚礼の席に連なった時や、明暮《あけくれ》そのなかの好《い》いのを見て居《い》た吾は、ええこれ、何《ど》んな気がしたとお前は思う。」

という声濁《にご》りて、痘痕《とうこん》の充《み》てる頬骨高《ほおぼねたか》き老顔《ろうがん》の酒気《しゅき》を帯びたるに、一眼《いつがん》の盲《し》いたるが最《いと》もの凄《すご》きものとなりて、拉《とりひし》ぐばかり力を籠めて、お香の肩《かた》を摑み動かし、

「未だに忘れない。何《ど》うしてもその残念さが消え失《う》せない、その為《ため》に吾はもう総《すべ》ての事業を打棄てた。名誉も棄てた。家も棄てた。つまりお前の母親《ははおや》が、己《おれ》の生涯の幸福《こうふく》と、希望とを皆《みな》奪ったものだ。吾はもう世の中に生きてる望《のぞみ》はなくなったが、ただ何《なん》とぞしてしかえしがしたかった、トいって寐刃《ねたば》を合わせるじゃあ無い、恋に失望したもののその苦痛《くるしみ》というものは、およそ、何《ど》の位《くらい》であるということを、思知らせたいばっかりに、要《い》らざる生命《いのち》をながらえたが、慕い合って望が合《かの》うた、お前の両親《ふたおや》に対しては、何《ど》うしてもその味を知らせよう手段がなかった。もうちっと長生《ながいき》をして居《い》りゃ、その内には吾が仕方を考えて思知らせてやろうものを、不幸《ふしあわせ》だか、幸《しあわせ》だか、二人ともなくなって、残ったのはお前ばかり、親身《しんみ》といって他《ほか》にはないから、そこでおいらが引取って、これだけの女《おんな》にしたのも、三代祟《たた》る執念で、親のかわりに、なあ、お香、貴様《きさま》に思知らせたさ。幸《さいわ》い八田という意中人《おもいもの》が、お前の胸に出来たから吾も望が遂げられるんだ。さ、こういう因縁《いんえん》があるんだから、讐い世界の王様に己《おれ》をしてくれるといったって、とても謂うことあ肯《き》かれない。覚悟しろ！　所詮《しょせん》駄目だ。や、此奴《こいつ》、耳に蓋《ふた》をして居《い》るな。」

眼《め》に一杯の涙を湛《たた》えて、お香はわなわなふるえながら、両袖を耳にあてて、せめて死刑の宣告を聞くまじと勤めたるを、老夫は残酷にも引放ちて、「あれ！」と背《そむ》くる耳に口、

「何《ど》うだ、解ったか。何《なん》でも、少しでもお前が失望の苦痛《くるしみ》を余計に思知る様《よう》にする。その内巡査のことをちっとでも忘れると、それ今夜のように人の婚礼を見せびらかしたり、気の悪くなる談話《はなし》をしたり、あらゆることをして意地《いじ》めてやる。」

「あれ、伯父様、もう私《わたし》は、もう、ど、どうぞ堪忍して下さいまし。お放しなすって、え、何《ど》うしようねえ。」

とおぼえず、声《こえ》を放《はな》ちたり。

少距離を隔てて巡行せる八田巡査は思わず一足前《ひとあしまえ》に進みぬ。渠《かれ》はそこを通過ぎんと思いしならん、さりながら得進まざりき。渠は立留まりてしばらくして、たじたじと後《あと》に退《さが》りぬ。巡査はこの処《ところ》を避《さ》けんとせしなり。されども渠は退かざりき。造次《しばし》の間《あいだ》八田巡査は、木像の如く突立《つった》ちぬ。更に冷然として一定の足並を以《も》て粛々と歩出《あゆみいだ》せり。ああ、恋は命なり。間接に我《われ》をして死せしめんとする老人の談話《はなし》を聞くことの、いかに巡査には絶痛《ぜっつう》なりしよ。一度歩《ほ》を急《きゅう》にせんか、八田は疾《とく》に渠等《ら》を通越し得たりしならん、或《あ》は

故《ことさ》らに歩《ほ》を緩《ゆるう》せんか、眼界《がんかい》の外に渠等《ら》を送遣し得たりしならん。然《さ》れども渠はその職掌を堅守するため、自家《じか》が確定せし平時《へいじ》における一式の法則あり、交番を出で幾曲《いくまがり》の道を巡《めぐ》り、再び駐在所に帰るまで、歩数約三万八千九百六十二と。情《じょう》のために道を迂回《うかい》し、或《あるい》は疾走し、緩歩《かんぽ》し、立停《りゅうてい》するは職務に尽すべき責任に対して、渠が屑《いさぎよし》とせざりし処なり。

六

老人はなお女《むすめ》の耳を捉《とら》えて放たず、負われ懸るが如くにして歩行《ある》きながら「お香、こうは謂うもののな、吾はお前が憎かあない、死《しん》だ母親《ははおや》にそっくりで可愛くってならないのだ。憎い奴《やつ》なら何《なに》も吾が仕返《しかえし》をする価値《ねうち》は無いのよ。だからな、食《く》うことも衣《き》ることも、何《なん》でもお前の好《すき》な通り、吾や衣《き》ないでもお前には衣せる。我まま一杯さして遣るがただあればかりは何《どん》なにしても許さんのだからそう思え。吾ももう取る年だし、死《しん》だあとでと思うであろうが、そううまくはさせやあしない、吾が死ぬ時は貴様《きさま》も一所《いっしょ》だ。」

恐ろしき声を以《も》て老人が語れるその最後の言《ことば》を聞くと斉《ひと》しく、お香は最早《もはや》忍びかねけん、力を極めて老人が押《おさ》えたる肩を振放し、はたはたと駆出《かけだ》して、あわやと見る間《ま》に堀端の土手へひたりと飛乗りたり。コハ身を投ぐる！ と老人は狼狽《うろた》えて、引戻さんとて飛行《とびゆ》きしが、酔眼《すいがん》に足場をあやまり身を横ざまに霜《しも》を辷《すべ》りて、堀にざんぶと落ちたりけり。

この時疾《ときはや》く救護のために一躍して馳来《はせきた》れる、八田巡査を見るよりも、「義《よし》さん。」と呼吸《いき》せわしくお香は一声呼懸《よびか》けて、巡査の胸に額《ひたい》を埋《うず》め我《われ》をも人をも忘れし如く犇《ひし》とばかりに縋《すが》り着きぬ。蔦《つた》をその身に絡めたるまま枯木《こぼく》は冷然として答えもなさず、堤防の上に衝《つっ》と立ちて、角燈片手に振翳《ふりかざ》し、堀を屹《きっ》と瞰下《みおろ》したる、時に寒冷謂うべからず、見渡す限り霜白く墨より黒き水面に烈《はげ》しき泡の吹出《ふきい》ずるは老夫の沈める処と覚《おぼ》しく、薄氷《はくひょう》は亀裂《きれつ》し居《お》れり。

八田巡査はこれを見て、躊躇《ちゅうちょ》するもの一秒時《いっセコンド》、手なる角燈を地上に差置き、唯《と》見れば一枝の花簪《はなかんざし》の、徽章《きしょう》の如く我胸《わがむね》に懸れるがゆらぐばかりに動気烈しきお香の胸とおのが胸とは、ひたと合いてぞ放れがたき。両手を静かにふり払いて、

「お退《の》き。」「え、何《ど》うするの。」

とお香は下《した》より巡査の顔を見上げたり。

「助けて遣る。」「伯父様を？。」「伯父でなくって誰が落ちた。」「でも、貴下《あなた》。」

巡査は厳然として、

「職務だ。」「だって貴下。」

巡査は冷《ひやや》かに。「職掌《しょくしょう》だ。」

お香は俄に心着きまた更に蒼《あお》くなりて、

「おお、そしてまあ貴下、貴下はちっとも泳《およぎ》を知らないじゃありませんか、」「職掌だ。」「それだって。」「不可《いか》ん、駄目だもう、僕も殺したいほどの老爺《おやじ》だが、職務だ！断《あきら》めろ。」と突遣《つきや》る手に喰附《くいつ》くばかり、

「不可《いけ》ませんよう不可ませんよう。あれ、誰ぞ来て下さいな。助けて、助けて。」と呼び立つれど土塀石垣寂《せき》として前後《ぜんご》十町に行人《こうじん》絶えたり。

八田巡査は声をはげまし、

「放さんか！」

決然として振払えば、力かなわで手を放てる、吐嗟《とっさ》に巡査は一躍して、棄つるが如く身を投ぜり。お香はハッと絶入りぬ。あわれ八田は警官として、社会より荷《にな》える処《ところ》の負債を消却せんが為《た》め、あくまでその死せんことを、むしろ殺さんとこそ欲しつつありし悪魔を救わんとて、氷点《ひょうてん》の冷《れい》、水氷る夜半《よわ》に泳を知らざる身の生命《いのち》とともに愛を棄てぬ。

後日社会は一般に八田巡査を仁なりと称せり。ああ果して仁なりや、しかも一人《いちにん》の渠《かれ》が残忍苛酷《かこく》にして恕《じょ》すべき老車夫を懲罰し、憐むべき母と子を厳責したりし尽瘁《じんすい》を、讃歎《さんたん》するもの無きはいかん。

車上所見　正岡子規

正岡子規(一八六七〜一九〇二年)。伊予国(現、愛媛県)生まれ。俳人、歌人、随筆家。本名常規。一八九二年に帝国大学文科大学を中退。その後、陸羯南《くがかつなん》の知遇を得て日本新聞社に入社。一八九三年から「獺祭書屋《だっさいしょおく》俳話」を連載、九八年には「歌よみに与ふる書」を発表し、俳句や短歌の革新運動を行った。日清戦争の帰途で喀血《かっけつ》し、その後病床生活を送る。結核により三五歳でこの世を去った。代表作に「墨汁一滴」(一九〇一年)、「病牀六尺」(一九〇二年)などがある。

一八九二年二月に子規は下谷上根岸(現、台東区根岸)に移り住み、その二年後、のちに「子規庵」と呼ばれる同じ町内の別の家に転居し、そこを終生の住居とする。「車上所見」(『ホトトギス』一八九八年一一月)では、根岸の自邸から西日暮里の諏方神社までの道すがらに、人力車上から見た風景を写生文風に描いている。一八九六年ごろから脊椎カリエスの悪化によって歩くことが困難となった子規にとって、屋外の風景を眺めることは無上の喜びであった。底本には『子規全集 第十二巻』(講談社、一九七五年)を用いた。

秋晴れて、野に出でばや、稲は刈りおさめしや、稲刈り女の見知り顔なるもありや、あぜの草花は如何に色あせたらん、など日毎《ひごと》に思いこがるれど、さすがにいたつきのまさんことも心もとなければ、さてやみつ。今日も朝日障子にあたりて蜻蛉の影あたたかなり。世の人は上野、浅草、団子坂とうかるめり。われも出でなんや。出でなん。病いのつのらばつのれ、待たばとて出らるる日の来るにもあらばこそ。車呼びてことという。やがて帰りて、車は皆出はらいたり、遠くに雇わんや、という。さまでは、今日の日和には足ある人ぞ先《ま》ず車にて出でたる、と笑う。昼餉《ひるげ》待つとて天長節の原稿したためなどす。

一時過ぎて車は来つ。車夫に負われて乗る。なるべく静かに挽かせて鶯横町を出ずるに垣に咲ける紫の小き花の名も知らぬが先ず目につく。

音無川に沿いて行く。八百屋の前を過ぐるにくだ物は何ならんと見るが常なり。川にて男三人ばかり染物を洗う。二人は水に立ち居り。傍に無花果《いちじく》の木ありてその下に大根のきれはしは芥と共に漂いつ、いときたなげなるを、彼男に押し流させたく思わる。

笹の雪の横を野へ出ず。野はずれに小さき家の垣に山茶花《さざんか》の一つ二つ赤う咲ける、窓の中に檜木笠を掛けたるもゆかし。

空忽《たちま》ち開く。村々の木立遠近につらなりて、右には千住の煙突四つ五つ黒き煙をみなぎらし、左は谷中飛鳥の岡つづきに天王寺の塔聳《そび》えたり。雲は木立の上すこし隔りて地平線にそいて長く横になびきたるが、上は山の如く高低ありて、下は截《き》りたる如く一文字に揃いたる、絶えつ続きつ環をなして吾を囲みつ、見渡す限り眉墨《まゆずみ》程の山も無ければ、平地の眺めの広き、我国にてはこれ程の処外にはあらじと覚ゆ。胸開き気伸ぶ。

田は半ば刈りて半ば刈らずあり。刈りたるは皆田の縁に竹を組みてそれに掛けたり。我故里にては稲の実る頃に水を落し刈る頃は田の面乾きて水なければ刈穂は尽く地干《じぼし》にするなり。この辺の百姓は落し水の味を知らざるべし。吾にはこの掛稲がいと珍らしく感ぜらる。榛《はん》の木に掛けたるは殊に趣あり。その上より森の梢、塔の九輪など見えたる更に面白し。

道の辺に咲けるは蓼《たで》の花ぞもっとも多き。そのくれないの色の老いてはげかかりたる中に、ところどころ野菊の咲きまじる様、ふるいつくばかりにうれし。この情、人には語られず。

穂蓼野菊の花にさわる程に掛稲の垂れたるもいとあわれに、絵にかかまほしと思う。我車のひびきに、野川の水のちらちらと動くは目高の群の驚きて逃ぐるなり。あないとおし。目高を見るはわが野遊びのめあての一つなるを、なべての人は目高ありとも知らで過ぐめり。世に愛《め》でられぬを思うにつけていよいよいとおしさぞまさるなる。小鮒《こぶな》にやあらんすばやく逃げ隠れたる憎し。たまたまに蛭《ひる》の浮きたるはなくもがな。向うより人力車来れり。見れば男一人乗りて前に藁《わら》づとを置きたる、その端より黄なる実の漏れて見ゆるは蜜柑《みかん》か金柑か。一足、町を離るれば見るものひなびて雅なり。

我車を挽きたる男、年は五十にも近からん、先程より頻りにふり返りて我を窺い居しが、遂に口を開きて、我国を問う。四国なり、といえば失望したる様なり。お前の国は、と問えば、越中なり、越後界にて海岸に臨めり、眺めは海岸に如《し》く者なきを東京には海岸なければ、など東京をおとしめていう。「かいがん」という漢語をいく度もいうが耳ざわりなり。越中は米国ならずや、といえば、さなり、今頃は皆刈尽して田には影もなし、新暦の十一月の中頃には最早ちらちらと降りそむるなり、など善く語る。

道の傍に稲刈る女、年の程を思うに一人は兄よめにして一人は妹ならん。妹というは十五、六とおぼしく鎌持ちながら我を見る。顔も見にくきが、手拭を目の上まで冠《かぶ》りたればうしろへそる程仰向きて見おこせたる殊に心よからず。うつ向いて稲の穂を握りつつまたふり返ってちょと我を見る。直にうつ向きてさと刈る。その間に我車は過ぎ行きぬ。

三河島の入口に社あり。前に四抱えばかりの老樹の榎とも何とも知らぬが立てり。その幹に絵馬の形したる板一つ吊《つ》りさげあるを近づくままに見れば、絵と見しは鉄砲の絵にて「ここにて打つべからず」と記せる、興さむるわざかな。

村に入る。山茶花の垣、花多くつきていとうつくし。「やきいも」という行燈《あんどん》懸けて店には青蜜柑少し並べたる家につき当りて、左に折れ、地蔵にあらぬ仏の五つ六つ立てる処を右に曲りて、紺屋の横を過ぎ、くねりて復《また》野に出ず。

畦《あぜ》の榛の並木間近く立てれば狭くるしき心もち前とはいたく異なり。やがてまた家居まばらにある処に入る。雑木茨など暗く繁りたる中に山茶花の火をともしたる荒れたる村のたましい、俳人は見逃さぬなるべし。

夫婦してから竿を振り上げて席《むしろ》の稲穂を打つ。から竿は麦にこそ使え、四国にては稲には用いず、といえば車夫、越中もしかなり、米国にて米の出来夥しければ何事も手早くあらましにするなり、東京の如くゆるやかなる事にては、などいいつつ挽く。

一間ばかりの高さに稲を積みあげたる車二挺来たるに我は路ばたによけてやり過す。前の車は三十四、五の男挽きて、後押しは同じ年ばえの女なり。夫婦なるべし。後の車は六十をも越えたる翁のいと苦しげに挽き居たれば如何なる女か後を押すらんと見るに三十許りの男なり。こは親子にやあらん。同じ事ながら前の車は楽しく、後のはくるしき心地す。

路のほとりに咲ける草にて葉と茎とは蕎麦《そば》に似て花は半ば薄紅なるが多く川辺にあり。蕪村が「水かれがれ蓼かあらぬか蕎麦か否か」といいしはこの花にはあらずやと、見るたびに思うなり。車夫に名を尋ねたれど知らず。或《あるい》は溝蕎麦という者か。

柿の樹に柿の残りたるはあちこちにあり。一つくいたし。烏瓜《からすうり》の蔓《つる》に赤き実の一つだに残りたるを見ず。

畑中に高さ四尺ばかりの若木の柿に赤き実二つなりたる、その側に幼子の三人四人藁の束に上りなどして遊び居るがあり。その子供の柿を取らぬがいぶかしく思わるるなり。或は渋柿にもやあらん。

目高多き小川を過ぐ。

螽《いなご》はいよいよ多く路はいよいよ細し。路にずいきを積み捨てたるが、処々高くて車を覆さんとす。ここより車を返す。

この路、この螽、こはわが忘れんとして忘れ得ざる者なり。ここに来て螽の飛ぶを見ては我はそぞろに昔を忍ばざるを得ざりき。今より四年前の事なり。世は日清戦争にいそがわしく、わが身を委《ゆだ》ねし事業は忽《たちまち》に倒れ、わが友は多くいくさに従いて朝鮮に支那に渡りし頃のその秋なりき。この時専らわが心を動かせしは新聞紙上の戦報にして、吾はいかにしてか従軍せんとのみ思えり。されどわが経歴とわが健康とはわがこの願いを許さるべくもあらねば、人にもいわず、ひとり心をのみ悩ましつつ、日毎に郊外散歩をこころみたり。一冊の手帳と一本の鉛筆とは写生の道具にして、吾は写生的俳句をものせんとて、眼に映るあらゆるものを捕えて十七字に捏《こ》ねあげんとす。わが俳境のいくばくか進歩せし如く思いしはこの時にして、さ思うにつけてなお面白ければ総てのうさを忘れて同じ道をさまようめり。三河島附近はもっともしばしば遊びありきしところなり。ある日三河島を過ぎ更にある貧しき村を過ぎ、田のあぜ道を何処とも定めず行く程に人里遠くへだたりて、人の影だに見えぬまでなりぬ、そこにあぜ道とは見ゆれど幅やや広く草など生いたる処あり。固《もと》より世の人の往来する路にあらず、いと淋しくて心置くかたも無ければ草に腰据えてしばらく憩う。このあたりは螽殊に多く覚えて、稲を揺《ゆる》かす音かしましく、あるは路草に遊ぶも多かりけるが、はてはわが袖ともいわず背ともいわず膝ともいわず飛びつきはね返り這い上りなどして、いとむつまじく馴れたり。鳥虫のたぐいなりとも我に馴れたるはさすがにいとおしくて、得去りもやらず。終《つい》にはくたびれたるまま草を枕《まくら》に横臥《よこふ》しになりて螽の音を聞く。うつらうつらと吾に返りては、驚きて都に返り務めに就く。おりおりここに遊びては螽を友にしてうさをはらすに、かつて人に遇いし事なければおのずから別天地の心地して今に得忘れず。翌春支那に行きしもかえって病を得て帰りしかばその後ここを見舞うこともなかりしが、今や思わずもこの覚えある小路に来てうたた思い乱るるに堪えず。ひそかに彼の別天地を思いやるに、草いたずらに茂りて螽吾を待つらんかとも疑われ、はた何者か吾に代りてかしこに寐《い》ねたらんかと思うに心なお穏ならず、漸《ようや》く車向け直してもとの道をたどる。

童二人門の内より「人力人力」とわめく。

初より少しずつ痛みし腰の痛み今は堪え難くなりぬ。手にて支えなどすれどかいなし。わざと新しき道を右に取りて川ぞいに行く。向うより来る女の童の十ばかりなるが、手拭を冠り左手には竹にて編みたる大きなる物を持ち、右手には小桶《こおけ》に鮒を入れたるを持ちたり。眼円くすずしく、頬ふくやかに口しまりて、いと気高きさまはよの常の鄙育《ひなそだ》ちの児とも見えず、殊にそのさかしささえ眼の色に現れてなつかしさ限り無し。足にして立たば、彼童の後につきてひねもす魚捕るわざの伽《とぎ》にもなりなんと思う。せめては名だに聞かまほし。かよチャンとは呼ばずや。

野道の回り角に肥溜《こえだめ》ありて中に大きなる蛙七、八つも浮きたり。たまたまきょッきょッと啼《な》く声高くして道行く人を驚かす。かかる蛙を見る毎に不便に堪えず、助けやらましかば功徳にもならましと思うにいつも志を果さず。肥溜なればせん方も無しとぞ人はいうめる。肥溜なればこそ救いてやりたけれ。

焼場の前に出ず。昼なればにや煙ほそぼそと立つ。枳殻《からたち》の垣につきて廻《まわ》れば焼場の裏門より大鼓叩《たた》きておでん売の車あらわれたり。調和の悪き取合せ者なり。

諏訪神社の茶店に腰を休む。日傾き風俄《にわか》に寒ければ興尽きて帰る。三年の月日を寐飽きたるわが褥《しとね》も車に痛みたる腰を据うるに綿のさわりこよなくうれし。世にかいなき身よ。

III

東京の黎明

――大国化の陰影

「浅草　凌雲閣」(1900 年頃／港区立港郷土資料館編『幕末・明治期古写真集』港区教育委員会，2013 年／港区立港郷土資料館蔵)

語り手，あるいは視点人物が市街地の公園から路地裏まで歩く．その観察を通して自らの内面を刻み出す視座の起点を，19 世紀半ばのフランス文学に見出すことができる．明治末期の日本では，知識人層の間に銀ぶらが流行り，浅草では文学者が「市人の遊楽のかこつけものとして」通りすがり，浅草公園の音と光の中に「個」として沈潜することを発見した．「何ぞ知らん，銀座の街角に，はたこの浅草の地に，痛ましくも彼が心は曝《あら》われている」と言うように，煩悩と情欲の巷に生の実感を確かめ合う過程でもあった(木下杢太郎「浅草観世音」1908 年)．おおまかに区別すると，明治初期には定点観測的で群像的な表現が多く，後期に近づくにつれて動線的で，徒歩，人力車，鉄道などを個で用いて移動することで視点を動かし表現する傾向にある．ここに収める物語の多くは，市街を通過する語り手なり人物なりの観察によって，社会と自己との接続や違和などを表現している．「琴のそら音《ね》」の「余」は，通り抜けるゲットーの静まり返った景観にふれて根源的な不安に襲われる．監獄署の陰に潜む貧民窟を散歩のついでに通る「監獄署の裏」の「私」も，変質する時勢への嫌悪を強め，門外に出ることすら躊《ちゅう》躇《ちょ》するようになる．曙光を求め，陰影に逡巡する人々の物語である．

銀座の朝

岡本綺堂

岡本綺堂(一八七二〜一九三九年)。東京生まれの小説家、劇作家。本名敬二。綺堂は品川の泉岳寺近くで生まれ、もとは徳川家の御家人で幕府瓦解後には英国公使館に勤めた父親の影響もあり、豊かな文化的素養を身につけて育った。のちに家運が傾くと、進学を断念して自活のために新聞社へ入社。劇評を書きながら脚本を執筆し、後には小説や随筆も多く手がけた。主な著作に、「修禅寺物語」(一九一一年)、「番町皿屋敷」(一九一六年)、「半七捕物帳」(一九一七〜三七年)などがある。

「銀座の朝」(『文藝俱楽部』一九〇一年七月)では、ある夏の日の夜明け前から朝方までの数時間の銀座の様子が、そこに行き交う人々の動静を交えて描かれる。明治後期の銀座は、近代的な都市景観が整備されつつも、路地裏には江戸時代の町家が残っており、職人や労働者なども大勢暮らしていた。日の出前後という時間帯は、商業空間と居住空間が入り混じったこの街の多面的な雰囲気をよく伝えている。それはまた、銀座の街全体があたかも一つの生き物として目を覚まし動き始めるかのようである。

底本には千葉俊二編『岡本綺堂随筆集』(岩波文庫、二〇〇七年)を用いた。

夏の日の朝まだきに、瓜の皮、竹の皮、巻烟草《まきたばこ》の吸殻さては紙屑《かみくず》なんどの狼藉《ろうぜき》たるを踏みて、眠れる銀座の大通にたたずめば、ここが首府《みやこ》の中央かと疑わるるばかりに、一種荒涼の感を覚うれど、夜の衣《ころも》の次第にうすくかつ剝《は》げて、曙《あけぼの》の光の東より開くと共に、万物《ばんぶつ》皆生きて動き出ずるを見ん。

車道と人道の境界《さかい》に垂れたる幾株の柳は、今や夢より醒めたらんように、吹くともなき風にゆらぎ初《そ》めて、涼しき暁の露をほろほろと、飜《こぼ》せば、その葉かげに瞬目《またたき》するかと見ゆる瓦斯灯《ガスとう》の光の一つ消え、二つ消えてあさ霧絶え絶えの間《ひま》より人の顔おぼろに覗《のぞ》かるる頃となれば、派出所の前にいかめしく佇《たたず》める、巡査の服の白きが先ず眼《ま》に立ちぬ。新ばしの袂《たもと》に夜あかしの車夫が、寝の足らぬ眼を擦《こす》りつ驚くばかりの大欠《おおあくび》して身を起せば、乞食か立ん坊かと見ゆる風体《ふうてい》怪しの男が、酔えるように踉蹌《よろめ》き来りて、わが足下《あしもと》に転がりたる西瓜《すいか》の皮をいくたびか見返りつつ行過ぎし後《のち》、とある小《お》ぐらき路次《ろじ》の奥より、紙屑籠《かご》背負いたる十二、三の小僧が鷹《たか》のような眼を光らせて衝《つ》と出《い》でぬ、罪のかげはこの児《こ》の上を掩《おお》えるように思われて、その行末の何とやらん心許《こころもと》なく物悲しく覚えらるるなり、早き牛乳配達と遅れたる新聞配達は、相前後して忙《せわ》しげに人道を行違う、時はいま午前三時。

築地海岸にむかえる空は仄白《ほのしろ》く薄紅《うすあか》くなりて、服部の大時計の針が今や五時を指すと読まるる頃には、眠れる街も次第に醒めて、何処《いずく》ともなく聞ゆる人の声、物の音は朝の寂静《しずけさ》を破りて、商家の小僧が短夜《みじかよ》恨めしげに店の大戸がらがらと明《あく》れば、寝衣姿《ねまきすがた》媚《なまめ》きてしどけなき若き娘が今朝の早起を誇顔《ほこりがお》に、露ふくめる朝顔の鉢二つ三つ軒下に持出でて眼の醒むるばかりに咲揃いたる紅白瑠璃《るり》の花を現《うつつ》ともなく見入れるさま、画に描《かか》ばやと思う図なり。あなたの二階の硝子窓《ガラスまど》おのずから明るくなれば、青簾《あおすだれ》の波紋《なみ》うつ朝風に虫籠ゆらぎて、思い出したるように啼出《なきだ》す蟋蟀《きりぎりす》の一声、いずれも涼し。

六時をすぎて七時となれば、見わたす街は再び昼の熱閙《ねっとう》と繁劇に復《かえ》りて、軒をつらねたる商家の店は都《すべ》て大道《だいどう》に向って開かれぬ。狼藉たりし竹の皮も紙屑も何時《いつ》の間にか掃《はき》去《さ》られて、水うちたる煉瓦の赤きが上に、青海波《せいがいは》を描きたる箒目《ほうきめ》の痕《あと》清く、店の日除《ひよけ》や、路ゆく人の浴衣《ゆかた》や、見るもの悉《ことごと》く白きが中へ、紅き石竹《せきちく》や紫の桔梗《ききょう》を一荷《いっか》に担《かた》げて売に来る、花売爺《はなうりおやじ》の笠の檐《のき》に旭日《あさひ》の光かがやきて、乾きもあえぬ花の露鮮《あざ》やかに見らるるも嬉し。鉄道馬車は今より轟《とどろ》き初《そ》めて、朝詣《あさまいり》の美人を乗せたる人力車が斜めに線路を横ぎるも危うく、活《い》きたる小鰺《こあじ》うる魚商《さかなや》が盤台《はんだい》おもげに威勢よく走り来れば、月琴《げっきん》かかえたる法界節の二人連《づれ》がきょうの収入《みいり》を占いつつ急ぎ来て、北へ往《ゆ》くも南へ向うも、朝の人は都て希望と活気を帯びて動ける中に、小さき弁当箱携えて小走りに行く十七、八の娘、その風俗と色の蒼《あお》ざめたるとを見れば某《ある》活版所の女工なるべし、花は盛の今の年頃を日々の塵埃《ほこり》と煤《すす》にうずめて、あわれ彼女《かれ》はいかなる希望を持てる、老《おい》たる親を養わんとにや。わが嫁入の衣裳《いしょう》の料《しろ》を造らんとにや。

八時をすぐれば街はいよいよ熱閙の巷《ちまた》となりて、田舎者を待って偽物《いかもの》を売る古道具商《ふるどうぐや》、女客を招いて恋を占う売卜者《ばいぼくしゃ》、小児《こども》を呼ぶ金魚商《きんぎょや》、労働者を迎うる氷水商《こおりみずや》、おもいおもいに露店を列《なら》べて賑《にぎ》わしく、生活のために社会と戦う人の右へ走り左へ馳《は》せて、さなきだに熱き日のいよいよ熱く苦しく覚うる頃となれば、水撒人足《みずまきにんそく》の車の行すぎたる跡より、大路《おおじ》の砂は見る見る乾きてあさ露を黝し尽したる路傍《みちばた》の柳は、修羅の巷の戦を見るに堪えざらんように、再び万丈の塵を浴びて枝も葉も力なげに垂れたり。

琴のそら音《ね》　夏目漱石

夏目漱石(一八六七〜一九一六年)。江戸生まれの小説家。本名金之助。帝国大学英文科卒業後は愛媛県尋常中学校などで教鞭を執った。文部省の命でイギリスへ留学するが神経衰弱を患い帰国。「吾輩は猫である」(一九〇五〜〇六年)執筆を機に作家として頭角を現す。一九〇七年には東京朝日新聞社に入社し、「三四郎」(一九〇八年)、「こころ」(一九一四年)をはじめ、長く読み継がれる作品の数々を発表した。

「琴のそら音」(『七人』一九〇五年五月)は明治期の心霊ブームを背景とする短篇。「余」はある日、幽霊を研究する友人・津田や迷信好きな「婆さん」の話を受けて、婚約者の病をめぐる不安に翻弄される。「余」が住む小石川(現、文京区)は漱石も居住した地で、所縁は武田勝彦『漱石の東京』(早稲田大学出版部、一九九七年)に詳しい。「余」が通る極楽水にも一時下宿していた。地名は移転前の宗慶寺の湧水にちなむ。切支丹坂は付近にあったキリシタン収容屋敷に由来するが、しばしば庚申坂と混同された。小石川ならではの起伏ある地形が、「余」の恐怖を増幅させる格好の舞台として機能している。底本には『定本　漱石全集　第二巻』(岩波書店、二〇一七年)を用いた。

ながら尋ねた。

「珍らしいね、久しく来なかったじゃないか」と津田《つだ》君が出過ぎた洋燈《ランプ》の穂を細めながら尋ねた。

津田君がこう云った時、余ははち切れて膝頭の出そうなズボンの上で、相馬焼の茶碗の糸底《いとぞこ》を三本指でぐるぐる廻しながら考えた。なるほど珍らしいに相違ない、この正月に顔を合せたぎり、花盛りの今日まで津田君の下宿を訪問した事はない。

「来よう来ようと思いながら、つい忙がしいものだから――」

「そりあ、忙がしいだろう、何と云っても学校に居たうちとは違うからね、この頃でもやはり午後六時までかい」

「まあ大概その位さ、家へ帰って飯を食うとそれなり寐《ね》てしまう。勉強どころか湯にも碌々《ろくろく》這入《はい》らない位だ」と余は茶碗を畳の上へ置いて、卒業が恨めしいと云う顔をして見せる。

津田君はこの一言に少々同情の念を起したと見えて「なるほど少し瘠《や》せた様だぜ、余《よ》程《ほど》苦しいのだろう」と云う。気のせいか当人は学士になってから少々肥《ふと》った様に見えるのが癪《しゃく》に障る。机の上に何だか面白そうな本を広げて右の頁の上に鉛筆で註が入れてある。こんな閑があるかと思うと羨しくもあり、忌々《いまいま》しくもあり、同時に吾身《わがみ》が恨めしくなる。

「君は不相変《あいかわらず》勉強で結構だ、その読みかけてある本は何かね。ノートなどを入れて大分叮嚀《ていねい》に調べて居るじゃないか」

「これか、なにこれは幽霊の本さ」と津田君は頗《すこぶ》る平気な顔をして居る。この忙しい世の中に、流行《はや》りもせぬ幽霊の書物を済して愛読するなどというのは、呑気を通り越して贅沢の沙汰だと思う。

「僕も気楽に幽霊でも研究して見たいが、――どうも毎日芝から小石川の奥まで帰るのだから研究は愚《おろ》か、自分が幽霊になりそうな位さ。考えると心細くなってしまう」

「そうだったね、つい忘れて居た。どうだい新世帯の味は。一戸を構えると自から主人らしい心持がするかね」と津田君は幽霊を研究するだけあって心理作用に立ち入った質問をする。

「あんまり主人らしい心持もしないさ。やッぱり下宿の方が気楽でいい様だ。あれでも万事整頓して居たら旦那の心持と云う特別な心持になれるかも知れんが、何しろ真鍮《しんちゅう》の薬缶《やかん》で湯を沸かしたり、ブリッキの金盥《かなだらい》で顔を洗ってる内は主人らしくないからな」と実際の所を白状する。

「それでも主人さ。これが俺のうちだと思えば何となく愉快だろう。所有と云う事と愛惜という事は大抵の場合において伴なうのが原則だから」と津田君は心理学的に人の心を説明してくれる。学者と云うものは頼みもせぬ事を一々説明してくれる者である。

「俺の家《うち》だと思えばどうか知らんが、てんで俺の家だと思いたくないんだからね。そりゃ名前だけは主人に違いないさ。だから門口にも僕の名刺だけは張り付けて置いたがね。七円五十銭の家賃の主人なんざあ、主人にした所が見事な主人じゃない。主人中の属官《ぞくかん》なるものだあね。主人になるなら勅任《ちょくにん》主人か少なくとも奏任《そうにん》主人にならなくっちゃ愉快はないさ。ただ下宿の時分より面倒が殖《ふ》えるばかりだ」と深くも考えずに浮気の不平だけを発表して相手の気色《けしき》を窺う。向うが少しでも同意したら、すぐ不平の後陣《ごじん》を繰り出すつもりである。

「なるほど真理はその辺にあるかも知れん。下宿を続けて居る僕と、新たに一戸を構えた君とは自から立脚地が違うからな」と言語は頗るむずかしいがとにかく余の説に賛成だけはしてくれる。この模様なら、もう少し不平を陳列しても差《さ》し支《つかえ》はない。

「先《ま》ずうちへ帰ると婆さんが横綴《よこと》じの帳面を持って僕の前へ出てくる。今日は御味噌を三銭、大根を二本、鶉豆《うずらまめ》を一銭五厘買いましたと精密なる報告をするんだね。厄介極《やっかい》まるのさ」

「厄介極まるなら癈《よ》せばいいじゃないか」と津田君は下宿人だけあって無雑作な事を言う。

「僕は癈してもいいが婆さんが承知しないから困る。そんな事は一々聞かないでもいいから好加減《いいかげん》にしてくれと云うと、どう致しまして、奥様の入《い》らっしゃらない御家《おうち》で、御台所を預かって居ります以上は一銭一厘でも間違いがあってはなりません、てって頑として主人の言う事を聞かないんだからね」

「それじゃあ、ただうんうん云って聞いてる振をして居りゃ、宜《よ》かろう」津田君は外部の刺激の如何《いかん》に関せず心は自由に働き得ると考えて居るらしい。心理学者にも似合《にあわ》しからぬ事だ。

「しかしそれだけじゃないのだからな。精細なる会計報告が済むと、今度は翌日《あした》の御菜《おかず》について綿密なる指揮を仰ぐのだから弱る」

「見計らって調理《こしら》えろと云えば好いじゃないか」

「ところが当人見計らうだけに、御菜に関して明瞭なる観念がないのだから仕方がない」

「それじゃ君が云い付けるさ。御菜のプログラム位訳ないじゃないか」

「それが容易《たやす》く出来る位なら苦にゃならないさ。僕だって御菜上の智識は頗る乏しいやね。明日の御みおつけの実《み》は何に致しましょうとくると、最初から即答は出来ない男なんだから……」

「何だい御みおつけと云うのは」

「味噌汁の事さ。東京の婆さんだから、東京流に御みおつけと云うのだ。先ずその汁の実《み》を何に致しましょうと聞かれると、実になり得べき者を秩序正しく並べた上で選択をしなければならんだろう。一々考え出すのが第一の困難で、考え出した品物について取捨をするのが第二の困難だ」

「そんな困難をして飯を食ってるのは情ない訳だ。君が特別に数奇《すき》なものが無いから困難なんだよ。二個以上の物体を同等の程度で好悪するときは決断力の上に遅鈍なる影響を与えるのが原則だ」とまた分り切った事をわざわざむずかしくしてしまう。

「味噌汁の実まで相談するかと思うと、妙な所へ干渉するよ」

「へえ、やはり食物上にかね」

「うん、毎朝梅干に白砂糖を懸《か》けて来て是非《ぜひ》一つ食えッて云うんだがね。これを食わないと婆さん頗る御機嫌が悪いのさ」

「食えばどうかするのかい」

「何でも厄病除《やくびょうよけ》のまじないだそうだ。そうして婆さんの理由が面白い。日本中どこの宿屋へ留っても朝、梅干を出さない所はない。まじないが利かなければ、こんなに一般の習慣となる訳がないと云って得意に梅干を食わせるんだからな」

「なるほどそれは一理あるよ、凡《すべ》ての習慣は皆相応の功力があるので維持せらるるのだから、梅干だって一概に馬鹿には出来ないさ」

「なんて君まで婆さんの肩を持った日にゃ、僕は愈《いよいよ》主人らしからざる心持に成ってしまわあ」と飲みさしの巻烟草《まきたばこ》を火鉢の灰の中へ擲《たた》き込む。燃え残りのマッチの散る中に、白いものがさと動いて斜めに一の字が出来る。

「とにかく旧弊な婆さんだな」

「旧弊はとくに卒業して迷信婆々《ばばあ》さ。何でも月に二、三返は伝通院辺の何とか云う坊主の所へ相談に行く様子だ」

「親類に坊主でもあるのかい」

「なに坊主が小遣取りに占いをやるんだがね。その坊主がまた余慶《よけい》な事ばかり言うもんだから始末に行かないのさ。現に僕が家を持つ時なども鬼門だとか八方塞《ふさが》りだとか云って大《おお》いに弱らしたもんだ」

「だって家を持ってからその婆さんを雇ったんだろう」

「雇ったのは引き越す時だが約束は前からして置いたのだからね。実はあの婆々も四谷の宇野《うの》の世話で、これなら大丈夫だ独りで留守をさせても心配はないと母が云うから極めた訳さ」

「それなら君の未来の妻君の御母《おっか》さんの御眼鏡で人撰に預った婆さんだから慥《たし》かなもんだろう」

「人間は慥かに相違ないが迷信には驚いた。何でも引き越すと云う三日前に例の坊主の所へ行って見て貰ったんだそうだ。すると坊主が今本郷から小石川の方へ向いて動くのは甚だよくない、屹度《きっと》家内に不幸があると云ったんだがね。——余慶な事じゃないか、何も坊主の癖にそんな知った風な妄言《もうごん》を吐かんでもの事だあね」

「しかしそれが商買《しょうばい》だから仕様がない」

「商買なら勘弁してやるから、金だけ貰って当り障りのない事を喋舌《しゃべ》るがいいや」

「そう怒っても僕の咎《とが》じゃないんだから埒《らち》はあかんよ」

「その上若い女に祟《たた》ると御負けを附加《つけた》したんだ。さあ婆さん驚くまい事か、僕のうちに若い女があるとすれば近い内貰うはずの宇野の娘に相違ないと自分で見解を下して独りで心配して居るのさ」

「だって、まだ君の所へは来んのだろう」

「来んうちから心配をするから取越苦労さ」

「何だか洒落か真面目か分らなくなって来たぜ」

「まるで御話にも何もなりゃしない。ところで近頃僕の家の近辺で野良犬が遠吠をやり出したんだ。……」

「犬の遠吠と婆さんとは何か関係があるのかい。僕には聯想《れんそう》さえ浮ばんが」と津田君は如何《いか》に得意の心理学でもこれは説明が出来悪《にく》いと一寸《ちょっと》眉を寄せる。余はわざと落ち付き払って御茶を一杯と云う。相馬焼の茶碗は安くて俗な者である。もとは貧乏士族が内職に焼いたとさえ伝聞して居る。津田君が三十匁《め》の出殻《でがら》を浪々《なみなみ》この安茶碗についでくれた時余は何となく厭《いや》な心持がして飲む気がしなくなった。茶碗の底を見ると狩野法眼元《かのうほうげんもと》信流《のぶ》の馬が勢よく跳ねて居る。安いに似合わず活潑《かっぱつ》な馬だと感心はしたが、馬に感心したからと云って飲みたくない茶を飲む義理もあるまいと思って茶碗は手に取らなかった。

「さあ飲み給え」と津田君が促がす。

「この馬はなかなか勢がいい。あの尻尾を振って鬣《たてがみ》を乱して居る所は野馬《のんま》だね」と茶を飲まない代りに馬を賞めてやった。

「冗談じゃない、婆さんが急に犬になるかと思うと、犬が急に馬になるのは烈しい。それからどうしたんだ」と頻《しき》りに後を聞きたがる。茶は飲まんでも差し支えない事となる。

「婆さんが云うには、あの鳴き声はただの鳴き声ではない、何でもこの辺に変があるに相違ないから用心しなくてはいかんと云うのさ。しかし用心をしろと云ったって別段用心の仕様もないから打《う》ち遣《や》って置くから構わないが、うるさいには閉口だ」

「そんなに鳴き立てるのかい」

「なに犬はうるさくも何ともないさ。第一僕はぐうぐう寝てしまうから、いつどんなに吠えるのか全く知らん位さ。しかし婆さんの訴えは僕の起きて居る時を択んで来るから面倒だね」

「なるほど如何に婆さんでも君の寐て居る時をよって御気を御付け遊《あそ》ばせとも云うまい」

「所へもって来て、僕の未来の細君が風邪を引いたんだね。丁度婆さんの御誂《おあつらえ》通に事件が湊合《そうごう》したからたまらない」

「それでも宇野の御嬢さんはまだ四谷に居るんだから心配せんでも宜《よ》さそうなものだ」

「それを心配するから迷信婆々さ。あなたが御移りにならんと御嬢様の御病気がはやく御全快になりませんから是非この月中に方角のいい所へ御転宅遊ばせと云う訳さ。飛んだ預言者に捕《つら》まって、大迷惑だ」

「移るのもいいかも知れんよ」

「馬鹿あ言ってら、この間越したばかりだね。そんなに度々引越しをしたら身代限《しんだいかぎり》をするばかりだ」

「しかし病人は大丈夫かい」

「君まで妙な事を言うぜ。少々伝通院の坊主にかぶれて来たんじゃないか。そんなに人を嚇《おど》かすもんじゃない」

「嚇かすんじゃない、大丈夫かと聞くんだ。これでも君の妻君の身の上を心配したつもりなんだよ」

「大丈夫に極ってるさ。咳嗽《せき》は少し出るがインフルエンザなんだもの」

「インフルエンザ?」と津田君は突然余を驚かす程な大きな声を出す。今度は本当に嚇かされて、無言のまま津田君の顔を見詰める。

「よく注意し給え」と二句目は低い声で云った。初めの大きな声に反してこの低い声が、耳の底をつき抜けて頭の中へしんと浸み込んだ様な気持がする。何故だか分らない。細い針は根まで這入る、低くても透る声は骨に答えるのであろう。碧琉璃《へきるり》の大空に瞳程《ひとみ》な黒き点をはたと打たれた様な心持ちである。消えて失せるか、溶けて流れるか、武庫《むこ》山卸《やまおろ》しにならぬとも限らぬ。この瞳程な点の運命はこれから津田君の説明で決せられるのである。余は覚えず相馬焼の茶碗を取り上げて冷たき茶を一時にぐっと飲み干した。

「注意せんといかんよ」と津田君は再び同じ事を同じ調子で繰り返す。瞳程な点が一段の黒味を増す。しかし流れるとも広がるとも片付かぬ。

「縁喜《えんぎ》でもない、いやに人を驚かせるぜ。ワハハハハハ」と無理に大きな声で笑って見せたが、腑《ふ》の抜けた勢のない声が無意味に響くので、我ながら気が付いて中途でぴたりと已《や》めた。やめると同時にこの笑が愈《いよいよ》不自然に聞かれたのでやはり仕舞まで笑い切れば善かったと思う。津田君はこの笑を何と聞たか知らん。再び口を開いた時は依然として以前の調子である。

「いや実はこう云う話がある。ついこの間の事だが、僕の親戚の者がやはりインフルエンザに罹《かか》ってね。別段の事はないと思って好加減《いいかげん》にして置いたら、一週間目から肺炎に変じて、とうとう一ヶ月立たない内に死んでしまった。その時医者の話さ、この頃のインフルエンザは性《たち》が悪い、じきに肺炎になるから用心をせんといかんと云ったが——実に夢の様さ。可哀そうでね」と言い掛けて厭な寒い顔をする。

「へえ、それは飛んだ事だった。どうしてまた肺炎などに変じたのだ」と心配だから参考の為《た》め聞いて置く気になる。

「どうしてって、別段の事情もないのだが——それだから君のも注意せんといかんと云うのさ」

「本当だね」と余は満腹の真面目をこの四文字に籠めて、津田君の眼の中を熱心に覗き込んだ。津田君はまだ寒い顔をして居る。

「いやだいやだ、考えてもいやだ。二十二や三で死んでは実に詰らんからね。しかも所天《おっと》は戦争に行ってるんだから——」

「ふん、女か？　そりゃ気の毒だなあ。軍人だね」

「うん所天《おっと》は陸軍中尉さ。結婚してまだ一年にならんのさ。僕は通夜にも行き葬式の供《とも》にも立ったが――その夫人の御母《おっか》さんが泣いてね――」

「泣くだろう、誰だって泣かあ」

「丁度葬式の当日は雪がちらちら降って寒い日だったが、御経が済んで愈《いよいよ》棺を埋める段になると、御母さんが穴の傍《そば》へしゃがんだぎり動かない。雪が飛んで頭の上が斑《まだら》になるから、僕が蝙蝠《こうもり》傘をさし懸けてやった」

「それは感心だ、君にも似合わない優しい事をしたものだ」

「だって気の毒で見て居られないもの」

「そうだろう」と余はまた法眼元信の馬を見る。自分ながらこの時は相手の寒い顔が伝染して居るに相違ないと思った。咄嗟《とっさ》の間に死んだ女の所天の事が聞いて見たくなる。

「それでその所天の方は無事なのかね」

「所天は黒木軍に附いて居るんだが、此方はまあ幸に怪我もしない様だ」

「細君が死んだと云う報知を受取ったらさぞ驚いたろう」

「いや、それに付いて不思議な話があるんだがね、日本から手紙の届かない先に細君がちゃんと亭主の所へ行って居るんだ」

「行ってるとは？」

「逢いに行ってるんだ」

「どうして？」

「どうしてって、逢いに行ったのさ」

「逢いに行くにも何にも当人死んでるんじゃないか」

「死んで逢いに行ったのさ」

「馬鹿あ云ってら、いくら亭主が恋しいったって、そんな芸が誰に出来るもんか。まるで林屋正三の怪談だ」

「いや実際行ったんだから仕様がない」と津田君は教育ある人にも似合ず、頑固に愚《ぐ》な事を主張する。

「仕様がないって――何だか見て来た様な事を云うぜ。可笑《おか》しいな、君本当にそんな事を話してるのかい」

「無論本当さ」

「こりゃ驚いた。まるで僕のうちの婆さんの様だ」

「婆さんでも爺さんでも事実だから仕方がない」と津田君は愈躍起になる。どうも余にかかって居る様にも見えない。はてな真面目で云って居るとすれば何か曰《いわ》くのある事だろう。津田君と余は大学へ入ってから科は違うたが、高等学校では同じ組に居た事もある。その時余は大概四十何人の席末《せきまつ》を汚《けが》すのが例であったのに、先生は巋然《きぜん》として常に二、三番を下らなかった所を以《もっ》て見ると、頭脳は余よりも三十五、六枚方明晰に相違ない。その津田君が躍起になるまで弁護するのだから満更《まんざら》の出《で》鱈目《たらめ》ではあるまい。余は法学士である、刻下《こくか》の事件を有《あり》のままに見て常識で捌《さば》いて行くより外に思慮を廻《めぐ》らすのは能《あた》わざるよりもむしろ好まざる所である。幽霊だ、祟《たたり》だ、因縁だなどと雲を攫《つか》む様な事を考えるのは一番嫌である。が津田君の頭脳には少々恐れ入って居る。その恐れ入ってる先生が真面目に幽霊談をするとなると、余もこの問題に対する態度を義理にも改めたくなる。実を云うと幽霊と雲助は維新以来永久廃業したものとのみ信じて居たのである。しかるに先刻《さっき》から津田君の容子を見ると、何だかこの幽霊なる者が余の知らぬ間に再興された様にもある。先刻机の上にある書物は何かと尋ねた時にも幽霊の書物だとか答えたと記憶する。とにかく損わない事だ。忙がしい余に取ってはこんな機会はまたとあるまい、後学の為め話だけでも拝聴して帰ろうと漸《ようや》く肚《はら》の中で決心した。見ると津田君も話の続きが話したいと云う風である。話したい、聞きたいと事が極れば訳はない。

漢水《かんすい》は依然として西南に流れるのが千古の法則だ。

「段々聞き糺《ただ》して見ると、その妻君と云うのが夫の出征前に誓ったのだそうだ」

「何を？」

「もし万一御留守中に病気で死ぬ様な事がありましてもただは死にませんて」

「へえ」

「必ず魂魄《こんぱく》だけは御傍《おそば》へ行って、もう一遍御目に懸りますと云った時に亭主は軍人で磊落《らいらく》な気性だから笑いながら、よろしい、何時《いつ》でも来なさい、戦《いく》さの見物をさしてやるからと云ったぎり満洲へ渡ったんだがね。その後そんな事はまるで忘れてしまって一向気にも掛けなかったそうだ」

「そうだろう、僕なんざ軍《いく》さに出なくっても忘れてしまわあ」

「それでその男が出立をする時細君が色々手伝って手荷物などを買ってやった中に、懐中持《かいちゅうもち》の小さい鏡があったそうだ」

「ふん。君は大変詳しく調べて居るな」

「なにあとで戦地から手紙が来たのでその顚末《てんまつ》が明瞭になった訳だが。――その鏡を先生常に懐中して居てね」

「うん」

「ある朝例の如くそれを取り出して何心《なにごころ》なく見たんだそうだ。するとその鏡の奥に写ったのが——いつもの通り髭だらけな垢染《あかじみ》た顔だろうと思うと——不思議だねえ——実に妙な事があるじゃないか」

「どうしたい」

「青白い細君の病気に窶《やつ》れた姿がスーとあらわれたと云うんだがね——いえそれは一寸《ちょっと》信じられんのさ、誰に聞かしても嘘《うそ》だろうと云うさ。現に僕などもその手紙を見るまでは信じない一人であったのさ。しかし向うで手紙を出したのは無論こちらから死去の通知の行った三週間も前なんだぜ。嘘をつくったって嘘にする材料のない時ださ。それにそんな嘘をつく必要がないだろうじゃないか。死ぬか生きるかと云う戦争中にこんな小説染《じみ》た呑気な法螺《ほら》を書いて国元へ送るものは一人もない訳ださ」

「そりゃ無い」と云ったが実はまだ半信半疑である。半信半疑ではあるが何だか物凄い、気味の悪い、一言にして云うと法学士に似合わしからざる感じが起った。

「尤《もっと》も話しはしなかったそうだ。黙って鏡の裏《うち》から夫《おっと》の顔をしけじけ見詰めたぎりだそうだが、その時夫の胸の中に訣別の時、細君の言った言葉が渦の様に忽然と湧いて出たと云うんだが、こりゃそうだろう。焼小手《やきごて》で脳味噌をじゅっと焚《や》かれた様な心持だと手紙に書いてあるよ」

「妙な事があるものだな」手紙の文句まで引用されると是非《ぜひ》共信《とも》じなければならぬ様になる。何となく物騒な気合《けはい》である。この時津田君がもしワッとでも叫んだら余は屹度《きっと》飛び上ったに相違ない。

「それで時間を調べて見ると細君が息を引き取ったのと夫が鏡を眺めたのが同日同刻になって居る」

「愈不思議だな」この時に至っては真面目に不思議と思い出した。「しかしそんな事が有り得る事かな」と念の為め津田君に聞いて見る。

「ここにもそんな事を書いた本があるがね」と津田君は先刻《さっき》の書物を机の上から取り卸しながら「近頃じゃ、有り得ると云う事だけは証明されそうだよ」と落ち付き払って答える。法学士の知らぬ間に心理学者の方では幽霊を再興して居るなと思うと幽霊も愈馬鹿に出来なくなる。知らぬ事には口が出せぬ、知らぬは無能力である。幽霊に関しては法学士は文学士に盲従しなければならぬと思う。

「遠い距離においてある人の脳の細胞と、他の人の細胞が感じて一種の化学的変化を起すと……」

「僕は法学士だから、そんな事を聞いても分らん。要するにそう云う事は理論上あり得るんだね」余の如き頭脳不透明なものは理窟を承《うけたまわ》るより結論だけ呑み込んで置く方が簡便である。

「ああ、つまりそこへ帰着するのさ。それにこの本にも例が沢山あるがね、その内でロード、ブローアムの見た幽霊などは今の話しとまるで同じ場合に属するものだ。なかなか面白い。君ブローアムは知って居るだろう」

「ブローアム？　ブローアムたなんだい」

「英国の文学者さ」

「道理で知らんと思った。僕は自慢じゃないが文学者の名なんかシェクスピヤとミルトンとその外《ほか》に二、三人しか知らんのだ」

津田君はこんな人間と学問上の議論をするのは無駄だと思ったか「それだから宇野の御嬢さんもよく注意したまいと云う事さ」と話を元へ戻す。

「うん注意はさせるよ。しかし万一の事がありましたら屹度御目に懸りに上りますなんて誓は立てないのだからその方《ほう》は大丈夫だろう」と洒落て見たが心の中は何となく不愉快であった。時計を出して見ると十一時に近い。これは大変、うちではさぞ婆さんが犬の遠吠を苦にして居るだろうと思うと、一刻も早く帰りたくなる。「いずれその内婆さんに近付《ちかづき》になりに行くよ」と云う津田君に「御馳走をするから是非来給え」と云いながら白山御殿町《はくさんごてんまち》の下宿を出る。

我からと惜気もなく咲いた彼岸桜に、愈《いよいよ》春が来たなと浮かれ出したのも僅《わず》か二、三日の間である。今では桜自身さえ早待《はやま》ったと後悔して居るだろう。生温《なまぬる》く帽を吹く風に、額際《ひたいぎわ》から煮染《にじ》み出す膏《あぶら》と、粘《ねば》り着く砂埃《すなほこ》りとを一所に拭い去った一昨日《おととい》の事を思うと、まるで去年の様な心持ちがする。それ程きのうから寒くなった。今夜は一層である。冴《さ》え返るなどと云う時節でもないに馬鹿馬鹿敷《ばかばかしい》と外套《がいとう》の襟《えり》を立てて盲唖《もうあ》学校の前から植物園の横をだらだらと下りた時、どこで撞《つ》く鐘だか、夜の中に波を描いて、静かな空をうねりながら来る。十一時だなと思う。——時の鐘は誰が発明したものか知らん。今までは気が付かなかったが注意して聴いて見ると妙な響である。一つ音が粘り強い餅を引き千切った様に幾つにも割れてくる。割れたから縁が絶えたかと思うと細くなって、次の音に繋がる。繋がって太くなったかと思うと、また筆の穂の様に自然と細くなる。——あの音はいやに伸びたり縮んだりするなと考えながら歩行《ある》くと、自分の心臓の鼓動も鐘の波のうねりと共に伸びたり縮んだりする様に感ぜられる。仕舞には鐘の音にわが呼吸を合せたくなる。今夜はどうしても法学士らしくないと、足早に交番の角を曲るとき、冷たい風に誘われてポツリと大粒の雨が顔にあたる。

極楽水はいやに陰気な所である。近頃は両側へ長家が建ったので昔程淋しくはないが、その長家が左右共闃然《げきぜん》として空家の様に見えるのは余り気持のいいものではない。貧民に活動はつき物である。働いて居らぬ貧民は、貧民たる本性を遺失して生きたものとは認められぬ。余が通り抜ける極楽水の貧民は打てども蘇《よ》み返る景色なきまでに静かである。——実際死んで居るのだろう。ポツリポツリと雨は漸く濃《こま》かになる。傘を持って来なかった、殊によると帰るまでにはずぶ濡になる哩《わい》と舌打をしながら空を仰ぐ。雨は闇の底から蕭々《しょうしょう》と降る、容易に晴れそうにもない。

五、六間先に忽《たちま》ち白い者が見える。往来の真中に立ち留って、首を延してこの白い者をすかして居るうちに、白い者は容赦もなく余の方へ進んでくる。半分《はんぷん》と立たぬ間に余の右側を掠める如く過ぎ去ったのを見ると——蜜柑箱《みかんばこ》の様なものに白い巾《きれ》をかけて、黒い着物をきた男が二人、棒を通して前後から担いで行くのである。大方葬式か焼場であろう。箱の中のは乳飲子に違いない。黒い男は互に言葉も交えずに黙ってこの棺桶を担《か》ついで行く。天下に夜中棺桶を担《にな》う程、当然の出来事はあるまいと、思い切った調子でコツコツ担いで行く。闇に消える棺桶を暫《しばら》くは物珍らし気に見送って振り返った時、また行手から人声が聞え出した。高い声でもない、低い声でもない、夜が更《ふ》けて居るので存外反響が烈しい。

「昨日生れて今日死ぬ奴もあるし」と一人が云うと「寿命だよ、全く寿命だから仕方がない」と一人が答える。二人の黒い影がまた余の傍《そば》を掠めて見る間に闇の中へもぐり込む。棺の後を追って足早に刻む下駄の音のみが雨に響く。

「昨日生れて今日死ぬ奴もあるし」と余は胸の中で繰り返して見た。昨日生れて今日死ぬ者さえあるなら、昨日病気に罹って今日死ぬ者は固《もと》よりあるべきはずである。二十六年も娑婆の気を吸ったものは病気に罹らんでも充分死ぬ資格を具えて居る。こうやって極楽水を四月三日の夜の十一時に上りつつあるのは、ことによると死にに上ってるのかも知れない。――何だか上りたくない。暫《しば》らく坂の中途で立って見る。しかし立って居るのは、殊によると死にに立って居るのかも知れない。――また歩行《ある》き出す。死ぬと云う事がこれ程人の心を動かすとは今までつい気が付かなんだ。気が付いて見ると立っても歩行いても心配になる、この様子では家へ帰って蒲団の中へ這入ってもやはり心配になるかも知れぬ。何故今までは平気で暮して居たのであろう。考えて見ると学校に居た時分は試験とベースボールで死ぬと云う事を考える暇がなかった。卒業してからはペンとインキとそれから月給の足らないのと婆さんの苦情でやはり死ぬと云う事を考える暇がなかった。人間は死ぬ者だとは如何に呑気な余でも承知して居ったに相違ないが実際余も死ぬものだと感じたのは今夜が生れて以来始めてである。夜と云う無暗《むやみ》に大きな黒い者が、歩行《ある》いても立っても上下四方から閉じ込めて居て、その中に余と云う形体を溶かし込まぬと承知せぬぞと逼《せま》る様に感ぜらるる。余は元来呑気なだけに正直な所功名心には冷淡な男である。死ぬとしても別に思い置く事はない。別に思い置く事はないが死ぬのは非常に厭だ、どうしても死にたくない。死ぬのはこれ程いやな者かなと始めて覚《さと》った様に思う。雨は段々密になるので外套が水を含んで触ると、濡れた海綿を圧《お》す様にじくじくする。

竹早町を横《よこぎ》って切支丹《きりしたん》坂へかかる。何故切支丹坂と云うのか分らないが、この坂も名前に劣らぬ怪しい坂である。坂の上へ来た時、ふと先達《せんだっ》てここを通って「日本一急な坂、命の欲しい者は用心じゃ用心じゃ」と書いた張札が土手の横からはすに往来へ差し出て居るのを滑稽だと笑った事を思い出す。今夜は笑う所《どころ》ではない。命の欲しい者は用心じゃと云う文句が聖書にでもある格言の様に胸に浮ぶ。坂道は暗い。滅多に下りると滑って尻餅《しりもち》を搗《つ》く。険呑《けんのん》だと八合目あたりから下を見て覘《ねらい》をつける。暗くて何もよく見えぬ。左の土手から古榎《ふるえのき》が無遠慮に枝を突き出して日の目の通わぬ程に坂を蔽《おお》うて居るから、昼でもこの坂を下りる時は谷の底へ落ちると同様あまり善い心持ではない。榎は見えるかなと顔を上げて見ると、有ると思えばあり、無いと思えば無い程な黒い者に雨の注ぐ音が頻りにする。この暗闇坂を下りて、細い谷道を伝って、茗荷谷を向《むこう》へ上って七、八丁行けば小日向台町の余が家へ帰られるのだが、向へ上がるまでがちと気味がわるい。

茗荷谷の坂の中途に当る位な所に赤い鮮かな火が見える。前から見えて居たのか顔をあげる途端に見えだしたのか判然しないが、とにかく雨を透《すか》してよく見える。或《あるい》は屋敷の門口に立ててある瓦斯燈《ガスとう》ではないかと思って見て居ると、その火がゆらりゆらりと盆燈籠《どうろう》の秋風に揺られる具合に動いた。――瓦斯燈ではない。何だろうと見て居ると今度はその火が雨と闇の中を波の様に縫って上から下へ動いて来る。――これは提灯《ちょうちん》の火に相違ないと漸く判断した時それが不意と消えてしまう。

この火を見た時、余ははっと露子《つゆこ》の事を思い出した。露子は余が未来の細君の名である。未来の細君とこの火とどんな関係があるかは心理学者の津田君にも説明は出来んかも知れぬ。しかし心理学者の説明し得るものでなくては思い出してならぬとも限るまい。この赤い、鮮かな、尾の消える縄に似た火は余をして慥《たし》かに余が未来の細君を咄嗟の際に思い出さしめたのである。——同時に火の消えた瞬間が露子の死を未練もなく拈出《ねんしゅつ》した。額を撫《な》でると膏汗《あぶらあせ》と雨でずるずるする。余は夢中であるく。

坂を下り切ると細い谷道で、その谷道が尽きたと思うあたりからまた向き直って西へ西へと爪上《つまあが》りに新しい谷道がつづく。この辺は所謂《いわゆる》山の手の赤土で、少しでも雨が降ると下駄の歯を吸い落す程に濘《ぬか》る。暗さは暗し、靴は踵《かかと》を深く土に据え付けて容易《たやす》くは動かぬ。曲りくねって無暗矢鱈《むやみやたら》に行くと枸杞垣《くこがき》とも覚しきものの鋭どく折れ曲る角でぱたりとまた赤い火に出喰《でく》わした。見ると巡査である。巡査はその赤い火を焼くまでに余の頬に押し当てて「悪るいから御気を付けなさい」と言い棄てて擦《す》れ違った。よく注意し給えと云った津田君の言葉と、悪いから御気をつけなさいと教えた巡査の言葉とは似て居るなと思うと忽《たちま》ち胸が鉛の様に重くなる。あの火だ、あの火だと余は息を切らして茗荷谷を馳《か》け上る。

どこをどう歩行《ある》いたとも知らず流星《りゅうせい》の如く吾家へ飛び込んだのは十二時近くであろう。三分《さんぷ》心《しん》の薄暗いランプを片手に奥から駆け出して来た婆さんが頓興《とんきょう》な声を張り上げて

「旦那様！　どうなさいました」と云う。見ると婆さんは蒼い顔をして居る。

「婆さん！　どうかしたか」と余も大きな声を出す。婆さんは余から何か聞くのが怖《おそろ》しく、余は婆さんから何か聞くのが怖しいので御互にどうかしたかと問い掛けながら、その返答は両方とも云わずに双方とも暫時《ざんじ》睨み合って居る。

「水が――水が垂れます」これは婆さんの注意である。なるほど充分に雨を含んだ外套の裾と、中折帽《なかおればう》の庇《ひさし》から用捨《ようしゃ》なく冷たい点滴が畳の上に垂れる。折目をつまんで抛《ほう》り出すと、婆さんの膝の傍《そば》に白繻子《しろじゅす》の裏を天井へ向けて帽が転がる。灰色のチェスターフィールドを脱いで、一振り振って投げた時はいつもより余程重く感じた。日本服に着換えて、身顫《みぶる》いをして漸く余《われ》に帰った頃を見計って婆さんはまた「どうなさいました」と尋ねる。今度は先方も少しは落付いて居る。

「どうするって、別段どうもせんさ。ただ雨に濡れただけの事さ」となるべく弱身を見せまいとする。

「いえあの御顔色はただの御色では御座《ござ》いません」と伝通院の坊主を信仰するだけあって、うまく人相を見る。

「御前の方がどうかしたんだろう。先ッきは少し歯の根が合わない様だったぜ」

「私は何と旦那様から冷かされても構いません。——しかし旦那様雑談事《じょうだんごと》じゃ御座いませんよ」

「え？」と思わず心臓が縮みあがる。「どうした。留守中何かあったのか。四谷から病人の事でも何か云って来たのか」

「それ御覧遊ばせ、そんなに御嬢様の事を心配して居らっしゃる癖に」

「何と云って来た。手紙が来たのか、使が来たのか」

「手紙も使も参りは致しません」

「それじゃ電報か」

「電報なんて参りは致しません」

「それじゃ、どうした——早く聞かせろ」

「今夜は鳴き方が違いますよ」

「何が？」

「何がって、あなた、どうも宵から心配で堪《たま》りませんでした。どうしても只事《ただごと》じゃ御座いません」

「何がさ。それだから早く聞かせろと云ってるじゃないか」

「先達中《せんだってじゅう》から申し上げた犬で御座います」

「犬？」

「ええ、遠吠で御座います。私が申し上げた通りに遊ばせば、こんな事には成らないで済んだんで御座いますのに、あなたが婆さんの迷信だなんて、余《あん》まり人を馬鹿に遊ばすものですから……」

「こんな事にもあんな事にも、まだ何にも起らないじゃないか」

「いえ、そうでは御座いません。旦那様も御帰り遊ばす途中御嬢様の御病気の事を考えて居らしったに相違御座いません」と婆さんずばと図星を刺す。寒い刃が暗《やみ》に閃《ひら》めいてひやりと胸打《むねうち》を喰わせられた様な心持がする。

「それは心配して来たに相違ないさ」

「それ御覧遊ばせ、やっぱり虫が知らせるので御座います」

「婆さん虫が知らせるなんて事が本当にあるものかな、御前そんな経験をした事があるかい」

「有る段じゃ御座いません。昔《むか》しから人が烏鳴《からすな》きが悪いとか何とか善く申すじゃ御座いませんか」

「なるほど烏鳴きは聞いた様だが、犬の遠吠は御前一人の様だが――」

「いいえ、あなた」と婆さんは大軽蔑の口調で余の疑を否定する。「同じ事で御座いますよ。婆やなどは犬の遠吠でよく分ります。論より証拠これは何かあるなと思うと外れた事が御座いませんもの」

「そうかい」

「年寄の云う事は馬鹿には出来ません」

「そりゃ無論馬鹿には出来んさ。馬鹿に出来んのは僕もよく知って居るさ。だから何も御前を――しかし遠吠がそんなに、よく当るものかな」

「まだ婆やの申す事を疑って入らっしゃる。何でも宜《よろ》しゅう御座いますから明朝《みょうあさ》四谷へ行って御覧遊ばせ、屹度何か御座いますよ、婆やが受合いますから」

「屹度何か有っちゃ厭だな。どうか工夫はあるまいか」

「それだから早く御越し遊ばせと申し上げるのに、あなたが余り剛情を御張り遊ばすものだから――」

「これから剛情はやめるよ。――ともかくあした早く四谷へ行って見る事に仕様《しよう》。今夜これから行っても好いが……」

「今夜入《い》らしっちゃ、婆やは御留守居は出来ません」

「なぜ?」

「なぜって、気味《きび》が悪くって居ても起《た》っても居られませんもの」

「それでも御前が四谷の事を心配して居るんじゃないか」

「心配は致して居りますが、私だって怖しゅう御座いますから」

折から軒を遶《めぐ》る雨の響に和して、いずくよりともなく何物か地を這うて唸《うな》り廻る様な声が聞える。

「ああれで御座います」と婆さんが瞳を据えて小声で云う。なるほど陰気な声である。今夜はここへ寐る事にきめる。

余は例の如く蒲団の中へもぐり込んだがこの唸り声が気になって瞼《まぶた》さえ合わせる事が出来ない。

普通犬の鳴き声というものは、後も先も鉈《なた》で打ち切った槙雑木《まきざっぽう》を長く継いだ直線的の声である。今聞く唸りはそんなに簡単な無雑作の者ではない。声の幅に絶えざる変化があって、曲りが見えて、丸みを帯びて居る。蠟燭《ろうそく》の灯の細きより始まって次第に福《ふく》やかに広がってまた油の尽きた燈心の花と漸次《ぜんじ》に消えて行く。どこで吠えるか分らぬ。百里の遠き外《ほか》から、吹く風に乗せられて微かに響くと思う間に、近づけば軒端《のきば》を洩れて枕に塞ぐ耳にも薄《せま》る。ウウウウと云う音が丸い段落をいくつも連ねて家の周囲を二、三度繞《めぐ》ると、いつしかその音がワワワワに変化する拍子、疾《と》き風に吹き除《の》けられて遥か向うに尻尾はンンンと化して闇の世界に入る。陽気な声を無理に圧迫して陰鬱にしたのがこの遠吠である。躁狂《そうきょう》な響を権柄《けんぺい》ずくで沈痛ならしめて居るのがこの遠吠である。自由でない。圧制されて已《やむ》を得ずに出す声である処が本来の陰鬱、天然の沈痛よりも一層厭である、聞き苦しい。余は夜着の中に耳の根まで隠した。夜着の中でも聞える、しかも耳を出して居るより一層聞き苦しい。また顔を出す。

暫《しば》らくすると遠吠がはたと已む。この半夜《はんや》の世界から犬の遠吠を引き去ると動いて居るものは一つもない。吾家が海の底へ沈んだと思う位静かになる。静まらぬは吾心のみである。吾心のみはこの静かな中から何事かを予期しつつある。去れどもその何事なるかは寸分の観念だにない。性《しょう》の知れぬ者がこの闇の世から一寸顔を出しはせまいかという掛念《けねん》が猛烈に神経を鼓舞するのみである。今出るか、今出るかと考えて居る。髪の毛の間へ五本の指を差し込んで無茶苦茶に掻いて見る。一週間程湯に入《い》って頭を洗わんので指の股が油でニチャニチャする。この静かな世界が変化したら——どうも変化しそうだ。今夜のうち、夜の明けぬうち何かあるに相違ない。この一秒も待って過ごす。この一秒もまた待ちつつ暮らす。何を待って居るかと云われては困る。何を待って居るか自分に分らんから一層の苦痛である。頭から抜き取った手を顔の前に出して無意味に眺める。爪の裏が垢で薄黒く三日月形に見える。同時に胃嚢《いぶくろ》が運動を停止して、雨に逢った鹿皮《しかがわ》を天日《てんぴ》で乾《ほ》し堅めた様に腹の中が窮窟になる。犬が吠えれば善いと思う。吠えて居るうちは厭でも、厭な度合が分る。こう静かになっては、どんな厭な事が背後に起りつつあるのか、知らぬ間に醸されつつあるか見当がつかぬ。遠吠なら我慢する。どうか吠えてくれればいいと寐返りを打って仰向けになる。天井に丸くランプの影が幽かに写る。見るとその丸い影が動いて居る様だ。愈《いよいよ》不思議になって来たと思うと、蒲団の上で脊髄が急にぐにゃりとする。ただ眼だけを見張って慥かに動いて居《お》るか、居らぬかを確める。――確かに動いて居る。平常から動いて居るのだが気が付かずに今日まで過したのか、または今夜に限って動くのかしらん。――もし今夜だけ動くのなら、只事ではない。しかし或《あるい》は腹具合のせいかも知れまい。今日会社の帰りに池の端の西洋料理屋で海老のフライを食ったが、ことによるとあれが祟って居るかもしれん。詰らん物を食って、銭をとられて馬鹿馬鹿しい癈《よ》せばよかった。何しろこんな時は気を落ち付けて寐るのが肝心だと堅く眼を閉じて見る。すると虹霓《にじ》を粉にして振り蒔く様に、眼の前が五色の斑点でちらちらする。これは駄目だと眼を開くとまたランプの影が気になる。仕方がないからまた横向になって大病人の如く、昵《じっ》として夜の明けるのを待とうと決心した。

横を向いて不図《ふと》目に入ったのは、襖《ふすま》の陰に婆さんが叮嚀《ていねい》に畳んで置いた秩父《ちちぶ》銘仙《めいせん》の不断着である。この前四谷に行って露子の枕元で例の通り他愛もない話をして居た時、病人が袖口の綻《ほころ》びから綿が出懸って居るのを気にして、よせと云うのを無理に蒲団の上へ起き直って縫ってくれた事をすぐ聯想する。あの時は顔色が少し悪いばかりで笑い声さえ常とは変らなかったのに――当人ももう大分好くなったから明日あたりから床を上げましょうとさえ言ったのに――今、眼の前に露子の姿を浮べて見ると――浮べて見るのではない、自然に浮んで来るのだが――頭へ氷嚢《ひょうのう》を戴《の》せて、長い髪を半分濡らして、うんうん呻《うめ》きながら、枕の上へのり出してくる。――愈《いよいよ》肺炎かしらと思う。しかし肺炎にでもなったら何とか知らせて来るはずだ。使も手紙も来ない所を以て見るとやっぱり病気は全快したに相違ない、大丈夫だ、と断定して眠ろうとする。合わす瞳の底に露子の青白い肉の落ちた頬と、窪んで硝子張《ガラスばり》の様に凄い眼がありありと写る。どうも病気は癒って居らぬらしい。しらせは未だ来ぬが、来ぬと云う事が安心にはならん。今に来るかも知れん、どうせ来るなら早く来れば好い、来ないか知らんと寐返りを打つ。寒いとは云え四月と云う時節に、厚夜着《あつよぎ》を二枚も重ねて掛けて居るから、ただでさえ寐苦しい程暑い訳であるが、手足と胸の中は全く血の通わぬ様に重く冷たい。手で身のうちを撫でて見ると膏と汗で湿って居る皮膚の上に冷たい指が触るのが、青大将にでも這《は》われる様に厭な気持である。ことによると今夜のうちに使でも来るかも知れん。

突然何者か表の雨戸を破《わ》れる程叩く。そら来たと心臓が飛び上って肋《あばら》の四枚目を蹴る。何か云う様だが、叩く音と共に耳を襲うので、よく聞き取れぬ。「婆さん、何か来たぜ」と云う声の下から「旦那様、何か参りました」と答える。余と婆さんは同時に表口へ出て雨戸を開ける。――巡査が赤い火を持って立って居る。

「今しがた何かありはしませんか」と巡査は不審な顔をして、挨拶《あいさつ》もせぬ先から突然尋ねる。余と婆さんは云い合した様に顔を見合せる。両方共何とも答をしない。

「実は今ここを巡行するとね、何だか黒い影が御門から出て行きましたから……」

婆さんの顔は土の様である。何か云おうとするが息がはずんで云えない。巡査は余の方を見て返答を促がす。余は化石の如く茫然《ぼうぜん》と立って居る。

「いやこれは夜中甚《はなは》だ失礼で……実は近頃この界隈《かいわい》が非常に物騒なので、警察でも非常に厳重に警戒をしますので――丁度御門が開いて居って、何か出て行った様な按排《あんばい》でしたから、もしやと思って一寸御注意をしたのですが……」

余は漸くほっと息をつく。咽喉《のど》に痞《つか》えて居る鉛の丸《たま》が下りた様な気持ちがする。

「これは御親切に、どうも、――いえ別に何も盗難に罹った覚はない様です」

「それなら宜しゅう御座います。毎晩犬が吠えて御八釜敷《おやかましい》でしょう。どう云うものか賊がこの辺ばかり徘徊《はいかい》しますんで」

「どうも御苦労様」と景気よく答えたのは遠吠が泥棒の為めであるとも解釈が出来るからである。巡査は帰る、余は夜が明け次第四谷に行くつもりで、六時が鳴るまでまんじりともせず待ち明した。

雨は漸く上ったが道は非常に悪い。足駄《あしだ》をと云うと歯入屋《はいれや》へ持って行ったぎり、つい取ってくるのを忘れたと云う。靴は昨夜の雨で到底穿《は》けそうにない。構うものかと薩摩《さつま》下駄《げた》を引掛けて全速力で四谷坂丁まで馳けつける。門は開いて居るが玄関はまだ戸閉りがしてある。書生はまだ起きんのかしらと勝手口へ廻る。清と云う下総《しもうさ》生れの頰ペタの赤い下女が俎《まないた》の上で糠味噌《ぬかみそ》から出し立ての細根大根《ほそねだいこん》を切って居る。「御早《おは》よう、何《なに》はどうだ」と聞くと驚ろいた顔をして、襷《たすき》を半分外しながら「へえ」と云う。へえでは埒《らち》があかん。構わず飛び上って、茶の間へつかつか這入り込む。見ると御母《おっか》さんが、今起き立《たて》の顔をして叮嚀に如鱗木《じょりんもく》の長火鉢を拭《ふ》いて居る。

「あら靖雄《やすお》さん！」と布巾《ふきん》を持ったままあっけに取られたと云う風をする。あら靖雄さんでも埒があかん。

「どうです、余程悪いですか」と口早に聞く。

犬の遠吠が泥棒のせいと極まる位なら、ことによると病気も癒って居るかも知れない。癒って居てくれれば宜《よ》いがと御母さんの顔を見て息を呑《の》み込《こ》む。

「ええ悪いでしょう、昨日は大変降りましたからね。さぞ御困りでしたろう」これでは少々見当が違う。御母さんの様子を見ると何だか驚ろいて居る様だが、別に心配そうにも見えない。余は何となく落ち付いて来る。

「なかなか悪い道です」とハンケチを出して汗を拭いたが、やはり気掛りだから「あの露子さんは……」と聞いて見た。

「今顔を洗って居ます、昨夕《ゆうべ》中央会堂の慈善音楽会とかに行って遅く帰ったものですから、つい寐坊をしましてね」

「インフルエンザは？」

「ええ難有《ありがと》う、もう薩張《さっぱ》り……」

「何ともないんですか」

「ええ風邪はとっくに癒りました」

寒からぬ春風に、濛々《もうもう》たる小雨の吹き払われて蒼空《あおぞら》の底まで見える心地である。日本一の御機嫌にて候《そろ》と云う文句がどこかに書いてあった様だが、こんな気分を云うのではないかと、昨夕《ゆうべ》の気味の悪かったのに引き換えて今の胸の中が一層朗かになる。なぜあんな事を苦にしたろう、自分ながら愚の至りだと悟って見ると、何だか馬鹿馬鹿しい。馬鹿馬鹿しいと思うにつけて、たとい親しい間柄とは云え、用もないのに早朝から人の家へ飛び込んだのが手持無沙汰に感ぜらるる。

「どうして、こんなに早く、――何か用事でも出来たんですか」と御母さんが真面目に聞く。どう答えて宜いか分らん。嘘をつくと云ったって、そう咄嗟の際に嘘がうまく出るものではない。余は仕方がないから「ええ」と云った。

「ええ」と云った後で、癡《よ》せば善かった、――一思いに正直な所を白状してしまえば善かったと、すぐ気が付いたが、「ええ」の出たあとはもう仕方がない。「ええ」を引き込める訳に行かなければ「ええ」を活かさなければならん。「ええ」とは単簡な二文字であるが滅多に使うものでない、これを活かすには余程骨が折れる。

「何か急な御用なんですか」と御母さんは詰め寄せる。別段の名案も浮ばないからまた「ええ」と答えて置いて、「露子さん露子さん」と風呂場の方を向いて大きな声で怒鳴って見た。

「あら、どなたかと思ったら、御早いのねえ――どうなすったの、――何か御用なの?」露子は人の気も知らずにまた同じ質問で苦しめる。

「ああ何か急に御用が御出来なすったんだって」と御母さんは露子に代理の返事をする。

「そう、何の御用なの」と露子は無邪気に聞く。

「ええ、少しその、用があって近所まで来たものですから」と漸く一方に活路を開く。随分苦しい開き方だと一人で肚《はら》の中で考える。

「それでは、私に御用じゃないの」と御母さんは少々不審な顔付である。

「ええ」

「もう用を済まして被入《いらし》ったの、随分早いのね」と露子は大《おお》に感嘆する。

「いいえ、まだこれから行くんです」とあまり感嘆されても困るから、一寸謙遜して見たが、どっちにしても別に変りはないと思うと、自分で自分の言って居る事が如何にも馬鹿らしく聞える。こんな時はなるべく早く帰る方が得策だ。長坐《ながざ》をすればする程失敗するばかりだと、そろそろ、尻を立てかけると

「あなた、顔の色が大変悪い様ですがどうかなさりゃしませんか」と御母さんが逆捻《さかねじ》を喰わせる。

「髪を御刈りになると好いのね、あんまり髭が生えて居るから病人らしいのよ。あら頭にはねが上っててよ。大変乱暴に御歩《ある》行きなすったのね」

「日和下駄《ひよりげた》ですもの、余程《よほど》上ったでしょう」と背中を向いて見せる。御母さんと露子は同時に「おやまあ！」と申し合せた様な、驚き方をする。

羽織を干して貰って、足駄《あしだ》を借りて奥に寐て居る御父っさんには挨拶もしないで門を出る。うららかな上天気で、しかも日曜である。少々ばつは悪かった様なものの昨夜の心配は紅炉上《こうろじょう》の雪と消えて、余が前途には柳、桜の春が簇《むら》がるばかり嬉しい。神楽坂まで来て床屋へ這入る。未来の細君の歓心を得んが為だと云われても構わない。実際余は何事によらず露子の好《す》く様にしたいと思って居る。

「旦那髯は残しましょうか」と白服を着た職人が聞く。髯を剃るといいと露子が云っ

たのだが全体の髯の事か顋髯《あごひげ》だけかわからない。まあ鼻の下だけは残す事にしようと一人で極める。職人が残しましょうかと念を押す位だから、残したって余り目立つ程のものでもないには極って居る。

「源さん、世の中にゃ随分馬鹿な奴がいるもんだねえ」と余の顋をつまんで髪剃《かみそり》を逆に持ちながら一寸火鉢の方を見る。

源さんは火鉢の傍《そば》に陣取って将碁盤の上で金銀二枚をしきりにパチつかせて居たが「本当にさ、幽霊だの亡者《もうじゃ》だのって、そりゃ御前、昔しの事だあな。電気燈のつく今日そんな篦棒《べらぼう》な話しがある訳がねえからな」と王様の肩へ飛車を載せて見る。「おい由公《よしこう》御前こうやって駒を十枚積んで見ねえか、積めたら安宅鮓《あたかずし》を十銭奢ってやるぜ」

一本歯の高足駄を穿いた下剃《したぞり》の小僧が「鮓じゃいやだ、幽霊を見せてくれたら、積んで見せらあ」と洗濯したてのタウェルを畳みながら笑って居る。

「幽霊も由公にまで馬鹿にされる位だから幅は利《き》かない訳さね」と余の揉み上げを米噛《こめか》みのあたりからぞきりと切り落す。

「あんまり短かかあないか」

「近頃はみんなこの位です。揉み上げの長いのはにやけてて可笑《おか》しいもんです。――

なあに、みんな神経さ。自分の心に恐いと思うから自然幽霊だって増長して出度《でたく》ならあね」と刃についた毛を人さし指と拇指《おやゆび》で拭いながらまた源さんに話しかける。

「全く神経だ」と源さんが山桜の烟を口から吹き出しながら賛成する。

「神経って者は源さんどこにあるんだろう」と由公はランプのホヤを拭きながら真面目に質問する。

「神経か、神経は御めえ方々にあらあな」と源さんの答弁は少々漠然として居る。白暖簾《のれん》の懸った坐敷《ざしき》の入口に腰を掛けて、先っきから手垢のついた薄っぺらな本を見て居た松さんが急に大きな声を出して面白い事がかいてあらあ、よっぽど面白いと一人で笑い出す。

「何だい小説か、食道楽《くいどうらく》じゃねえか」と源さんが聞くと松さんはそうよそうかも知れねえと上表紙を見る。標題には浮世心理講義録有耶無耶《うやむや》道人著とかいてある。

「何だか長い名だ、とにかく食道楽じゃねえ。鎌さん一体是《これ》や何の本だい」と余の耳に髪剃《かみそり》を入れてぐるぐる廻転させて居る職人に聞く。

「何だか、訳の分らない様な、とぼけた事が書いてある本だがね」

「一人で笑って居ねえで少し読んで聞かせねえ」と源さんは松さんに請求する。松さんは大きな声で一節を読み上る。

「狸が人を婆化《ばか》すと云いやすけれど、何で狸が婆化しやしょう。ありゃみんな催眠術でげす……」

「なるほど妙な本だね」と源さんは烟《けむ》に捲《ま》かれて居る。

「拙《せつ》が一返古榎《いっぺんふるえのき》になった事がありやす。所へ源兵衛村の作蔵と云う若い衆《しゅ》が首を縊《くく》りに来やした……」

「何だい狸が何か云ってるのか」

「どうも、そうらしいね」

「それじゃ狸のこせえた本じゃねえか――人を馬鹿にしやがる――それから？」

「拙が腕をニューと出して居る所へ古褌《ふるふんどし》を懸けやした――随分臭《くさ》うげしたよ――……」

「狸の癖《くせ》にいやに贅沢を云うぜ」

「肥桶《こえおけ》を台にしてぶらりと下がる途端拙はわざと腕をぐにゃりと卸《お》ろしてやりやしたので作蔵君は首を縊り損《そくな》ってまごまごして居りやす。ここだと思いやしたから急に榎の姿を隠してアハハハハハハと源兵衛村中へ響く程な大きな声で笑ってやりやした。すると作蔵君は余程仰天《ぎょうてん》したと見えやして助けてくれ、助けてくれと褌を置去りにして一生懸命に逃げ出しやした……」

「こいつあ旨《うめ》え、しかし狸が作蔵の褌をとって何にするだろう」

「大方睾丸《きんたま》でもつつむ気だろう」

アハハハハと皆一度に笑う。余も吹き出しそうになったので職人は一寸髪剃を顔からはずす。

「面白え、あとを読みねえ」と源さん大《おお》いに乗気になる。

「俗人は拙が作蔵を婆化《ばか》した様に云う奴でげすが、そりゃちと御無理でげしょう。作蔵君は婆化され様、婆化され様として源兵衛村をのそのそして居るのでげす。その婆化され様と云う作蔵君の御注文に応じて拙が一寸婆化して上げたまでの事でげす。すべて狸一派のやり口は今日開業医の用いて居りやす催眠術でげして、昔しからこの手で大分大方の諸君子を胡魔化《ごまか》したものでげす。西洋の狸から直伝《じきでん》に輸入致した術を催眠法とか唱え、これを応用する連中を先生などと崇めるのは全く西洋心酔の結果で拙などはひそかに慨嘆の至《いたり》に堪《た》えん位のものでげす。何も日本固有の奇術が現に伝って居るのに、一も西洋二も西洋と騒がんでもの事でげしょう。今の日本人はちと狸を軽蔑し過ぎる様に思われやすから一寸全国の狸共に代って拙から諸君に反省を希望して置きやしょう」

「いやに理窟を云う狸だぜ」と源さんが云うと、松さんは本を伏せて「全く狸の言う通だよ昔しだって今だって、こっちがしっかりして居りゃ婆化されるなんて事はねえんだからな」と頻《しき》りに狸の議論を弁護して居る。して見ると昨夜は全く狸に致《いた》された訳かなと、一人で愛想をつかしながら床屋を出る。

台町の吾家に着いたのは十時頃であったろう。門前に黒塗の車が待って居て、狭い格《こう》子《し》の隙から女の笑い声が洩れる。べるを鳴らして沓脱《くつぬぎ》に這入る途端「屹度帰って入《い》らっしゃったんだよ」と云う声がして障子がすうと明くと、露子が温かい春の様な顔をして余を迎える。

「あなた、来て居たのですか」

「ええ御帰りになってから、考えたら何だか様子が変だったから、すぐ車で来て見たの、そうして、昨夕《ゆうべ》の事を、みんな婆やから聞いてよ」と婆さんを見て笑い崩れる。婆さんも嬉しそうに笑う。露子の銀の様な笑い声と、婆さんの真鍮の様な笑い声と、余の銅の様な笑い声が稠和《ちょうわ》して天下の春を七円五十銭の借家に集めた程陽気である。如何に源兵衛村の狸でもこの位大きな声は出せまいと思う位である。

気のせいかその後露子は以前よりも一層余を愛する様な素振《そぶり》に見えた。津田君に逢った時、当夜の景況を残りなく話したらそれはいい材料だ僕の著書中に入れさせてくれろと云った。文学士津田真方《まかた》著幽霊論の七二頁にK君の例として載って居るのは余の事である。

窮　死

国木田独歩

国木田独歩（一八七一〜一九〇八年）。銚子生まれの小説家、詩人。本名哲夫。代表作には、「武蔵野」（一八九八年）、「忘れえぬ人々」（同年）、「運命論者」（一九〇三年）などがある。山口県で小学校、中学校時代を経て一八八七年に上京し、東京専門学校（現、早稲田大学）に入学した。徳富蘇峰の主宰する民友社に関わり青年文学会に参加した。一九〇六年頃、肺結核が発病する。

「窮死」（『文藝倶楽部』一九〇七年六月）は、独歩の発病後に書かれた小説である。「極《ご》く下等な労働者」の立場から眺められる東京が描かれている。肺病にかかった主人公の文公は、九段坂で食事を済まし、雨のなかで宿を求めて歩く。「文公は何処《どこ》へ行《ゆ》く？」と繰り返す語り手は、日雇いで定まった居所を持たない文公を追う。ひとまず文公は日本橋での土方で知り合った飯田町（現、千代田区飯田橋）の弁公のところに泊めてもらうが、最後に彼が発見されるのは、新宿赤羽間の鉄道線路である。貧しい労働者の悲惨な死が、鉄道という都会の象徴とともに刻印された短篇といえる。底本には『定本　国木田独歩全集　第四巻』（学習研究社、一九九五年）を用いた。

九段坂の最寄《もより》にけちなめし屋がある。春の末の夕暮に一人の男が大儀そうに敷居をまたげた。既に三人の客がある。まだ洋燈《ランプ》を点《つ》けないので薄暗い土間に居並ぶ人影も朧《おぼろ》である。

先客の三人も今来た一人も皆《み》な土方か立《たち》ん坊《ぼう》位《ぐらい》の極《ご》く下等な労働者である。余程《よほど》都合の可《い》い日でないと白馬《どぶろく》も碌々《ろくろく》は飲めない仲間らしい。けれども先《せん》の三人は、多少《いくら》か好結果《よ》かったと見えて思い思いに飲《や》って居《い》た。

『文公《ぶんこう》、そうだ君の名は文《ぶん》さんとか言ったね。身体《からだ》は如何《どう》だね。』と角張《かどば》った顔の性質《ひと》の良《よさ》そうな四十を越した男が隅から声をかけた。

『ありがとう、どうせ長くはあるまい』と今来た男は捨ばちに言って、投げるように腰掛に身を下して、両手で額を押え、苦しい咳息《せき》をした。年頃は三十前後である。

『そう気を落すものじゃアない、しっかりなさい』とこの店の亭主《ていしゅ》が言った。それぎりで誰《だれ》も何《なん》とも言わない。心のうちでは『長くあるまい』と云うのに同意をして居《い》るのである。

『六銭しか無い、これで何《なん》でも可《い》いから……』と言いさして、咳息で食わして貰《もら》いたいという言葉が出ない。文公は頭の髪《け》を両手で握《つ》かんで悶《もが》いて居《い》る。めそめそ泣いている赤児《あかんぼ》を背負《せお》ったおかみさんは洋燈を点けながら

『苦《く》るしそうだ、水をあげようか。』と振り向いた。文公は頭を横に振った。

『水よりかこの方《ほう》が可い、これなら元気がつく』と三人の一人の大男《おおおとこ》が言った。この男はこの店には馴染《なじみ》でないと見えて先刻《さっき》から口をきかなかったのである。突きだしたのが白馬の杯《さかずき》。文公はまたも頭を横にふった。

『一本つけよう。やっぱりこれでないと元気がつかない。代価《だい》は何時《いつ》でも可いから飲《や》った方が可《よ》かろう。』と亭主《あるじ》は文公が何《なん》とも返事せぬ中《うち》に白馬を一本つけた。すると角ばった顔の男が

『何《なア》に文公が払えない時は自分《わし》が如何《どう》にでもする。えッ、文公、だから一ツ飲って見な。』

それでも文公は頭を押えたまま黙って居《い》ると、間もなく白馬一本と野菜の煮物《につけ》を少《すこし》ばかり載せた小皿一つが文公の前に置かれた。この時やっと頭を上げて

『親方どうも済まない。』と弱い声で言ってまたも咳息をしてホッと溜息《ためいき》を吐《つ》いた。長《なが》

顔《おもて》の痩《やせ》こけた顔で、頭は五分刈がそのまま伸《のび》るだけのびて、ももくちゃになって少《すこし》の光《つ》沢《や》もなく、灰色がかって居《い》る。

文公のお陰で陰気勝になるのも仕方がない、しかし誰もそれを不平に思う者はないらしい。文公は続けざまに三、四杯ひっかけてまたも頭を押えたが、人々の親切を思わぬでもなく、また深く思うでもない。まるで別の世界から言葉をかけられたような気持もするし、うれしいけれど、それが、それまでの事である事を知って居《い》るから『どうせ長くはない』との感《かんじ》を暫時《しばし》の間《あいだ》でも可《よ》いから忘れたくても忘れる事が出来ないのである。身体《からだ》にも心にも呆然《ぼかん》としたような絶望的無我が霧のように重く、あらゆる光を遮って立ちこめて居《い》る。

空腹《すきはら》に飲んだので、間もなく酔がまわりやや元気づいて来た。顔をあげて我知らずにやりと笑った時は、四角の顔が直《す》ぐ

『そら見ろ、気持が直ったろう。飲《や》れ飲れ、一本で足りなけやアもう一本飲れ、私《わし》が引受るから何でも元気を加《つけ》るにゃアこれに限《かぎる》ッて事よ！』と御自身の方《ほう》が大元気になって来たのである。

この時、外から二人の男が駈け込んで来た。何《いず》れも土方風の者である。

『とうとう降《やっ》て来《きや》アがった。』と叫《さ》けんで思い思いに席を取《とっ》た。文公の来る前から西の空が真黒に曇り、遠雷さえ轟《とどろ》きてただならぬ気勢《けしき》であったのである。

『何《な》に、直《す》ぐ晴《あが》ります。だけど今時分の驟雨《ゆうだち》なんて余程《よっぽど》気まぐれだ。』と亭主《あるじ》が言った。

二人が飛込んでから急に賑《にぎお》うて来て、何時《いつ》しか文公に気をつける者も無くなった。外はどしゃ降である。二個《ふたつ》の洋燈の光線《ひかり》は赤く微《かすか》に、陰影《かげ》は闇《くら》く遍《あまね》くこの煤《すす》けた土間を籠《こ》めて、荒くれ男の赫顔《あからがお》だけが右に左に動いて居《い》る。

文公は恵《めぐま》れた白馬一本をちびちび飲み了《おわ》ると飯《めし》を初《はじめ》た、これも赤児を背負《おぶっ》た女主人《かみさん》の親切で鱈腹《たらふく》喰った。そして出掛ると急に亭主《あるじ》が此方《こっち》を向いて
『未《ま》だ降ってるだろう、止《やん》でから行《い》きな。』

『たいしたことは有るまい。皆様《みなさん》どうもありがとう』と穴だらけの外套《がいとう》を頭から被《かぶ》って外へ出た。最早《もう》晴り際《ぎわ》の小降である。ともかくも路地を辿《たど》って通街《とおり》へ出た。亭主《ていしゅ》は雨が止んでから行きなと言ったが、何所《どこ》へ行《ゆ》く？　文公は路地口の軒下に身を寄せて往来の上下《かみしも》を見た。幌人車《ほろぐるま》が威勢よく駈《かけ》て居《い》る。店々の灯火《ともしび》が道路《みち》に映って居《い》る。一、二丁先の大通を電車が通る。さて文公は何処《どこ》へ行《ゆ》く？

めし屋の連中も文公が何処へ行《い》くか勿論《もちろん》知らないがしかし何処へ行《い》こうと、それは問

題でない。何故なれば居残って居《い》る者の中《うち》でも、今夜は何処《どこ》へ宿《とま》るかを決定《きめ》て居《い》ないものがある。この人々は大概、所謂《いわゆ》る居所不明《きょしょふめい》、若《もしく》は不定な連中《れんじゅう》であるから文公の今夜の行先《ゆくさき》など気にしないのも無理はない。しかし彼の容態では遠《とおか》らずまいいって了《しま》うだろうとは文公の去った後《あと》での噂《うわさ》であった。

『可憐《かわい》そうに。養育院へでも入れば可《い》い。』と亭主《あるじ》が言った。

『ところがその養育院とかいう奴《やつ》は面倒臭《めんどうくさ》くってなかなか入られないという事だぜ。』と客の土方の一人がいう。

『それじゃア行倒《ゆきだおれ》だ！』と一人がいう。

『誰か引取人《ひきとりて》が無いものかナ。全体野郎は何国《どこ》の者だ。』と一人がいう。

『自分でも知るまい。』

実際文公は自分が何処《どこ》で生れたのか全く知ない、両親《おや》も兄弟も有るのか無いのかすら知ない、文公という称呼《な》も誰《たれ》いうとなく自然に出来たのである十二歳頃の時、浮浪少年とのかどで、暫時《しばらく》監獄に飼《かわ》れて居《い》たが、色々の身の為《ため》になるお話を聞された後《のち》、門から追《お》い出《ださ》れた。それから三十幾歳《いくつ》になるまで種々《しゅじゅ》な労働に身を任して、やはり以前の浮浪生活を続けて来たのである。この冬に肺を患《やん》でから薬一滴飲むことすら出来ず、土方にせよ、立坊《たちんぼう》にせよ、それを休めば直ぐ食うことが出来ないのであった。『最早《もう》だめだ』と十日位《ぐらい》前から文公は思っていた。それでも稼げるだけは稼がなければならぬ。それで今日も朝五銭、午後《ひるご》に六銭だけ漸《ようや》く稼いで、その六銭を今めし屋で費《つか》って了った。五銭は昼めしに成て居《い》るから一文も残らない。

さて文公は何処《どこ》へ行《ゆ》く？　茫然《ぼんやり》軒下に立て眼前《めのまえ》のこの世《よ》の様《さま》を熟《じっ》と見て居《い》る中《うち》に、『アア寧《いっ》そ死《しん》で了いたいなア』と思った。この時、悪寒《おかん》が全身《みうち》に行《ゆ》きわたって、ぶるぶるッと慄《ふる》えた、そして続けざまに苦《く》るしい咳息をして噎入《むせびい》った。

ふと思い付いたのは今から二月前《ふたつき》に日本橋の或所《あるところ》で土方をした時知《し》り合《あい》になった弁公という若者《わかいの》がこの近処に住《すん》で居《い》ることであった。道悪《みちわる》を七、八丁飯田町の河岸の方《ほう》へ歩いて闇《くら》い狭い路地を入ると突当《つきあたり》に薄鉄葺《ブリキぶき》の棟の低い家《うち》がある。最早雨戸が引よせてある。辿り着いて、それでも思い切って

『弁公、家か。』

『誰だい。』と内《うち》から直ぐ返事がした。

『文公だ。』

戸が開《あい》て『何《なん》の用だ。』

『一晩泊《と》めてくれ。』と言われて弁公直ぐ身を横に避《よ》けて
『まアこれを見てくれ何処《どこ》へ寝られる?』

見ればなるほど三畳敷の一室《ひとま》に名ばかりの板間《いたのま》と、上口《あがりぐち》に漸く下駄を脱ぐだけの土間とがあるばかり、その三畳敷に寝床《ねどこ》が二つ敷《しい》てあって、豆洋燈《まめランプ》が板間の箱の上に乗《のせ》てある。その薄い光で一ツの寐床に寐て居る弁公の親父《おやじ》の頭が朧《おぼろ》に見える。

文公の黙って居《い》るのを見て、

『常例《いつも》の婆々《ばばア》の宿《やど》へ何故《なん》で行《ゆ》かねえ?』

『文《もん》なしだ。』

『三晩や四晩借りたって何《なん》だ。』

『ウンと借《かり》が出来て最早行《いけ》ねえんだ。』と言い様《さま》、咳息をして苦しい息を内に引くや思《おも》わずホット疲れ果た嘆息《ためいき》を洩《もら》した。

『身体《からだ》も良く無いようだナ、』と弁公初《はじめ》て気がつく。

『すっかり駄目になっちゃった。』

『そいつは気の毒だなア』と内と外で暫時《しばし》無言で衝立《つったっ》て居《い》る。すると未《ま》だ寝着《ねつか》れないで居《い》た親父が頭を擡《もた》げて

『弁公、泊めて遣れ、二人寝るのも三人寝るのも同じことだ。』

『同じことは一《ひとつ》こった。それじゃア足を洗《あら》うんだ。この磨滅《ちびげた》下駄を持《もっ》てそこの水道で洗《あ》らって来な、』と弁公景気よく言って、土間を探り、下駄を拾って渡した。

そこで文公は漸《やっ》と宿を得て、二人の足の裾《すそ》に丸くなった。親父も弁公も昼間の激しい労働で熟睡したが文公は熱と咳息とで終夜苦しめられ暁天《あけがた》近くなって漸《やっ》と寝入った。短夜《みじかよ》の明け易く四時半には弁公引窓を明けて飯《めし》を焚《た》きはじめた。親父も間もなく起きて身仕度をする。

飯《めし》が出来るや先《ま》ず弁公はその日の弁当、親父と自分との一度分を作《こしら》える。終って二人は朝飯《あさめし》を食《く》いながら親父は低い声で
『この若者《わかいの》は余程身体《よっぽどからだ》を痛めて居《い》るようだ。今日は一日そっとして置いて仕事を休ます方《ほう》が可《よ》かろう。』

弁公は頬張《ほおばっ》て首を縦に二、三度振る。

『そして出がけに、飯《めし》も煮《た》いてあるから勝手に食べて一日休めと言え。』

弁公はうなずいた、親父は一段声を潜めて
『他人事《ひとごと》と思うな、乃公《おれ》なんぞ最早死のうと思った時、仲間の者に助けられたなア一

度や二度じゃアない。助けてくれるのは何時《いつ》も仲間中《うち》だ、汝《てめえ》もこの若者《わかいの》は仲間だ助けて置け。』

弁公は口をもごもごしながら親父の耳に口を寄せて

『でも文公は長くないよ。』

親父は急に箸《はし》を立《たて》て、睨《にら》みつけて

『だからなお助けるのだ。』

弁公はまたも従順《すなお》にうなずいた。出がけに文公を揺《ゆ》り起して

『オイ一寸《ちょっ》と起ねえ、これから我等《おいら》は仕事に出るが、兄公《あにき》は一日休むが可《い》い。飯も炊《たい》てあるからナア、イイカ留守を頼んだよ。』

文公は不意に起されたので、驚いて起き上がりかけたのを弁公が止めたので、また寝て、その言うことを聞いてただうなずいた。

余り当《あて》にならない留守番だから雨戸を引よせて親子は出て行《い》った。文公は留守居と言われたので直ぐ起きて居《い》たいと思ったが転って居《い》るのが結極楽《つまりらく》なので十時頃まで眼《め》だけ覚めて起き上ろうとも為《し》なかったが、腹が空《へ》ったので苦しいながら起き直った。飯を食《く》ってまたごろり、、、ごろりとして夢現《ゆめうつつ》で正午近《ぢか》くなるとまた腹が空る。それでまた食ってごろつい

た。

弁公親子は或《ある》親分に属《つい》て市の埋立工事の土方を稼いで居《い》たのである。弁公は堀《ほり》を埋《うめ》る組、親父は下水用の土管を埋《うめ》る為《た》めの深い溝を掘る組。それでこの日は親父は溝を掘て居《い》ると午後三時頃、親父の跳上《はねあ》げた土が折しも通りかかった車夫《くるまひき》の脚《すね》にぶつかった。この車夫は車も衣装《みなり》も立派で乗せて居《い》た客も紳士であったが、突如人車《いきなりくるま》を止《と》めて、『何《なに》をしやアがるんだ、』と言いさま溝の中の親父に土の塊を投つけた。『気をつけろ、間抜《まぬけ》め』というのが捨台詞《すてぜりふ》でそのまま行《い》こうとすると、親父は承知しない。

『この野郎!』といいさま道路《おうらい》に這《は》い上《あが》って、今しも梶棒《かじぼう》を上げかけて居《い》る車夫に土を投つけた。そして

『土方だって人間だぞ、馬鹿にしやアがんな、』と叫《さ》けんだ。

車夫は取て返し、二人は握合《つかみあい》を初めたが、一方は血気の若者《わかもの》ゆえ、苦もなく親父を溝に突き落した。落ちかけた時、調子の取りようが悪かったので棒が倒れるように深い溝に転げ込んだ。その為《た》め後脳《こうのう》を甚《ひど》く撃ち肋骨《ろっこつ》を折って親父は悶絶《もんぜつ》した。見る間に附近《ふきん》に散在して居《い》た土方が集まって来て、車夫は殴打《なぐ》られるだけ殴打られその上交番に引きずって行《ゆ》かれた。

虫の呼吸《いき》の親父は戸板に乗せられて親方と仲間の土方二人と、気抜のしたような弁公とに送られて家《うち》に帰った。それが五時五分である。文公はこの騒《さわぎ》に吃驚《びっくり》して隅の方《ほう》へ小さくなって了《しま》った。間もなく近所の医師《いしゃ》が来る事は来た。診察の型だけして『最早脈がない。』と言ったきり、そこそこに去《い》って了った。

『弁公毅然《しっかり》しな、俺が必然仇《きっとかたき》を取ってやるから。』と親方は言いながら財布から五十銭銀貨を三、四枚取り出して『これで今夜は酒でも飲で通夜をするのだ、明日《あす》は早くから俺も来て始末をしてやる。』

親方の去《い》った後《あと》で今まで外に立て居《い》た仲間の二人はともかく内へ入った。けれども坐《すわ》る処《ところ》がない。この時弁公は突然《いきなり》文公に

『親父は車夫《くるまひき》の野郎と喧嘩《けんか》をして殺されたのだ。これを与《や》るから木賃《きちん》へ泊《とま》ってくれ。今夜は仲間と通夜をするのだから。』と貰った銀貨一枚を出した。文公はそれを受取って、

『それじゃア親父さんの顔を一度見せてくれ。』

『見ろ。』と言って弁公は被《かぶ》せてあったものを除《とっ》たが、この時《とき》は最早薄闇《うすぐら》いので、明白《はっきり》しない。それでも文公は熟《じっ》と見た。

飯田町の狭い路地から貧しい葬儀《とむらい》が出た日の翌日の朝の事である。新宿赤羽間の鉄道線路に一人の轢死者《れきししや》が発見《みつか》った。

轢死者は線路の傍《そば》に置かれたまま薦《こも》が被《か》けて有るが頭の一部と足の先だけは出て居《い》た。手が一本ないようである。頭は血にまみて居た。六人の人がこの周囲《まわり》をウロウロして居る。高い堤《どて》の上に児守《こもり》の小娘《こむすめ》が二人と職人体《しょくにんてい》の男が一人、無言で見物して居るばかり、四辺《あたり》には人影がない。前夜の雨がカラリと晴《あが》って若草若葉の野は光り輝いて居る。

六人の一人は巡査、一人は医師《いしゃ》、三人は人夫、そして中折帽《なかおればう》を冠《かぶ》って二子《ふたこ》の羽織《はおり》を着た男は村役場の者らしく線路に沿《そ》うて二、三間《げん》の所を往《ゆき》つ返《もど》りつして居る。始終談笑して居《い》るのが巡査と人夫で、医師はこめかみの辺《へん》を両手で押えて蹲居《しゃが》んで居る。けだし棺《かん》桶《おけ》の来るのを皆《みな》が待って居るのである。

『二時の貨物車で轢《ひ》かれたのでしょう。』と人夫の一人が言った。

『その時は未《ま》だ降って居たかね？』と巡査が煙草《たばこ》に火を点けながら問うた。

『降って居ましたとも。雨の上ったのは三時過ぎでした。』

『どうも病人らしい。ねえ大島様《おおしまさん》。』と巡査は医師の方を向いた、大島医者《いしゃ》は巡査が煙

草を吸って居《い》るのを見て、自身《じぶん》も煙草を出して巡査から火を借りながら、

『無論病人です。』と言って轢死者の方を一寸《ちょっ》と見た。すると人夫が

『昨日《きのう》そこの原を徘徊《うろつ》いて居たのがこの野郎に違いありません。たしかにこの外套を着た野郎ですひょろひょろ歩いては木の蔭に休んで居ました。』

『そうすると何《なん》だナ、やはり死ぬ気で来たことは来たが昼間は死ねないで夜行《や》ったのだナ。』と巡査は言いながら疲労《くたび》れて上《のぼ》り下《くだ》り両線路の間《あいだ》に蹲《しゃが》んだ。

『奴《やっこ》さん彼《あ》の雨にどしどし降られたので如何《どう》にもこうにも忍堪《やり》きれなくなってそこの堤《どて》から転り落ちて線路の上へ打倒《ぶったお》れたのでしょう。』と人夫は見たように話す。

『何《なに》しろ憐《あわ》れむべき奴《やつ》サ。』と巡査が言って何心なく堤を見ると見物人が増えて学生らしいのも交って居た。

この時赤羽行の滊車が朝暾《あさひ》を真《ま》ともに車窓に受けて威勢よく駛《はし》って来た。そして火夫《かふ》も運転手も乗客《じょうかく》も皆《み》な身を乗出して薦《こも》の被《か》けてある一物《いちもつ》を見た。

この一物は姓名も原籍も不明というので例の通り仮埋葬の処置を受けた。これが文公の最後であった。

実に人夫が言った通り文公は如何《どう》にもこうにもやり、き、れ、な、くって倒れたのである。

浅草公園　木下杢太郎

木下杢太郎（一八八五～一九四五年）。静岡県生まれの詩人、劇作家、翻訳家、美術史家、医学者。本名太田正雄。独逸学協会学校、第一高等学校で学び医学を志す傍ら、美術や文学にも関心を抱く。東京帝国大学在学中から才能を発揮し、異国や江戸の情調を歌う耽美的な詩風を確立させ、一九一九年には『詩集 食後の唄』を刊行。「和泉屋染物店」（一九一一年）などの戯曲や小説も数多く手掛けた。フランスへ留学して皮膚病を研究したほか、キリシタン文献の調査にも力を注ぐなど活躍は多岐にわたる。

「浅草公園」（『方寸』一九〇九年一一月）で、仏教への信仰心よりも審美的欲望に駆られる杢太郎が惹かれたのは、浅草公園の「歓楽境」である。一八七三年から浅草寺境内が公園として整備・区画され、見世物小屋などは第六区に集められた。明治末期から増加する映画館の様子も感覚的に捉えられている。ランドマークとなった凌雲閣は一八九〇年に六区付近に開館した、煉瓦造りの一二階建て展望タワー。その眺めは、近代都市として作り変えられていく東京を手中に納める全能感とも結びついたと推察される。底本には『木下杢太郎全集 第七巻』（岩波書店、一九八一年）を用いた。

仲見世の人通りの中を歩いてゆくと赤い山門。山門の大提灯、その先きは空気の加減で海のように見える空間のあなたに金竜山浅草寺の大伽藍《だいがらん》。その堂の中に大きな賽銭箱《さいせんばこ》、その前でいろんな人が礼拝している。金網の向うは暗い伽藍に蠟燭《ろうそく》が点《とも》っているのであるが、宗教とか、仏とか、死とかいっても、その対照として、今の賽銭箱の前で、立ったまま手を合せている、髪の黒い、羽織の色の派手な女が居ないと、金網のあなたの暗い影も、生きた人間の官能精神にはしみじみとは感ぜられぬ。こういうわけで、寺院と色町と、僧侶と女と、香煙と酒の香とは――互に相反を現ぜんが為《た》めに却《かえ》って相狎《あいな》れたかの如く見ゆるのである。

あすこにおびんずるさんという塗仏がある。その目でも鼻でも、人の掌のあとでつるつると光っている。そこへ、やはり堅い種類の女ではあるまいが、油光りのする鬢《びん》と、その下の白い頸と、も一つ下の羽織、着物の襟との三段が、何ともいえぬ美しいのが立った。何をするのかと、多少危みながら見ていると、白い華奢《きゃしゃ》な指を揃《そろ》えて、汚いおびんずる様の額を撫《な》で始めた。そうして、無数の黴菌《ばいきん》で汚されたはずのその指で、惜しげもなく自分の牛乳色の額を撫でるのは、実に汚いことで同時にまたあえかに、美しい事であった。

自分はただ視覚の印象を楽しむ為《ため》の故で、屢《しばしば》この堂へ上った事がある。何故となれば、この堂に立っていれば、一時間と待たないでも屹度《きっと》一人か二人の美人を見る事が出来るから。丁度《ちょうど》ある西洋の人の懺悔話《ざんげばなし》に、若い時分は耶蘇《ヤソ》の坊主の説教を聴くより、壁の麻《マ》利亜《リア》の絵姿を見る為めに教会に往った事があるという事があったが正にその類《たぐい》だ。

自分だっても決してあの暗い龕《がん》の中に霊魂という個体が隠れているなどとは信じない。ただ人間がお互に信頼し合うという事は数学的にも、社会学的にも出来ない事だから、その代理に寺院だの会堂だのと云う者を建てるのだと信じている。ところが仕舞にはそれを忘れてしまうもので、時々日蓮だの、親鸞《しんらん》だのっていう坊さんの方から反《かえ》って群集が征服されるのだ。

だからお寺などいうものは立派な建築も、彫刻も、額面も要さないはずである。ところがそうはゆかないで、あの、諸々の信条、順俗、偶像、院律を破壊した反抗派《プロテスタント》ですら教会からオルガンは取除かれなかったと云う事だ。であるから、浅草の観音堂からも、やはりあの絵馬や、大提灯や、額面や、鐘、太鼓、木魚、蠟燭は取り除かれない。ところがそういうものはまたそれぞれ審美的価値を持っているものだから、人間の個性的聯想から離れる事は出来ない。即詠歌看経の声を哀れに思う性の人もある、と思うと、堂内の形象、光影、彩色に見惚れる自分の如きもある。乃至《ないし》おびんずる様をさする人もある。それを笑う人もある……といったわけで、折角、衆生の精神の統一の象徴の為めに建てられた、伽藍もそのもの自身に既に矛盾が出来てくる。

故にもし観音堂を人に擬して考えるならば、この美しい巨人も、また時代の情調に共鳴して、寂寞《せきばく》なる自覚時の、夜天の下に叫ばねばならないだろう。

或《あ》る時――それは去る年の四月の十日過ぎであった。折角の桜の花が雪でめちゃめちゃになった朝の、その日の夕刻、また母とこの堂に詣った事があった。昼過ぎもまだ快く晴れ切らないで、空は沈鬱《ちんうつ》に、暗憺《あんたん》として暮れてゆこうとしておった。しかしまたどことなく落日の光は、雲の間に朧ろかに顫《ふる》えて居た。その時あの巨大な、さて、薄暮の海の色に譬《たと》えようか、将《は》た「歴史」という老女の胸のようだと言おうか、乃至、凡《すべ》てを明《あきら》めて自然の如く透明なる心をもった知識さまの顔に、ゆく春の哀がそのまま映ったようだといおうか、あの巨きい観音堂の紫の瓦屋根が、正に淡い暮れがたの空に鍍金されているのであった。その屋根には、瓦の凹《なかびく》な溝に沿うて、平行に幾条となく雪が載っていた。その雪の淡碧《たんぺき》の陰……ああ、吾等の祖先の審美眼も、またかつて同様の網膜像を味わったであろうか、将たまたその像より生ずる同様の悲しき美的情緒を経験したであろうか。予の感情はかくてこの色彩の大調和に全然緊張して名状すべからざる一種の圧力に悩んだのであった。常に予が精神の統一作用を裏切る所の自家観照……という一能力は、予がこの巨大なる殿堂の包蔵せる本尊「大真理」という者に向って、ますぐに精進の意《こころばせ》を向ける事が出来ないで、ただ時空間面上の一幻影、流転輪廻の一波動に惑い溺るるを憐んだのであるが……

「おっかさん、綺麗ですねえ。」

と自分は思わず叫んで、石の上に立ち止まらないでは居られなかった。――しかし、わが母は、決してその子の心を擾《みだ》すものの何であるかを解する事が出来なかった。いわんやこの心の動揺に同情する事が出来ようや。母はただ、常の如き寛容の笑《えまい》を見せて黙々と舗石の上を眺めながら歩いた。かくて母子二人は、相共に、同一の時面を伴い歩みながら、かの雪花相害《あいそこな》うが如くに、母子相会せざるの憾《うら》みを抱かねばならなかった。――

少時《しばらく》して、自分等は観音堂の内に入っていたのである。この時始めて、自分は堂内の光景に注意した。既に龕の前には、蠟燭が点っていた。寂しき五、六の人影は賽銭箱の前に立っていた。――もし自分にして無用なる審美的、観照的欲望に誘われないでいたら、そうして母の信ずる、(願うらくばまた)時代の凡ての民衆の信ずる一物に帰依する事が出来たならと思って見ずには居られなかった。しかし……。予等は悪い時に生れたと云わねばならぬ。

痛ましいが、かくて観音堂は美しい木乃伊《ミイラ》となった。市人の遊楽のかこつけのものとして、浅草公園の目標として、辛うじて今尚その存在の権利を保っている。

が、夕方、噴水の所の椅子に腰を掛けて、公孫樹《いちょう》の落葉の一つさえ、鮮かな波動を起すような透明の空気の中に当てもなく視線を漂わしている時、偶然、あの黒い扉の低い、うなるような音を聞くほど哀れなるはあるまい。日中の人はもう帰った。まだ残っている人は、もう夕方だなという自意識で、足早やに冷い夕風の中を歩いていると、黒い扉の音が静かに、重く追うように響く……

忽《たちま》ち噴水の側に立った孤燈に緑の火がつく。それが噴水の珠にうつる。鐘の声が大波のように起ってまた消えてゆく……

それから夜の奥山になる。あの歓楽境でも、もう日本の秋が深くなると淋しい。一番賑《にぎや》かなのは、夏を中心とした五、六ケ月だ。何ともかとも、まるで耳許《みみもと》で半鐘《はんしょう》をうたれた時のような印象を、夏の夜の奥山の人工燈の世界から受けるのである。電気館、三友館、江川の玉乗、それらの雑然たる建物の、屋根となく、軒蛇腹《のきじゃばら》となく、破風《はふ》となく、迫持揃《せりもちそろ》いとなく、電気燈の珠がくわっ、くわっと輝き並ぶ。池の縁には藤棚、柳の立木。それを透して、燈の影が、赤く、青く、緑金に、紫にきらきらと水にゆれきらめく。島へ行こうとする棚の処に若い夫婦ものがしゃがんで休んでいる。と思うとそのまわりにその他四、五の人が立ち始めた。何かと思ったら、古臭いが盲目の尺八吹《しゃくはちふき》だ。盲目の尺八吹とは如何にも古臭いが、それにもかかわらずその曲節は身に沁《し》みる。尺八を吹きやむと、低い、美いとは思われない声で、始めは何か呟《つぶや》くのかと思っている間に追分《おいわけ》の歌を歌う。

「美《い》い声だわねえ。」

というような事を人が呟く。馬鹿にしながら、つまらんと思いながら、音楽にはやはり引かれると見えて、色々な人が集る。

「え、御免なせえましよ。少し、へえ、少し、少し。」

と老人《としより》の鰾膠《にべ》もない、打《ぶ》っきら棒《ぼう》な声が忽ち群集を押しわける。

「がら、がら、がら、がら、りん、りん、……」

という濁った涼しい音が、また突然の対照《コントラスト》をなしてそのあとに続く。果然愛嬌《あいきょう》のない老人は風鈴売であったのだ。青竹の色で染めた松の葉。赤いまん丸るい風鈴。風鈴の短冊、幾条となく垂れ下る銀紙の鎖。——で、また風鈴売は、人込の道へ出ていった。

「りん、りん、りん、がら、りん、りん、りん……」

と濁った冷しい音を残しながら。

忽ち、活動写真のクラリオネットが、甘ったるい、とぼけた節でなる。でもその上向的旋律が夏の夜の雑然たる情感を鋭くする。

活動写真の中の温気《うんき》はまた堪《たま》ったものでは無い。

「帰りはこちらですよ。え、お帰りはこちらですよ。お帰りの方《かた》は。」

自分はどんな女でも、いやしくも女という性に属するものには、多少の温雅を残して置いて貰《もら》いたい。この浅草の活動の女ときたらたまらない。暗い所を、むんずとばかりに人の手を握ってぎゅうぎゅう引っ張って行く。そうして案内が分らず、少しぐつぐつでも為《し》て居ようものなら、

「あなたおは入りになったらおしゃがみを願いますよ。台はもう無いんですよ。さあ、さあ早くお先へいっておしゃがみを願いますよ。」

とがみがみ後ろから吼《ほ》え立《た》てる。

「プップクプウ——プップッ。(止)」

支那人が舞台へ登る。両腕を三度前へ突き出す。人の悪るそうな目が俄然《がぜん》として、南の方を向いたままで笑う。

「私《わたくし》、永々お馴染。別れが辛《つら》い、一遍本国へ帰ります。再び来ます。私風ひきます。声出ない。ひなもなこればい。あ、なかたして、分らぬ。支那さっぱり分らぬ。今度之《こ》れ外国の面白い化物《ばけもの》。外国の化物面白い。皆さん馬鹿。高い金《かね》出す。化物出る。馬鹿馬鹿しい。」

「プップクプ。プップップのプ。」

支那人が去ると、喇叭《ラッパ》が忽ち「のっげの山からのおえ、え、のっげの山からのおえ……」という節を歌い出す。そうして幕が明くのである。——

浅草に来る民衆が観音堂に詣る為めとよりは、活動写真にはかない美的需要を満すべく、また梅園に志留粉《しるこ》を飲むべく来るのだなどと云うのは甚だ気の利かない骨頂であるかも知れない。しかしそういう自分より気が利かないと云えば、もっと気が利かないものがある。それは夜の説教師だ。夜露を浴びて、一頃は毎夜毎夜堂前の広場で辻説法《つじせっぽう》をしていた。恰も自分の言舌を以て、この紛糾混乱せる衆生の情調を一致させる事が出来るものと信ずるかの如くに。——

自分は時々鬱散《うっさん》の為めに浅草公園へゆく事がある。しかし、小さい書斎の中へは入っていれば何でもないが、多少でも人事と交渉のある、こういう街区に来て見ると、忽ち《たちま》一種の不満を感ずる。やがてその不満が藝術を求むる心であるとまでは分った。即ち人間、自然の行相の内、少くとも自分の見聞したものは、自分の者であるという考えを、奈何かの方法によって他人に示したい。しかし、印象を味わっている間は決してそうは思わないで、何となく不満になるのである。例えば或日、そう、その日は始めて図書館でロダン論を読み、並びにその彫刻像の複写を見た日であった。午後、休みだったので、友人と浅草の方へ行ってみた。あの剝《は》げた欄干から公園の人のゆききを眺めていると、また一種の不満の情に襲われた。予等は共に、視感的美意識において尤《もっと》も発達した心を持っていた。だから、広庭に銀杏の大木、その枝の間から見える朱の楼門、それから左の五重の塔、五月の午後の群集の間から、かの菫《すみれ》の紫よりはなお碧く、春宵の海の色よりは較紅《ややくれない》なる一種の青の色の、肩、袖形《そでかた》の円味《まろみ》、ふくらみ、重きように見えて実は滑るように軽からんと思わるる羽織を着た女の、剝げて緑黒の色を現わせる古い朱の欄干に手頼《たよ》りながら堂側の階段を登って来る危げな足許を見るときの不満の情をも、予等が日本に生れたるジレッタントとして、かくの如き興味ある画題を一生、否未来永劫、予等が名を款《かん》せるカンヴァスの上に再現する事が出来ない憾《うら》みであるとした。予等はかかる刺戟《しげき》を色の調和として、重さの釣合として、カンヴァスの上に、はた大理石の上に現わしたなら得心がゆくものと思った。なるほどその為めに画工といい、また彫刻師という職業がある。が、しかし東洋的に目的というものを追究していったなら、之等《これら》の職業は、本当に人に安心を齎《もたら》すものか奈何か分らん。人間の行為と、自然の活動とは大きい循環をなして来往しているものであるから、生きるが目的か、食うが目的か、乃至《ないし》形象を楽しむ為めの眼か、或はそれを認識するだけの為の眼かという事は分らない。けれども、一切の哲学を捨て、藝術を斥《しりぞ》けて入山した釈迦《しゃか》菩薩《ぼさつ》を祖と戴く東洋教は、決して、西洋の殊に世紀末のデカダン藝術の述べたる所を認容しないに違ない。予等の如き、本体よりも仮象を喜び、生殖より恋愛を崇ぶ傾向を得たる人々には、東洋教の根柢浅からぬ日本の国は生活に不便にならねばならぬ。こういう国に、殊にジレッタントとして生きている不安が、いまの不満の原因だとも思った。

こういう性《たち》の人の隠れ場所は「観照」というものである。印象に伴う情調の緊張をなるべく制限して、それを知的に組織することである。西洋風の藝術から逃れる所は西洋風の哲学だ。殊に便利なのは公衆との交渉を絶った静かな所での冥想だ。恐らく、その境地は、その後、少時《しばらく》して予等がなした凌雲閣上の瞰望《かんぼう》の如くであろう。

固《もと》より、自分は、十二階の一階一階を、決して吉井勇君のように、酒神派的に美しく、且《かつ》空想的に味う能力はなかったが、第十二階の瞰望は非常に快くあったという事は偽れない。全東京市は恰も予が弄具箱《おもちゃばこ》から出たように目の前にある。

即ち、彼方に見えるのは本願寺と報恩寺との屋根である。無数の家屋は、涅槃像を囲む万象の如くこの両巨屋を挟んでその末は真直ぐに、何物かを捕えんと欲するように遠く走っている。竜の狙う珠は上野の森であった。遠き停車場の一列の屋根の間を掠《かす》め起れる白煙は、この黒き影の一部を曇らせる。白煙は刻々の律を刻んで北の方に進む。……

更に紫色にかすむ空と、一円の屋根の海との境に無数の煙突の立つのは本郷、日本橋よりかけて、深川本所に至る市街である。一帯の雲烟模糊《うんえんもこ》として長蛇の如く走れるのは、尾久より霊岸島に至る隅田川の水蒸気である。自分の鋭き視力は、如之《かくのごとく》両国の国技館の後ろに、銀色の河面に浮ぶ白帆をも見ることが出来た。……

更に、見慣れざる一廓がある。その家屋の群よりは明治初年の市街情調を想起せしむるような、旧式な、田舎臭い時計台が抽《ぬき》んでている。これは午後三時の斜日を浴びた新吉原遊廓の一群である。古《いにし》えの凡ての道が羅馬《ローマ》に通じたりしが如く、ここには大なる四条の道が何《いず》れもかの一廓の方に走れるが見える。……

ああ、自分の眺望は余り遠き方にのみ注がれ過ぎた。見よ、直下には更に一個の鬱然《うつぜん》たる小さき樹立《こだち》の間に、弄具の如く赤く、細に造られたる堂屋と五重の塔とがある。彼こそは響《さ》きに予等が仰ぎ見たりし観音堂とその塔とではないか。更にその傍に銀色の池のあるのが見える。……

是等《これら》の瞰望の間に予等の情調は全く異った。予等は耶蘇《ヤソ》復活祭の旦《あした》、市民の遊楽を眺むるファウスト博士のような気になった。否むしろ博士に伴ったワグネルのような気分になったのである。彼処ここにおける人間の活動、諸々の需要を満す物の音、響、それらは雑然として、万華鏡像の如く瞳孔に映じた。

ワグネル。「博士よ、貴下と散策を共にするのは小子にとりて甚だしき栄誉であり、かつ利益でござります。しかし、ああいう粗野な音曲、叫喚、遊戯の類は私の堪える所ではござりませぬ。御覧なさりませ、あの蟻《あり》に似たる一群は、怪しき木製の小屋根然たるものを担いて、恰も神体を請じ来れるかの如く、さもさも真面目に歩いてるではござりませぬか。」

人々。「わっしょお、わっしょ。わっしょお、わっしょ。」

誠に、ワグネル君の云う通り、彼等の一群は彼の家屋然たる一物を担う事、恰も運命そのものを担うかの如く、少しにてもその意にさからうは罪悪であるかの如く運動しているのであった。祭典の御輿はかくて酔漢の如く狭き街を練りよろめいて行った。……

忽ち直下の玉乗興行館の後ろに、家と家との狭い間《あわい》に肉色襦袢《にくいろじゅばん》を着た女の姿が現われた。その形は、忽ち杓子《しゃくし》から水を飲み初めた。するとまた忽然と大きな男が現われて、今の水飲む女子をなぐり飛ばして連れていった。……

飛鳥瞰望は、かくて予等に、赤裸々に人生活動の数理と、種《たね》と、因果律とを開陳した。予等はこの時始めて現代と、自然、社会律との凡てから超絶したかの如く感じた。もし予等が永久この高所に住する事が出来たなら、予等はまた永久ワグネル的瞰望の誇を抱く事が出来るかも知れない。しかし、隠遁《いんとん》の寂寥《せきりょう》と、中空浮在の不安とは久しく人を十二階上に棲《す》ませるものでない。少くとも、吾人は小便と喫茶の為めに下に降らねばならぬ。

今自分が云った事は少しく譬喩《ひゆ》に過ぎた。しかしかの凌雲閣が何の故に建てられたかを尋ねていったならば、自分の言もあながち当らないものでもあるまい。人間の飛鳥瞰望を欲する需要がこの十二階を建てたならば、十二階はまた東京及び東京人の向上的憧憬《しょうけい》の象徴と見て差支がない。

しかし人間の個人的の飛鳥瞰望の得意は一時的のものだという事を忘れてはならぬ。下に降りれば、やはり御輿を担ぐ人の友であり、羅馬に向う道を歩む人であり、かつ玉《たま》乗女《のりおんな》の藝を喜ぶものである。

して見ると、観音堂前の怪僧の努力もまた空ではないかも知れぬ。ある夜、一群の人影を怪しんで、その方に寄って行って見ると、黒衣の坊主が盤状の器を右手に高く掲げながら声高に説教しておった。汗を拭き拭き彼は叫んでいた。

「……さて諸君、――それで彼《か》の阿難陀《アーナンダ》はあ――第二世の祖、阿難陀菩薩は、かの多《た》聞広学《もんこうがく》を以ってしても、仏典結集、えへん、ええ、いわば釈尊の御説法を本に綴《つづ》る大相談会じゃ。――その相談会には、えらい五百人の坊様達が加わる事になっていたが、阿難陀は許されない。よいか、諸君、あのえらい多聞広学の、阿難陀菩薩は許されないのじゃ。迦葉《かしょう》菩薩が、ええや、お前は不可《いか》んて首を振られたのじゃ。阿難、お前はなるほど学問はある。釈尊にも死ぬ時までお伴申上げて、聖説を一々記憶して居らっしゃる。だがお前はまだ阿羅漢果《あらかんか》を得て居ないぞ。この果を得ないものは決してこの結集の座には上らせないのじゃ。――」

坊主は忽ち言葉を休めて白眼《しろめ》を見はって聴問の公衆を見廻した。一同はやや緊張したる相貌を以て説者の高く挙げたる右の手を見守った。

「さあ、諸君ここじゃ。世の中には色恋の為めに身を捨てるものもある。それも大たわけじゃ。その隙になぜ商売に精を出さないのじゃ。じゃがな諸君金儲けするばかりが人間の能でもない。また世の中の人は学問ていうと、金《きん》の玉より有り難がる。親代々の田地を売っても息子を修業に出して後悔しないのじゃ。また少しでも学問があると直《じ》き鼻にかける。じゃが学問も、まだ人間の宝じゃないぞ。あんな学問のあった阿難陀菩薩でも仏典結集の大盛典に参加が出来なかったのじゃ。」

かの坊主は頗《すこぶ》る非音楽的に怒号しておった。しかし群集の心を繰る手段も呑みこんでいないのではない。説教に倦《あ》きかけたなと思う時分を見計っては、例の鍵の孔抜けの話を挿んだりしていた。――

しかし自分はかの坊主が東洋教の消極的な安心法を講じ始めたなと気が付くと、厭《いや》な気（それに幾分の畏怖の心も雑じえた――）がして群をぬけて出た。

なるほど禅道、乃至仏教は一つの絶大なる理想に相違ない。文字を絶したる教義の後ろには万古不変の真理を隠くして、之《こ》れを以て代をかえ、国を通じたる民衆の情調、人格を統一しようとしている。しかしそれも一個の理想だ。巨大なるものではあるが、人間の考え出したものだ。未だかつて、自然の如く包括的である事は出来ない。彼は悟らざるものを納るる事は出来ないが、自然は弱きものをも、迷えるものをも能く納れる。――自分は十九世紀の反抗的だった人心が、人間本位の大伽藍を崩して、之に代えて、漠然たる「自然」を請じ来った事に非常な矛盾を見出すものであるが、しかし科学的に、観照的に仕こまれた自分の頭では、今更既成の大ドグマに跪《ひざまず》くの謙譲心もない。

彼の若僧が果してこの紛糾せる現代の人心を統一する事が出来るだろうかなどと思いながら、その夜、また奥山の方に出たら、人去りて、メランコリックになった池畔の道の、片側の建物の忽ち之に交叉する路の為めに途切られた所に出た。小さい道の両側にはかの有名な淫売屋の軒燈がずらりと並んでいた。その後ろに、その屋根を超えて、かの怪しき十二階の塔は、亡霊の如く黒く、――星なく荒涼たる夜天のうちに聳《そび》えていたのが見えた。――（10. X. 09.）

監獄署の裏

永井荷風

永井荷風(一八七九〜一九五九年)。東京生まれの小説家、随筆家。本名壮吉。代表作は、「地獄の花」(一九〇二年)、『ふらんす物語』(博文館、一九〇九年)、「すみだ川」(同年)、『濹東綺譚』(一九三七年)など。荷風は一九〇三年にアメリカに渡って四年間滞在した後、フランスを経て〇八年に帰国する。このような外遊経験は、東京をまなざす彼の視線に決定的な影響を及ぼすことになる。

「監獄署の裏」(『早稲田文学』一九〇九年三月)は、帰国後まもなく発表された作品である。手紙の返事という形式で「私」の近況が語られている。「私」は市ケ谷監獄署の裏手にある父のところに閉居している。五、六年前に旅立つ以前は静かであった町はいまや「場末の新開町」になっているという。変わらないのは監獄署の土手とその下の貧しい場末の町の生活だけである。家の門を出て町を歩く「私」の眼に映る風景、とりわけ貧しい人々の生活は西洋のそれと絶え間なく比較され、日露戦争後の高揚した時代の空気と現実との格差が冷ややかな眼で捉えられている。底本には『荷風全集 第四巻』(岩波書店、一九六四年)を用いた。

われは病いをも死をも見る事を好まず、われより遠《とおざ》けよ。
世のあらゆる醜きものを。——『ヘッダガブレル』イブセン

——兄《けい》閣下

お手紙ありがとう御在《ござ》います。無事帰朝しまして、もう四、五個月になります。しかし御存じの通り、西洋へ行ってもこれと定《さだま》った職業は覚えず、学位の肩書も取れず、取集めたものは芝居とオペラと音楽会《コンセール》の番組《プログラム》に女藝人の写真と裸体画《はだかえ》ばかり。年は已《すで》に三十歳になりますが、まだ家をなす訳にも行かないので、今だにぐずぐずと父が屋敷の一室に閉居して居ります。処は市ケ谷監獄署の裏手で、この近所では見付《みつき》のやや大《おおき》い門構え、高い樹木がこんもりと繁って居ますから、近辺で父の名前をお聞きになれば、直《すぐ》にそれと分りましょう。

私は当分、何《なん》にもせず、ここにこうして居るより仕様がありますまい。一生涯こうして居るのかも知れません。しかし、この境遇は私に取っては別に意外と云う程の事では

無い。日本に帰ったらどうして暮そうかという問題は、万事を忘れて音楽を聴いて居る最中、恋人の接吻に酔って居る最中、若葉の蔭からセエヌ河《がわ》の夕暮を眺めて居る最中にも、絶えず自分の心に浮んで来た。散々に自分の心を悩した久しい古い問題です。私は白状します。意気地《いくじ》のない私が案外にあれ程久しく、淋しい月日を旅の境遇に送り得たのも、つまりは已《や》み難い藝術の憧憬《あこがれ》と云うよりも、苦しいこの問題の解決がつかなかった為《た》めです。外国ですと身体《からだ》に故障のない限りは決して飢えると云う恐れが有りません。料理屋の給仕人でも商店の売児《うりこ》でも、新聞の広告をたよりに名誉を捨鉢の身の上は、何でも出来ます。「紳士」と云う偽善の体面を持たぬ方が、第一に世を欺くと云う心に疚《やま》しい事がなく、社会の真相を覗《うかが》い、人生の誠の涙に触れる機会もまた多い。しかし一度《ひとた》び生れた故郷へ帰っては――生れた土地ほど狭苦しい処はない――まさかにそこまでは周囲の事情が許さず、自分の身もまたそれ程潔く虚栄心から超越してしまう事が出来ない。私は濃霧の海上に漂う船のように何一つ前途の方針、将来の計画もなしに、低い平《ひら》たい板屋根と怪物のように屈曲《ひねく》れた真黒な松の木が立って居る神戸の港へ着きました。事によれば知人の多い東京へは行かず、この辺へ足を留《とど》め、身を隠そうかとも思って居た。その矢先混雑する船梯子《ふなばしご》を上って、底力のある感激の一声――

「兄さん。御無事で。」と云って私の前に現れた人がある。大学の制服をつけた私の弟でした。この両三年は殊更に音信も絶え勝ちになっていたので、故郷の父親は大層心配して、汽船会社に聞合し、自分の乗込んだ船を知り、弟を迎いに差向けたと云う次第が分りました。

私は覚えず顔を隠したいほど恐縮しました。同時に私はもう親の慈愛には飽々《あきあき》したような心持もしました。親は何故《なぜ》不孝なその児を打捨ててしまわないのでしょう。児は何《なに》故《ゆえ》に親に対する感謝の念に迫《せ》められるのでしょう。無理にも感謝せまいと思うと、何故《なぜ》それが我ながら苦しく空恐ろしく感じられるのでしょう。ああ、人間が血族の関係ほど重苦しく、不快極《きわま》るものは無い。親友にしろ恋人にしろ、妻にしろ、その関係は、如何に余儀なくとも、堅くとも、苦しくとも、それは自己が一度《ひとたび》意識して結んだものです。しかるに親兄弟の関係ばかりは先天的にどんな事をしても断ち得ないものです。断ち得たにしても堪えがたい良心の苦痛が残ります。実に因果です。ファタリテーです。閣下よ。人の家の軒に巣を造る雀を御覧なさい。雀の子は巣を飛び立つと同時に、この悪運命の蔭からすっかり離れてしまいます。その親もまた道徳の縄で子雀の心を繋ごうとは思って居ないらしい。

私は一目弟の顔を見ると、同じ血から生れて、自分と能《よ》く似て居るその顔を見ると、何とも云えない残酷な感激に迫《せ》められました。云われぬ懐しい感情と共にこの年月《としつき》の放浪の悲しみと喜びと、凡《すべ》ての活々した自由な感情は名残もなく消えてしまったような気がしました。身のまわりの空気は忽《たちま》ち話に聞く中世期の修道院《モナステール》の中もかくやとばかり、氷の如く冷《ひやや》かに鏡の如く透明に沈静したように思われました。

弟は云います——兄さん、六時の汽車が急行です、切符を買いましょう。

私は何とも答えませんでした。私は神戸のステーションで、品格のないしかし肉付のいい若いアメリカの女が二、三人、花売りから花束を買って居るのを見ただけです。私はその翌日の朝新橋に着き人力車で市ケ谷監獄署の裏手なる父の邸宅へ送り込まれました。

その夜《よ》、家《いえ》ではいささかの酒宴が催されました。父は今年六十。たとえ事情は何であっても、表向は家《いえ》の嫡子と云う体面を重《おもん》ずる為めでしょう。私をば東坡書随大小真行皆有嫵媚可喜処老蝯書と書いた私には読めない掛物を掛けた床の間の前に坐らせ、向い合っては父と母。私の右には母の実家《さと》を相続して、教会の牧師になって居る二番目の弟、左には、私を出迎に来た末の弟が制服の金ボタンいかめしく坐りました。父は少し口髯《くちひげ》が白くなったばかりで、銅《あかがね》のような顔色はますます輝き、頑丈な身体《からだ》は年と共に若返って行くように見えましたが、母は私の留守に十年二十年も、一時に老込んでしまいました。小く萎びた見るかげもないお婆《ばあ》さんになってしまいました。

私は敢《あ》えて妻や恋人ばかりではない。母親をも永久に若い美しい花やかな人を持っていたいのです。私は老込んだ母の様子を見ると、実際箸《はし》を取る気もなくなりました。悲しいとか情ないとかいうよりも最《も》っと強い混乱した感情に打《うた》れます。不朽でない人間の運命に対する烈しい反抗をも覚えます。

閣下よ。私の母は私が西洋に行く前までは実に若い人でした。さほどに懇意でない人は必ず私の母をば姉であろうと訊《き》いた位でした。江戸の生れで大の芝居好き、長唄が上手で琴もよく弾《ひ》きました。三十歳を半ば越しても、六本の高調子で吾妻《あずま》八景の——松葉かんざし、うたすぢの、道の石ふみ、露ふみわけて、ふくむ矢立《やたて》の、すみイだ河……と云う処なぞを楽々歌ったものでした。それで居て、十代の娘時分から、赤いものが大嫌いだったそうで、土用の虫干の時にも、私は柿色の三升格子《みますごうし》や千鳥に浪を染めた友禅の外、何一つ花々しい長襦袢なぞ見た事はなかった。私は忘れません、母に連れられ、乳母に抱かれ、久松座《ひさまつざ》、新富座《しんとみざ》、千歳座《ちとせざ》なぞの桟敷で、鰻飯の重詰《じゅうづめ》を物珍しく食べた事、冬の日の置炬燵《おきごたつ》で、母が買集めた彦三《ひこさ》や田之助《たのすけ》の錦絵を繰り広げ、過ぎ去った時代の藝術談を聞いた事。しかし凡ての物を破壊してしまう「時間」ほど酷《むご》いものはない。閣下よ。私は母親といつまでもいつまでも、楽しく面白く華美《はで》一ぱいに暮したいのです。私は母の為めならば、如何《どん》な寒い日にも、竹屋の渡しを渡って、江戸名物の桜餅を買って来ましょう。

＊　＊　＊　＊

私はどうしても、昔から人間の守るべきものと定められた教《おしえ》に服する事が出来ません。教は余りに酷く余りに冷い。私はどうかして、教に服するよりも、「教」と「私」とが暖かに滑かに一致して行くようにならぬものかと、幾度《いくた》び願い、悶《もだ》え、苦しみましたろう。絶望した私は遂に潔く天罰応報と相い争い、相い対峙《たいじ》しようと思うようになってしまいました。私の父は厳格な人です。勤勉な人です。悪を憎む事の激しい人です。父は私が帰朝の翌日静かに将来の方針を質問されました。如何にして男子一個の名誉を保ち、国民の義務を全うすべきかと云う問題です。

語学の教師になろうか。いや。私は到底心に安んじて、教鞭を把《と》る事は出来ない。フランス語ならば、私よりもフランス人の方が更に能くフランス語を知って居る。

新聞記者になろうか。いや、私は事によったら盗賊になるかも知れない。しかし不幸にしてまだ私は正義と人道とを商品に取扱うほど悪徳に馴れて居ない。私はもし社会が万朝報《よろずちょうほう》や二六新聞によって矯正されるならば、その矯正された社会は、矯正されざる社会よりも更に暗黒なものとなるのであろうと云う事を余りに心配して居る。

雑誌記者となろうか。いや。私は自ら立って世に叫ぼうとするほど社会の発達人類の幸福の為めに夜《よ》の目も眠らず心配して居るのではない。私は親子《おやこ》相啣《あいは》み兄妹相姦《けいまいあいかん》する獣類の生活をも少しも傷《いた》ましくまた少しも厭わしく思って居ない。

藝術家となろうか。いや、日本は日本にして西洋ではなかった。これは日本の社会が要求せぬばかりかむしろ迷惑とするものである。国家が脅迫教育を設けて、吾々に開闢《かいびゃく》以来大和民族が発音した事のない、T、V、D、F、なぞから成る怪異な言語を強い、もしこれを口にし得ずんば明治の社会に生存の資格なきまでに至らしめたのは、けだし他日吾々に何々式水雷とか鉄砲とかを発明させようが為であって、決してヴェルレーヌやマラルメの詩なぞを読ませる為めではない。いわんや革命の歌マルセイエーズや軍隊解放の歌アンテルナショナルを称えしめる為めでは猶更ない。吾等にしてもし誠の心の底から、ミューズやヴェヌスの神に身を捧げる覚悟ならば、吾等は立琴《ハルプ》を抱くに先立って掟《おきて》きびしい吾等が祖国を去るに如《し》くはない。これ国家の為めにもまた藝術の為めにも、双方の利益便利であろう。

あわれやこの世の中に私の余命を支えてくれる職業は一つもない。私は寧《いっ》そ巷にさまよって車でも引こうか。いや、私は余りに責任を重《おもん》じている。客を載せて走る間、私は果して完全にその職責を尽す事が出来るだろうか。下男となって飯を焚こうか。無数の米粒の中に、もしや見えざる石の片《かけ》が混っていて、主人が胃を破りその生命を危くするような事がありはせまいか。人間もし正確細微の意識を有する限りは、如何なる賤《いや》しい職業をも自ら進んで為《な》し得べきものではない。それには是非《ぜひ》とも飢えて凍《こご》えて正確な意識の魔酔が必要である、自我の利欲に目の眩《くら》む必要がある。少くとも古来より聖賢の教えた道を蔑《ないがしろ》にする必要がある。生活難を謳《うた》える人よ。私は諸君が羨しい。

私は父に向って世の中に何にもする事はない。狂人《きちがい》か不具者《かたわもの》と思って、世間らしい望みを嘱してくれぬようにと答えました。

父もまた新聞屋だの書記だの小使だのと、つまらん職業に我が児の名前を出されては却《かえ》って一家の名誉に関する。家《いえ》には幸い空間《あきま》もある食物もある。黙って、おとなしく引込んで居てくれと話を極められました。

私は半年ばかり毎日ぼんやり庭を眺めて日を送って居ます。

＊　＊　＊　＊

八月の暑い日の光が広庭一面の青い苔の上に繁った樹木のかげを投げて居ます。真黒な木の葉の影の間々に、強い日光が風の来る時斑々《まばらまばら》に揺れ動くのが如何にも美しい。蝉が鳴く。鴉《からす》が啼く。しかし世間は炎暑につかれて夜半《よなか》のように寂《しん》として居ます。忽然《こつぜん》夕立が来ます。空の大半は青く晴れて居る処から四辺《あたり》は明いので、太い雨の糸がはっきり見えます。芭蕉《ばしょう》、芙蓉《ふよう》、萩《はぎ》、野菊、撫子《なでしこ》、楓《かえで》の枝。雨に打たれる種々《いろいろ》な植物は、それぞれその枝や茎の強弱に従って或《ある》ものは地に伏し或ものは却って高く反り返ります。またその葉の厚さ薄さに従って、或《あるい》は重く或は軽くさまざまの音を響かせます。この夕立の大合奏《サンフォニー》は轟き渡る雷《いかずち》の大太鼓に、強く高まるクレッサンドの調子凄《すさま》じく、やがて優しい青蛙の笛のモデラトにその来《きた》る時と同じよう忽然として掻消すように止んでしまいます。すると庭中は空に聳ゆる高い梢《こずえ》から石の間に匍《は》う熊笹の葉末まで一斉に水晶の珠を連ね、驚くばかりに光沢《つや》をます青苔の上には雲かと思う木立の影が長く斜に移り行き、日暮《ひぐら》しの声と共に夕暮が来ます。風鈴の音は頻《しき》りに動いて座敷の岐阜提灯に灯がつくと、門外の往来には花やかな軽い下駄の音、女の子の笑う声、書生の詩吟やハーモニカが聞え、何処《どこ》か遠い処で花火のような響もします。新内《しんない》が流して行きます。夜《よ》が次第にふける……

枕について眠ろうとすると、雨戸の外なる庭一面縁の下まで恐しいほどに虫が鳴き立てます。およそ何万匹の昆虫が如何なる力に支配され何を感じてかくも一時に声を合せて、私の身のまわりに叫ぶのでしょう。私はふと限りもない空の下《した》雄大なる平原の面にただ一人永遠の夜明けを待ちつつ野宿して居るような気がして、閉した瞼を開いて見ると、今にも落ちて来そうな低い天井と、色も飾もない壁と襖とが、机の上の燈火《ともしび》に照らされて薄暗く狭苦しく私の身体《からだ》を囲って居るのです。限られた日本の生活の深味のない事がしみじみ感じられます。突然屋根の上にばらッばらッと破れた琴を弾くような雨の雫の落ちる音。樹木に夜風の吹きそよぐ響が聞えます。しかしその響は幽谷に獅子の吠えるような底深いものではないので、私は熱帯の平原を流れる大河《だいが》のほとりに、葦の葉の戦《そよ》ぎを聞くのかと思った事がありました。虫は絶えず鳴いて居ます。夜《よる》があけても昼が来ても鳴き続けるのです。虫ばかりではない。雨も毎日毎日降りつづくようになりました。

何と云う湿気の多い気候でしょう。障子を閉めきり火鉢に火を入れて見ても着て居る着物までが濡れるようなので、私は魚介《ぎょかい》のように皮膚に鱗《うろこ》が生えはしないかと思う程です。亜米利加《アメリカ》を去る時ロザリンが別れの形見にくれた「フランシスカ伯爵夫人の日記」と云う、立派な羊の皮の表装は見るかげもなく黴《か》びてしまいました。巴里《パリー》の舞踏場でイボンと踊った漆の塗靴は化物のように白い毛をふき、ブーロンユの公園の草の上にヘレーネと横《よこた》わった夏外套も無惨な斑点《しみ》を生じた。

物売りの声裏悲しく、彼方此方《あなたこなた》に人の雨戸を繰る音が聞えて夜《よる》が来ると、ああ日本の夜《よる》の暗い事はとても言葉には云い尽せません。死よりも墓よりも暗く冷く、淋しい。如何なる憤怒絶望の刃を以《もっ》てするも劈《つんざ》きがたく、如何なる怨恨悪念の焔《ほのお》を以てするも破り難い闇の牆壁《しょうへき》とでも云いましょうか。私はたった一つ広い座敷の真中について居る暗いランプの笠の下に楽しい月日に取りやりした彼《あ》の人達の手紙を読み返して……読み尽し得ずしてその上に顔を押当てて泣き伏します。庭一面相も変らぬ虫の声……

しかし私はやがてこの暗い夜、この悲しい夜の一夜毎《いちや》に、鳴きしきる虫の叫びの次第に力なく弱って行くのを知りました。私はいつか袷《あわせ》の上に新しい綿入羽織《わたいればおり》を着て居ます。新しい呉服物の染糸の匂が妙に胸悪く鼻につきます。雨はもう降りません。朝夕の冷かさに引換えて、日の照る昼過ぎは恐しい程暑い。木の葉は俄に黄ばんで風のないのにはらはらと苔の上に落ちるのをば、この夏らしい烈しい日の光に眺めやると、私はいかにも不思議で不思議でならないような心持がします。「このあたり木の葉は散る春の四月」と仏蘭西《フランス》の或詩人が南亜米利加《みなみアメリカ》の気候を歌ったそのような幽愁の味《あじわい》深い心持がします。読みさしの詩集なぞ手にしたまま、午後《ひるすぎ》庭に出て植込《うえごみ》の間を歩くと、差込む日の光は梅や楓なぞの重り合《かさな》った木の葉をば一枚一枚照すばかりか、苔蒸す土の上にそれ等の影をば模様のように描いて居ます。この影の奥深くに四阿屋《あずまや》がある。腰をかけると、後《うしろ》は遮るものもない花畠なので、広々と澄み渡った青空が一目に打仰がれる。西から東へと、この広い大空を白い薄雲が刷毛でなすったように流れて居ましたが、いつまで眺めて居ても少しも動かない。無数の蜻蛉《とんぼ》が丁度フランスの夏の空に高く飛ぶ燕《つばめ》のように飛交《とびちが》っている。畠は熊笹茂る垣根際まで一面の烈しい日の光に照らされ、屋根よりも高いコスモスが様々の色に咲き乱れて居る。葉鶏頭の紅が燃え立つよう。桔梗や紫苑《しおん》の紫はなお鮮かなのに、早くも盛りを過《す》ごした白萩は泣き伏す女の乱れた髪のように四阿屋の敷瓦《しきがわら》の上に流るる如く倒れて居る。生き残った虫の鳴音《なくね》が露深いその蔭に糸よりも細く聞えます。

ああ忘られた夏の形見。この青空この光。どうしてこれが十月。これが秋だと思えましょう。膝の上なる詩集の頁は風なき風に飜ってボードレールの悲しい「秋の歌」、

Ah! Laissez-moi, mon front posé sur vos genoux,
Goûter, en regrettant l'été blanc et torride,
De l'arrière saison le rayon jaune et doux!

「ああ、君が膝にわが額を押当てて暑くして白き夏の昔を嘆き、軟かにして黄き《きいろ》晩秋の光を味《あじわ》わしめよ。」と云う末節の文字が明かに読まれます。

私は何《なん》に限らず、例えば美しく咲く花を見れば、これ散り萎む時の哀れさを思わせる為めに咲いて居るのでは無いかと思う。楽しい恋の酔い心地は別れた後《あと》の悲しみを味わしめる為めとしか思われませぬ。秋の日光は明日《あした》来る冬の悲しさを思知れとて、かように麗しく輝いて居るのでしょう。私は妙に心も急《せ》き立って一分一秒も長く、薄れ行く日の光を見たいと思って、その頃は庭のみならず折々は門を出で家の近くをも散歩に出掛けました。あわれ秋の日。故郷の秋の日は如何なる景色を私に紹介しましたろう……

＊　＊　＊　＊

手紙の初めにも申上げたよう私の家《うち》は市ケ谷監獄署の裏手で御在います。五、六年前

私が旅立する時分にはこの辺は極く閑静な田舎でした。下町の姉さん達は躑躅《つつじ》の花の咲く村と説明されて、初めてああ然《そ》うですかと合点《がてん》する位でしたが、今ではすっかり場末の新開町になってしまいました。変りのないのは狭い往来を圧して聳立《そびえた》つ長い監獄署の土手と、その下の貧しい場末の町の生活とです。

私の門前には先ず見るも汚らしく雨に曝らされた獄吏《ごくり》の屋敷の板塀が長くつづいて、それから例の恐しい土手はいつも狭い往来中を日蔭にして、なおその上に鼬《いたち》さえも潜《くぐ》れぬような茨の垣が鋭い棘《とげ》を広げて居ます。土手には一ぱい触《さわ》れば手足も脹れ痛む鬼薊《おにあざみ》が茂って居ます。

私は以前二百十日の頃には折々立続くこの獄吏の家の板塀が暴風《あらし》で吹倒される。すると往来には近所の樹木の吹折られた枝が無惨に落ち散って居るその翌日の朝、きっと円い竹の皮の笠を冠り襟に番号をつけた柿色の筒袖を着、二人ずつ鎖で腰を繋がれた懲役人が、制服佩剣《はいけん》の獄吏に指揮されつつ吹倒された板塀をば引起し修繕して居るのを見たものです。夏の盛りの折々にはやはり一隊の囚人が土手の悪草を刈って居る事もありました。それをば通行の人々が気味悪そうな目付をしながらしかもまた物珍しそうに立止って見て居ました。

土手はやがて左右から奥深く曲り込んで柱の太い黒い渋塗りの門が見えます。その扉はいつでも重そうに堅く閉されて居て、細い烟出《けむだ》しが一本ひょゝろりと立って居る低い瓦屋根と、四、五本の痩せた杉の木立の望まれる外には、門内には何一つ外から見えるものはない。聞える声もない。私の目にはかの杉の木がかくも淋しく別れ別れに立って居るのは、獄舎の庭では夜陰に無情の樹木までが互に悪事の計画《たくらみ》を囁きはせぬかと疑われるので、此《か》くは別々に遠ざけ距てられて居るのであろうと云うように見えてなりません。

高い土手が尽きると、狭い往来は急に迂曲《うきょく》した坂になり、片側は私の知らぬ間にいつか金持らしい紳士の新宅になって石垣が高く築かれていますが、その向いの片側は昔から少しも変りのない貸長屋で、下《お》り行く坂道に従って長屋は一軒一軒箱を並べたように重《かさな》って居ます。後《うしろ》は一面監獄署の土手に遮られて居るのでこの長屋には日の光のさした事がない。土台はもう腐って苔が生え、格子戸の外に昼は並べた雨戸の裾は虫が食って穴をあけて居る。いつでもその中《うち》の二、三軒には、拙《つた》ない文字で貸家札の張られて居ない事はない。内職の札の下って居ない事はない。私は以前よくこの長屋の前を通る時、寒い冬の夕方なぞ、薄暗い小窓の破れ障子に、中なるランプの灯《ひ》が後毛《おくれげ》を乱した女の帯なぞ締め直して居る薄い影をば映し出して居るのを見た事があります。蒸暑い夏の夜《よ》には、疎《まばら》な窓の簾《すだれ》を越してこう云う人達の家庭の秘密をすっかり一目に見透《みすか》してしまう事がありました。今でも多分変りはあるまい。私は折々この貸長屋の窓下をば監獄署から流し出す懲役人の使った風呂《ふろ》の水が、何とも云えぬ悪臭と気味悪い湯気を立てながら下水の溝《みぞ》から溢《あふ》れ出して居た事を記憶して居る。しかし驚くべきはこの辺に住んで居る女房達で、寒い日にはそれをば頻《しきり》と便利がって、腫物《できもの》だらけの赤児を背負い汚い歯を出して無駄口をききながら物を洗って居る。また夏中は遠慮もなく臭い水をば往来へ撒いて居たものです。

さて坂を下り尽すと両側に居並ぶ駄菓子屋荒物屋煙草屋八百屋薪屋なぞいずれも見すぼらしい小売店《こうりみせ》の間に米屋と醬油屋《しょうゆや》だけは、柱の太い昔風の家構が何となく憎々しく見え、漠とした反抗心を起させます――と云ってそれは社会主義なぞ云う近代的の感想ではない。家構が古い形だけに、児雷也《じらいや》とか鼠小僧とか旧劇で見る義賊のような空想に過ぎない。この辺に不思議なのは二軒ほども古い石屋の店のある事で、近頃になって目について増え出したのは天麩羅《てんぷら》の仕出屋《しだしや》と魚屋とである。これは日を追うて建て込んで行く貸家の為めに界隈《かいわい》が開けて来た証拠であろう。青苔の薄気味わるく生えた板の上、油で濁った半台の水の中に、さまざまの魚類の死骸や切りそいだその肉片、串ざしにした日干しの貝類を並べて、一つ一つに値段を書いた付木《つけぎ》や剝板《そぎいた》をばその間にさしてあるが、何《いず》れを見ても、一片《ひときれ》十銭以上に上って居るものは甚だ少い。見渡す処、死んだ魚の眼の色は濁り淀みその鱗は青白く褪《あ》せてしまい、切身の血の色は光沢《つや》もなく冷切って居るので、店頭の色彩が不快なばかりか如何にも貧弱に見えます。西洋の肉売る店の前を過ぎて見るから恐しい真赤な生血《なまち》の滴りに胆《きも》を消した私は、全くその反対、この冷い色のさめた魚肉が多数の国民の血を養う唯一の原料であるのかと思うと、一種云われぬ悲愁を感ぜずには居《お》られません。ましてや夕方近くなると、坂下の曲角に頬冠りをした爺《おやじ》が露店を出して魚の骨と腸《はらわた》ばかりを並べ、さアさア鯛の腸《わた》が安い、鯛の腸が安い、と皺《しわ》枯声《かれごえ》で怒鳴る。そのまわりには、児を負《おぶ》った例の女房共が群集して大声に値段を争う。

大空は砂で白くなった瓦屋根の上に、秋の末の事ですから、夕陽《ゆうひ》の名残が赤いと云うよりもむしろ不快な褐色に烈しく燃え立って居るので、狭い往来の物の影はその反対に夜《よる》の闇よりもなお強く黒く見えます。勤め先からの帰りと覚しい人通りが俄《にわ》かに繁くなって、その中には一寸《ちょっ》とした風采《みなり》の紳士もある。馬に乗った軍人もある。人力車も通る。しかし両側の人家ではまだ灯《ともしび》一つ点《とも》さぬので、人通りは真黒な影の動くばかり、その間をば棒片《ぼうちぎれ》なぞ持って悪戯盛《いたずらざか》りの子供が目まぐるしく遊びまわって居る。私は勤帰りの洋服姿がどうかすると路傍《みちばた》の腸売《わたう》りの前に立止り、竹皮包《たけのかわづつみ》を下げて、坂道をば監獄署の裏通りの方へ上《あが》って行くのを見ました。それが何という訳もなく、貧しい日本の家庭の晩餐の有様を聯想せしめます……。

借家の格子戸がガタガタ云って容易に開《あ》かない。切張りをした鼠色《ねずみいろ》の障子にはまだランプの火も見えない。上框《あがりがまち》は真暗だ。洋服の先生はかつて磨いた事もないゴム靴を脱捨て障子を開けて這入《はい》ると、三畳敷の窓の下で、身体のきかない老婆が咳《せき》をして居る。赤児がギャアギャア泣いて居る。細君は夜になってから初めて驚き、台所の板の間に蛙《かえる》の如くしゃがんで、今しも狼狽《あわ》てランプへ油をついで居る最中。夫の帰った物音に引窓からさす夕闇の光に色のない顔を此方《こなた》に振向け、油気失《う》せた庇髪《ひさしがみ》の後毛《おくれげ》をぼうぼうさせ、寒くもないのに水鼻《みずぱな》を啜って、ぼんやりした声で、お帰んなさい――。

すると、夫は返事の代りに、今頃ランプの掃除をするのかと、家事の不始末不経済を攻撃する。老母が夜具の中から匍《は》い出して何かと横口を入れる。夫、妻、何《いず》れの方へ味方をしても同じ事、一場の争論に花が咲く。そこへ七、八《なな》ツ《や》になる子供が喧嘩をして溝《どぶ》へ落ちたとやら、衣服《きもの》を溝泥《どぶどろ》だらけにして泣きわめきながら帰って来る。小言がその方へ移る。やっとの事で薄暗いランプの下に、煮豆に、香物《こうのもの》、葱《ねぎ》と魚の骨を煮込んだお菜《さい》が並べられ、指の跡のついた飯櫃《おはち》が出る。一閑張《いっかんばり》の机を取巻いて家族が取交す晩餐の談話と云うのは、今日の昼過ぎ何処そこの叔父さんが来てこの春の母が病気の薬代《くすりだい》をどう云ったとか、実家《さと》の父が免職になったとか、それから続いて日常の家計談になる。家族の口はまるで飯を食うのと生活難を方針なく嘆き続ける為めにしか出来て居ない。貧しくとも、貧しからずとも、つまり同じ事でしょう。こう云う人達には純粋な談話の趣味と云う事は解釈されないのです。言語は乃《すなわ》ち、相談と不平と繰言と争論と、これより外には全く必要がないのです。

＊　＊　＊　＊

秋の光を味《あじわ》おうと散歩するわが家の門前、監獄署の裏通りはこんな有様でした。なおこの上にも私の心を痛い程に引締めるのは、時々坂道の真中で演ぜられる動物虐待の悲劇です。遠路《とおみち》を痩馬《やせうま》に曳《ひ》かした荷車が二輛も三輛も引続いて或時は米俵或時は材木煉瓦なぞ、重い荷物を坂道の頂きなる監獄署の裏門内《うち》へと運び入れる。ところが意地悪く門前の広場は坂から続いて同じような傾斜をなし、湿った柔い地面に車輪が食込んでしまうので、馬は疲れて到底《とて》も一息には曳込む事が出来ない。それをば無理無体に荒くれた馬子供《まごども》が叱咤《しった》の声激しく落ちた棒片《ぼうぎれ》で容捨もなく打ち叩く、馬は激しく手綱を引立てられ、轡《くつわ》の痛みに堪えられぬらしく、白い歯を齧《か》み、鬣《たてがみ》を逆立て、物凄《ものすさま》じく眼を血走らせて遂にはがっくり砂利の上に前足を折って倒れてしまう事も度々です。狭い坂道は無論この騒ぎで往来止めとなり、通行人の大概は驚くどころか面白半分口を開《あ》いて見て居ます。私は今日まで日本の社会に動物虐待の事件が、単に一部の基督教者《キリストきょうしゃ》の間に止って、一日半時とても猶予すべからざる国民一般の余儀ない問題にならない、この証拠を目撃して悲しみましょうか喜びましょうか。私はただ日本人は将来においても確かに最《も》う一度ロシヤを征伐する事の出来る戦乱の民であると云う感を深くするだけです。御安心なさい。愛国の諸君よ。黄人《こうじん》の私をして白人の黄禍論を信ぜしめる間は、君等は須《すべか》らく妻を叱咤し子を虐げ太白《たいはく》を挙げて而して帝国万歳を三呼なさい。吾等が叫ぶ、新らしき幽愁の詩人が理想の声を心配するには時代がまだ余りに早過ぎましょう。

私は次第次第に門の外へ出る事を厭《いと》い恐れるようになりました。ああ私はやはり縁側の硝子戸《ガラスど》から、独り静に移り行く秋の日光《ひかげ》を眺めて居ましょう。

秋は早や暮れて行きます。かの夏かと思う昼過ぎの烈しい日の光はすっかり衰えて、空はどんよりといつでも曇って居ます。それは丁度広い画室の磨硝子《すりガラス》の天井でも見るよう。浮雲の引幕から屈折して落ちて来る薄明い光線は黄昏《たそがれ》の如く軟いので、眩《まばゆ》く照り輝く日の光では見る事味う事の出来ない物の陰影《かげ》と物の色彩《いろ》までが、却って鮮明に見透されるように思われます。木の葉は何時か知らぬ間に散ってしまって、梢はからりと明く、細い黒い枝が幾条《いくすじ》となく空の光の中に高く突立《つった》って居る。後の黒い常磐木《ときわぎ》の間からは四阿屋《あずまや》の藁屋根と花畠に枯れ死した秋草の黄色《きばみ》が際立って見えます。縁先の置石のかげには黄金色《こがねいろ》の小菊が星のように咲き出しました。その辺からずっと向うまで何《なん》にも植えてない広い庭の土には一面の青苔が夏よりも光沢《つや》よく天鵞絨《ビロウド》の敷物を敷いて居る。二、三匹の鶺鴒《せきれい》がその上をば長い尖った尾を振りながら苔の花を啄《ついば》みつつ歩いて居る。鼠色したその羽の色と石の上に置いた盆栽の櫨《はぜ》の紅葉《こうよう》とが如何に鮮かに一面の光沢《つや》ある苔の青さに対照するでしょう。

風は少しもありません。行く秋の曇った午過ぎは物の輪廓を没して、色彩ばかり浮立つ幻覚にただどんよりと静まり返って居るのです。しかし折々落ち残った木の葉が、忽然として一度にはらはらと落ちます。思い掛けないこの空気の動揺は、さながら怪人の太い吐息を漏すがよう。すると常磐木の繁り、石の間なる菊の叢《くさむら》まで、庭中のありとあらゆる草木《そうもく》の葉は、何とも言えぬ悲愁の響を伝えますが、直ぐとまたもとの静寂に立返って、滑かな苔の上には再び下り来る鶺鴒の羽の色、菊の花、盆栽の紅葉《こうよう》。ああ、夢の光、行く秋の薄曇り。
閣下よ。私は昨日からヴェルレーヌが獄中吟サッジェスを読んでおります。
おお、神よ、神は愛を以て吾を傷付け給えり。その瑕《きず》開きて未だ癒えず。
おお、神よ、神は愛を以て吾を傷付け給えり。………
閣下よ。冬の来ぬ中是非一度、おいで下さい。私は淋しい………。

明治四十一年十二月稿

〈解説〉主題化する都市空間

ロバート キャンベル

都市空間が文学作品の対象となるとはどういうことか。そのことを考えるために、市街にある一地点が通時的にどう描かれていくかを角度を変え、様々な作品から拾い上げていく方法がある。逆に、時代を限定して、市域全体がどう捉えられているかを共時的に俯瞰することもできる。「対象となる」と書いたが、文学における空間も、その空間を物語に仕立てるために用いられる時間の移ろいも、それ自体が物語の前面に表れ、人物以上に雄弁に意味を運ぶことがある。都市空間が物語のテーマを運び、集約させ、あるいは意味の総体としていわば主題のポジションを占めることがあることに注目したい。

ある一定の空間描写が、人物の身の上に起こるさまざまなできごとの単なる背景になることもあれば、主題として振る舞う場合もある。一方、主題ともいえない景観がフィジカルな環境と人々の情感を取り結ぶ融合的な働きをすることもある。

岡本綺堂（一八七二～一九三九）の「銀座の朝＊」（一九〇一年。＊は本分冊収録作品。以下同じ）の語り手は、尾張町（現、銀座四丁目）交差点付近と思われる一地点に立ち、夏の未明から早朝の景観を観察する。題名通り、限定されたある時空を舞台に書かれている。人物は複数登場するが、直接話法の台詞も独白も与えられることがない。人物そのものは、それぞれの風景に即して類型的な群像として点描される程度であって、その空間を抜きにしては、「意味」を伝えることができない。「銀座の朝」は、数時間の経過とともに物事が流れ、浮かび上がり、また消えていく風景をリリカルに切り出した、一見叙景詩のようにも見える短文である。物語は次のように始まっている。

夏の日の朝まだきに、瓜の皮、竹の皮、巻烟草《まきたばこ》の吸殻さては紙屑《かみくず》なんどの狼藉《ろうぜき》たるを踏みて、眠れる銀座の大通にたたずめば、ここが首府《みやこ》の中央かと疑わるるばかりに、一種荒涼の感を覚うれど、夜の衣《ころも》の次第にうすくかつ剝《は》げて、曙《あけぼの》の光の束より開くと共に、万物《ばんぶつ》皆生きて動き出ずるを見ん。

冒頭から、語り手が立つ場所として描かれるのは昨晩銀座通り（現、中央通り）を賑わわせた往来の落としたゴミである。狼藉としたゴミがつくり出す「荒涼」たる夜景は、読み進めると、薄明のうちから白い制服を着た巡査に転じ、車夫、また悪事に染まりそうな紙屑拾いの小僧が「小《お》ぐらき路次《ろじ》の奥より」出て来て、牛乳配達に新聞配達、つまり工業とサービス業によって支えられているこの街区の秩序を下層から支えるべく働いている労働者が、次々と目の前を通過するのである。

五時を過ぎ、七時までには汚い臭いゴミが掃き清められ、昼と変わらない活気を取り戻している。そのあたりから焦点は、未明の街を流れるように生きる人々から、一定の地位を保っていると思われる商家の小僧や娘、朝詣《あさまいり》の美人などに転回する。と思うと、活版所で働く「色の蒼《あお》ざめたる」若いひとりの女工の小走りに行く姿に目線が向けられている。最後に、ふたたび羅列的な労働者の群像へと語り手の目は転じ、砂や樹木や塵といった物質的な環境に立ち戻って終わる。

「修羅の巷の戦を見るに堪えざらん」とばかりに塵を浴び、枝葉を垂れさせる名物の柳をフレームとして、急速な工業化が人と環境に落とす暗い影を描く。それと地続きに、夜の闇の薄れるさまが衣の「次第にうすくかつ剝げ」行く様に喩えられ、荒涼とした空間は、都市社会の微細なコードを塗り重ねながら語らぬ人々の情動そのものを背負い、描いている。

思いだされるのは一九世紀後半のロンドンを舞台としたイギリス小説。空に舞う煤と霧と汚水の混じった泥に塗れた帝都を描いたディケンズ(一八一二〜七〇)の『荒涼館』(一八五二〜五三年)がその一つである。『荒涼館』を分析する過程で、ジェシー・オーク・テーラーは空気と水の汚染が進み人間の心身をむしばむ荒涼たる環境《ブリーク》そのものを主題と見なして、注目すべきだと論じている。(1)

物理的な環境や雰囲気《アトモスフィア》に即した読解がもたらす一つの成果は、「設定」というものが常に受動的で、起きた出来事を単に展開するための「容器」であり、対して人間という名のつく人物は語られる「内容」を創り出すものだ、という発想を払拭することにある。逆に設定や雰囲気、環境自体がそれぞれ主体たり得る、ということが言えるのである。

「銀座の朝」も、選び取られ、調整されたいわゆる「設定」とそれを表現する修辞から、変質の途上にある社会の構造そのものを浮かび上がらせている。
同じように、数年後に発表される蒲原有明《かんばらありあけ》（一八七五〜一九五二）の「朝なり」（初出一九〇五年、引用は『定本蒲原有明全詩集』（一九五七年）より）という詩でも、夜明けから大川（現、隅田川）を望む地点に立ち、悪臭とともに「河岸の並み蔵」を通って流れる汚物を記述する。匂いや光といった感覚に訴える汚染のイメージを集積して、景色自体が「内容」を生成するような読まれ方を予期して書かれたものと言える。

朝なり。やがて川筋《かはすぢ》は
ほのじらめども、夜《よる》の胞《え》を
流しもとほるくぐもりに、
河岸《かし》の並《な》み蔵《ぐら》、白壁《しらかべ》の
影もおぼめく朝の靄《もや》。

朝なり。やがて明《あ》けぎはの
河岸のけしきは動き出で、

堀江《ほりえ》づたひに差《さ》す潮《しほ》の
きざし早くも催《もよほ》せば、
逆押《さかお》し上《のぼ》す濁《にご》り水。

見よ、ただよふは瓜《うり》の皮、
核子《さなご》、塵藁《ちりわら》、柿《こけら》くづ。
滅《き》えがてにする朝靄《あさもや》の
たえまを群《む》れて鷗鳥《かもめどり》、
何を求《あさ》るか、飛び交《ちが》ふ。

この第一分冊に収められた短篇中篇小説のどれを開いても、さまざまに場所を変えながら、強力な意味世界をもつ東京の地名がちりばめられている。

たとえば、永井荷風(一八七九〜一九五九)の「監獄署の裏」*(一九〇九年)における、題名通り居住空間のバックグラウンドとして機能する市ケ谷監獄署(東京監獄。現、新宿区富久町)の裏手にそびえる土手が、まさにそうである。土手が尽きたところに、箱を並べたような長屋が並んでいる。語り手は、散策のついでに坂を下りてゆく。寂しく「灯《ともしび》一つ点《とも》さぬ」人家の間を「真黒な影の動くばかり」と見まごう人々が通過する。語り手はそれを傍観しながら下りきって、また坂上にある自宅の庭に戻ると、そこには黄金色の「星のように咲き出し」た小菊や盆栽の櫨《はぜ》の紅葉があり、「鮮かに一面の光沢《つや》ある苔の青さ」に目を奪われるばかりである。光も色合いも発現しない貧民の居住領域とは、鮮明な対照を打ち出している。

夏目漱石（一八六七〜一九一六）が書いた「琴のそら音」*（一九〇五年）の語り手も、極楽水《ごくらくみず》（現、文京区小石川四丁目）という陰気な長屋をつなげたばかりの一帯を歩いている。どれもひっそりと空き家のように見えるところから、次のことを考えつく。

貧民に活動はつき物である。働いて居らぬ貧民は、貧民たる本性を遺失して生きたものとは認められぬ。

向こうに「白い者が見える」のだが、目を凝らしてよく見ると白い布をかけ、棒を通して担がれている、乳児の「闇に消える棺桶」であった。脱色した静かな都市空間を巡査が回るのは「琴のそら音」の他に、泉鏡花（一八七三〜一九三九）の「夜行巡査」*（一八九五年）でも、そうであり、前者では人品の確かな人々には親切な忠告をするのに対して、後者では無宿の母子などを厳しく追い立てている。いずれにせよ「巡査」という役割を付与された人物は、自律的な動機や欲望などとは無縁で、夜な夜な土地を巡りながら、そこに出来した悲哀や矛盾などをあぶり出す者として描かれている。

町々が物語のなかで主題化する過程で、折々の、新しい社会的指向を体現するものとしてよく描かれるのは、銀座であった。

一八七七年までに完成した銀座の煉瓦街が文芸作品に登場するのは、物語の場面背景といった部分的、断片的な文脈ではなく、むしろ市街地全体に即して同時代の社会風俗を主題化させようという意識の下においてであった。

『東京 銀街小誌』*（一八八二年）は、銀座を構成するいくつかの区画と機構を選びとり、章立ての中心に据え、主として人物の会話を通して物語に仕立てている。一つの物語テキストとして読めるが、同時に市街を成り立たせる様々な地理的条件や歴史的変遷（町の創始、沿革、災害、人口推移云々）などを総体として記述した上で、その前後に選択された地区または施設と密接な結びつきを持った虚構を設けている。このあり方は、江戸後期以来、とくに維新後に各地で盛んに執筆刊行されたいわゆる「繁昌記モノ」（ほぼすべての書名に地名が表れる）において反復され、拡がっていったのである。

市街地のなかでもっとも「繁昌」する（または稀に「しない」）様子（盛り場、催事、人物の出身階級、業種等）を題材に取り、物語を仕組むという「繁昌記モノ」は、幕末から明治初期にかけて集中的に形成されたジャンルであった。(2)「繁昌」とは、字面から分かるように、人と物資と出来事が稠密に集積し活発に運動する状況を指す。必ずしも商売に関わる枠組みではなく、社会各層と都市空間そのものの結びつきと変容に対して用いられる語であった。たとえば、高見沢茂の『東京　開化繁昌誌』初編（一八七四年）では、当今における社会構成の変化こそが江戸を急速に遠のかせ、文明開化を牽引する契機だとして、「行幸」「官員」「華族」「士族」の四項目を挙げ、とくに家禄奉還（明治六（一八七三）年末布告）と士族の間につのる不満について、鋭い筆鋒を向けている。新首都東京を舞台に描かれた明治ゼロ年代の繁昌記モノは、むしろ地理的な焦点が希薄で、社会全体を覆う高揚と不安感を人間の階層から掬い取っている傾向にある。

「物語」というと、小説や演劇など虚構をその重心として書き出された著作を連想する。しかし「繁昌記モノ」に見る物語とは、より広義の、現実を捉えるのに不可欠な土地のセルフ・イメージを集積したものとして理解されるべきであろう。(3)言いかえれば「繁昌記モノ」は、江戸後期小説と詩歌には描かれることが少ない当時現在の共同体をアクチュアルなものとして名指し、表象することができたわけで、その一点から読者が関わり得る社会空間のイメージを膨らましていった。

このことに加えて、幕末から明治初期にかけて出版された「繁昌記モノ」は、変化する風習と空間編成、とくに外来のそれらを取り込んで、地域の自画像を自ずと「他者」の存在と対比するものとして捉えている(『横浜繁昌記』一冊。柳河春三著、一寿斎芳員画、文久元(一八六一)年横浜刊等)。

明治一〇年代まで下ってくると、三〇種類は下らないという従来の日本各地における『〇〇繁昌記』の中には、日本列島そのものを飛び出し、「繁昌」というパラダイムを世界の異都に重ね合わせるという流れが生じる。『上海繁昌記』『英国龍動新繁昌記』『仏国巴里斯新繁昌記』(いずれも一八七八年の刊行)などがそれであるが、見過ごせないのは、海外の地理と欧米文明を啓蒙するこれらの書が、漢文体風俗小説に起源を持ち、その文体も装本もいわゆる旧来の痕跡を存分に残しているということである。開港以前の「日本」にも連続するイメージとして描かれる新奇の都市文化、という文脈のなかで考えるなら明治一五(一八八二)年に刊行された、全体が草創期の銀座煉瓦街を主題に書き下ろされた『東京 銀街小誌』は繁昌記モノというジャンルの中で、もっとも注目に値する一冊であったと言えよう。

『鳳鳴新誌』という、東京で刊行された雑誌の五〇号(明治一五(一八八二)年二月二〇日発行)にある新刊の広告をめくると、「不日発兌」として『東京 銀街小誌』を大きく宣伝している。一冊が定価三〇銭、「一名銀座繁昌記」であるという記述に続き、次の文章を掲載する。広告において成島柳北(何有仙史。一八三七〜八四)作『柳橋新誌』(一八七四年)への挨拶がなされるのも、「繁昌記モノ」というジャンルに対する意識的な同化があったことが理解されよう(傍点は省略)。

此書ハ東京第一繁華ノ名境タル銀座煉瓦街(新京二橋ノ間ヲ云)ニ於テ日夕現出スル商肆繁盛ノ景況ヨリ各般ノ奇観珍状ヲ漏サズ萃録シ、旁ラ新橋猫窟ノ内景ヲモ鑿記シタル者ニシテ、其文体ハ夫ノ何有仙史ガ柳橋新誌ノ筆ニ擬シ、頗ル風流粋人ノ賞心ニ適フノ一大椿書ナリ。江湖ノ君子幸ニ愛覧ノ栄ヲ垂レ玉ヘト云爾。

銀座のことを「新橋と京橋の間」にあると、あえて位置関係を示さなければならないのは、題名『東京 銀街小誌』からも推測できるように、当時「繁華ノ名境」たる活況を呈していたにもかかわらず銀座煉瓦街そのものが、関東以外の地域ではそれほど認知度が高くなく、『柳橋新誌』や『浅草新誌』(一八七七年)、『新吉原繁昌記』(一八八〇年)などのように地名として独り立ちしていない、という判断があってのことであろう。角書きに「東京」を戴く「繁昌記モノ」は、明治一一(一八七八)年刊、やはり維新後に謳われるようになる新名所に取材した『東京 新橋雑記』だけである。

ところで、新橋といえば『銀街小誌』の刊行直前に出された右の広告文にはもう一つの言及がある。「新橋猫窟ノ内景ヲモ」穿つという前触れから、当時、南に控える新橋という花柳界の賑わいが、銀座のそれと不可分であった認識が読み取れるのである。『東京 銀街小誌』が刊行された明治一五(一八八二)年は、前年に告示され、七年後に実現が約束されている大日本帝国憲法の制定について、政府当局と自由民権各党が支持母体となった新聞雑誌の紙面上でもっとも激しい議論が交わされていた一年でもあった(4)。明治一四年の政変を経て、君主か民主かの主権論がメディアで繰り広げられるなか、新聞紙条例または讒謗律に抵触したとして、政府は新聞の発行停止と、その社主に対する罰金を言い渡したり、経営陣および記者たちを石川島監獄に送り込むことを繰り返していた。『東京　銀街小誌』の序文を記した『朝野新聞』主筆の成島柳北も、投獄された早い例(一八七六年)だが、当時、自由民権思想に与する出版社の書目を見ていくと、いたるところに統制の痕跡が見てとれる。

『東京　銀街小誌』そのものが差し止めの処分を受けたという形跡はないが、出版状況から考えると、民権派の人々の動向と同一の環境のなかで書かれ、作製されたことは間違いない。新生首都東京にあって「都中の都」として比重を増していった銀座は、それ自体として国家の成長を量る要素をたぶんに抱える一方で、通りの表にも裏にもはびこる矛盾を無視することができず、むしろテーマとしてそれを露出させることに文学的な位置を創り出す努力が払われたとみるべきである。

そのほかにも、東京を構成している個々の都市空間、たとえば市街、公園、大学、鉄道の主要各駅、工場地域、河川敷などが、多様な文学形式のなかで情動を掬い上げ、主題化を遂げている。都市空間と、各時代における近代化の経験とが、文学においてどのように切り結んできたのかについては、それぞれの収録作品に委ねることとして、ひるがえって東京全体は、どうであっただろうか。このアンソロジー『東京百年物語』(全三冊)は、東京という都市空間を主体にして、日本の近代という大きな物語を描き出そうとする試み、と言えるのかもしれない。

都市空間の主題化は、自然の再発見、風景の発明なども関連して、日本の近代文学を総体として捉え直す視座をもたらす問題と思われる。その構造を把握するための分析は、緒に就いたばかりである。

(1) Jesse Oak Taylor, "The Sky of Our Manufacture", University of Virginia Press, 2016. 翻訳は筆者による。
(2) 拙稿「銀座文芸の百年(一)」『文学』二〇一五年五月。
(3) 岡真理『記憶/物語』岩波書店、二〇〇〇年。
(4) 拙稿「一八八二年、大新聞のるつぼ」『文学』二〇〇三年一月。

＊本分冊に収録されている「東京 銀街小誌」(抄)の現代語訳にあたっては、二〇一四年度東京大学大学院総合文化研究科超域文化科学専攻比較文学比較文化コースにおける演習での討議の成果を反映した。演習に参加してくれた諸君に謝意を表する。

東京府の範囲　1878(明治11)年
(島嶼地域は除く．破線は現在の東京都の範囲)

15区

東京都江戸東京博物館編『図表でみる江戸・東京の世界』2014年などをもとに作成

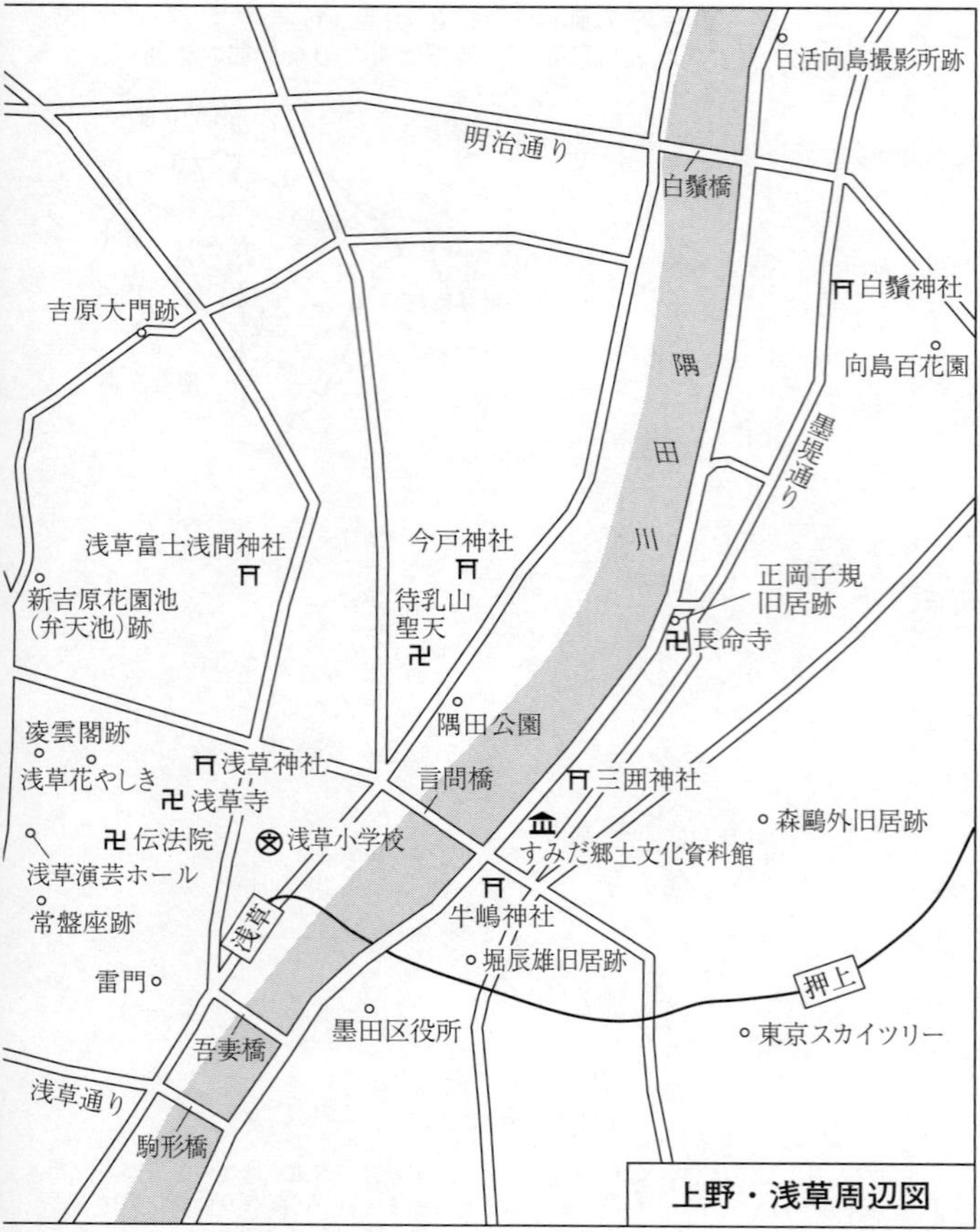
日活向島撮影所跡
明治通り
白鬚橋
白鬚神社
吉原大門跡
向島百花園
隅
田
川
墨堤通り
浅草富士浅間神社
今戸神社
正岡子規
旧居跡
新吉原花園池
(弁天池)跡
待乳山
聖天
長命寺
隅田公園
凌雲閣跡
浅草神社
三囲神社
浅草花やしき
言問橋
浅草寺
森鷗外旧居跡
伝法院
浅草小学校
すみだ郷土文化資料館
浅草演芸ホール
牛嶋神社
常盤座跡
浅草
堀辰雄旧居跡
雷門
押上
墨田区役所
東京スカイツリー
吾妻橋
浅草通り
駒形橋
上野・浅草周辺図

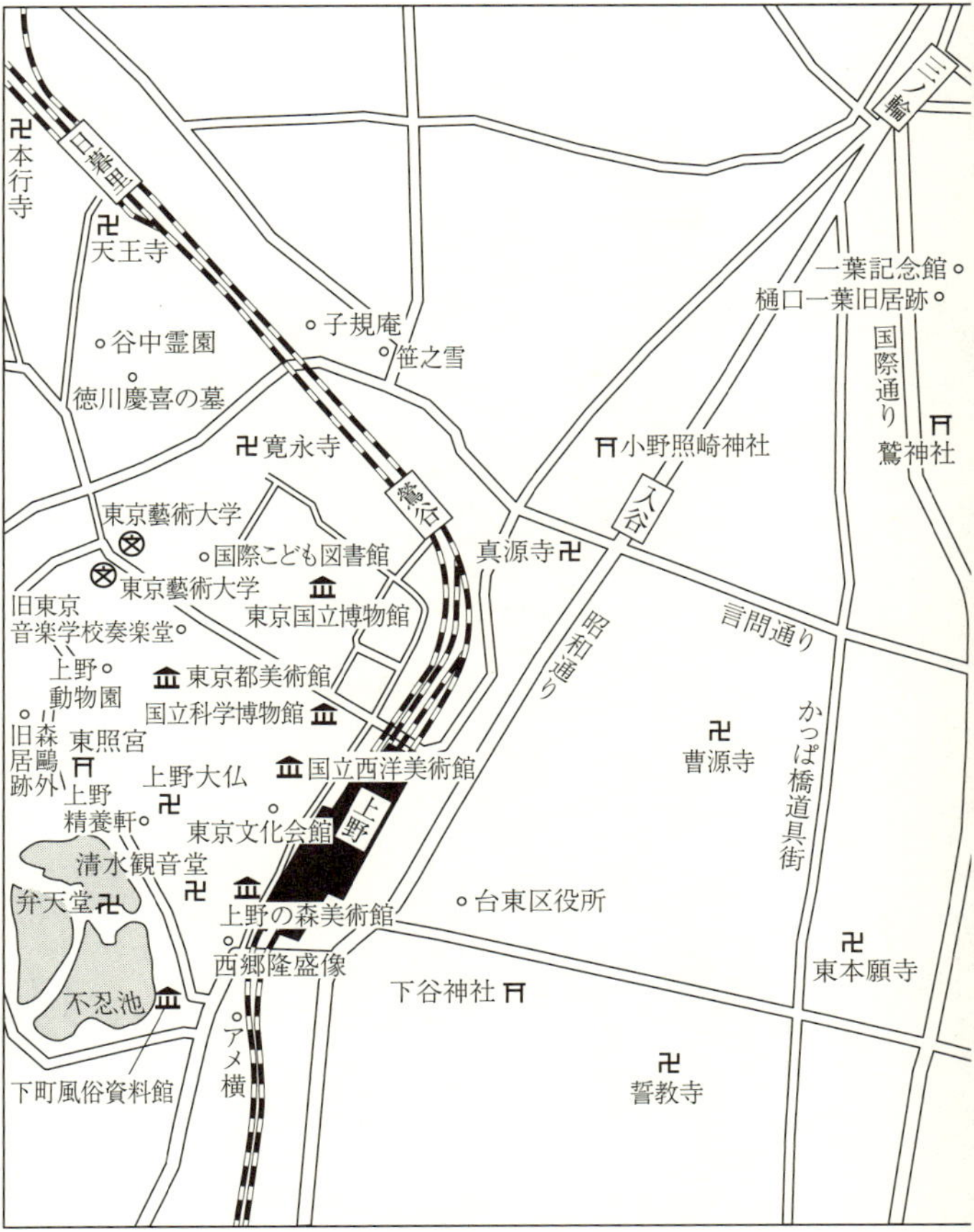

日暮里
本行寺
天王寺
谷中霊園
徳川慶喜の墓
子規庵
笹之雪
寛永寺
鶯谷
三ノ輪
一葉記念館
樋口一葉旧居跡
国際通り
鷲神社
小野照崎神社
入谷
真源寺
東京藝術大学
国際こども図書館
東京藝術大学
東京国立博物館
旧東京音楽学校奏楽堂
昭和通り
言問通り
上野動物園
東京都美術館
国立科学博物館
旧森鷗外居跡
東照宮
上野大仏
国立西洋美術館
かっぱ橋道具街
曹源寺
上野精養軒
上野
東京文化会館
清水観音堂
弁天堂
上野の森美術館
台東区役所
西郷隆盛像
東本願寺
下谷神社
不忍池
アメ横
誓教寺
下町風俗資料館

年表　一八六八〜一九〇九

年	東京	日本・世界
一八六八(明治元)	4月江戸開城。7月江戸を東京と改称、東京府を置く。8月東京府庁開庁。	1月戊辰戦争(〜一八六九年)。3月五箇条誓文発布。9月明治と改元。
一八六九(明治二)	2月天皇東京滞在中、太政官を東京に移す旨を発表(事実上の遷都を決定)。4月東京府、朱引内五〇区の町村を合併、七一二か所に町名改正を施行。6月東京招魂社(現、靖国神社)創建。12月東京〜横浜間で電信開通。	6月版籍奉還。
一八七〇(明治三)	1月政府、大学校を大学、開成学校を大学南校、医学校を大学東校と改称。4月東京〜横浜間鉄道の測量開始。	
一八七一(明治四)	8月東京鎮台設置。11月全国府県の改廃統合に伴い、新しい東京府を設置。11月彦根県荏原郡一一か村、多摩郡九か村の東京府移管発令。	4月戸籍法制定。7月廃藩置県。10月大区小区制開始。

一八七二(明治五)	3月湯島聖堂で文部省博物館として日本最初の博覧会を開催(現、東京国立博物館の創立・開館)。9月新橋～横浜間、日本最初の鉄道開通。9月久我山・上高井戸など六か村、東京府に編入。10月東京の人口八五万人(総人口三四八〇万人)。	12月太陰暦を廃止し、太陽暦を採用。
一八七三(明治六)	10月芝公園、深川公園、飛鳥山公園開園。	1月公園に関する太政官布告。7月地租改正条例布告。
一八七四(明治七)	1月東京警視庁設置(内務省に所属)。12月芝金杉橋～京橋間に八五基のガス灯設置。	1月民選議院設立建白書の提出。
一八七五(明治八)	6月東京気象台設立。	5月千島・樺太交換条約調印。6月新聞紙条例布告。
一八七六(明治九)	5月上野公園開園。10月東京の人口一〇二万人。	
一八七七(明治一〇)	1月上野山内、西四軒寺跡(現、東京藝術大学の場所)に新館が一部竣工、東京博物館を「教育博物館」と改称(現、国立科学博物館)。4月東京開成学校と東京医学校とを合併し、東京大学と改称。8～11月上野公園で第一回内国勧業博覧会。	2～9月西南戦争。
一八七八(明治一一)	1月伊豆諸島、静岡県より東京府に編入。11月郡区町村編制法により、大区小区制が廃止(一五区六郡に改編)。	
一八七九(明治一二)	1月東京府会開催。	
一八八〇(明治一三)	10月小笠原諸島、東京府に編入。	

一八八一(明治一四)	3～6月上野公園で第二回内国勧業博覧会。	10月明治一四年の政変。
一八八二(明治一五)	3月上野動物園開園。6月東京馬車鉄道、新橋～日本橋間開通。11月銀座に電灯点灯。	10月日本銀行創立。
一八八三(明治一六)	7月鹿鳴館落成。7月日本鉄道、上野～熊谷間仮開業。	
一八八四(明治一七)	5月日本鉄道、上野～高崎間開通。	
一八八五(明治一八)	3月日本鉄道、品川～赤羽間開通(後の山手線)。	12月内閣制度創設。
一八八六(明治一九)	5月浅草公園開園。	10月ノルマントン号事件。
一八八七(明治二〇)	11月日本橋茅場町から電気の送電を開始。	
一八八八(明治二一)	4月市制・町村制が公布。8月東京市区改正条例公布(最初の都市計画立法)。	
一八八九(明治二二)	4月甲武鉄道、新宿～立川間開業。5月東京市(一五区)誕生。5月東京市会第一回選挙。8月甲武鉄道、立川～八王子間開通。	2月大日本帝国憲法発布(一八九〇年一一月施行)。
一八九〇(明治二三)	4～7月上野公園で第三回内国勧業博覧会。11月凌雲閣(浅草一二階)開業(一九二三年九月関東大震災で倒壊し撤去)。11月帝国ホテル開業。12月東京～横浜間電話開通。	11月第一回帝国議会開会。
一八九一(明治二四)	2月神田駿河台にニコライ堂建立。10月東京市公債条例を公布。	
一八九二(明治二五)	6月東京～大阪間に初めて四重電信機が設置。	
一八九三(明治二六)	4月三多摩(西多摩郡・南多摩郡・北多摩郡)地域、神奈川県から	

	東京府に編入。	
一八九四(明治二七)	7月東京府庁舎新築落成(現、丸の内の東京国際フォーラムの場所)。10月東京の人口一六〇万人。	8月日清戦争(〜一八九五年)。
一八九五(明治二八)	4月甲武鉄道市街線、牛込〜飯田町間で開業し、飯田町〜八王子間全通。	4月下関講和条約調印。
一八九六(明治二九)	4月東多摩郡と南豊島郡が合併し、豊多摩郡となる。	
一八九七(明治三〇)	4月八王子町に大火、焼失三三〇〇戸。	
一八九八(明治三一)	10月市制特例廃止し、東京市が一般市となる。府庁舎内に東京市役所を開庁(後にこの日一〇月一日を「自治記念日」と定める(現、「都民の日」))。12月淀橋浄水場完成。12月改良水道給水開始。	
一八九九(明治三二)	7月府県制・郡制を東京府に施行。	
一九〇〇(明治三三)	11月東京市会汚職事件に関し、同市参事会員の星亨逓信相らが告発される(一二月辞職)。	3月治安警察法公布。
一九〇一(明治三四)	7月東京市、路上見世物を禁止。10月東京の人口二〇一万人。	
一九〇二(明治三五)	8月鳥島が大噴火。	1月日英同盟調印。
一九〇三(明治三六)	6月日比谷公園開園。8月新橋〜品川間、電車運転開始(東京で最初の路面電車)。	
一九〇四(明治三七)	12月三越呉服店設立・開業。	2月日露戦争(〜一九〇五年)。
一九〇五(明治三八)	9月日比谷で講和反対国民大会開催、政府系新聞社・交番など焼打ちされる。	9月ポーツマス条約調印。

一九〇六（明治三九）	3月上野に帝国図書館開館（現、国際子ども図書館の場所）。8月東京～小笠原父島間に海底電線を敷設、米国本土からの海底電線に接続され、日米間の通信開始。	
一九〇七（明治四〇）	2月東京廃兵院、旧陸軍予備病院渋谷分院跡に開院。10月東京の人口二五一万人。	
一九〇八（明治四一）	11月東京市立日比谷図書館開館。	
一九〇九（明治四二）	5月両国に国技館竣工。12月山手線の一部で電車運転開始。	10月伊藤博文が満州のハルビンで朝鮮の青年安重根により暗殺。

〔編集付記〕

一、底本については、各作品冒頭の梗概に示した。本分冊の執筆担当は次の通りである。
ロバート キャンベル＝各扉裏導入文・「東京 銀街小誌」(抄)、宗像和重＝「浅ましの姿」「医学修業」「大さかずき」、金ヨンロン＝「窮死」「監獄署の裏」、佐藤未央子＝「夜行巡査」「琴のそら音」「浅草公園」、塩野加織＝「漫罵」「銀座の朝」、友添太貴＝「十三夜」「車上所見」。

二、明らかな誤記・誤植は訂した。

三、本文中、今日の人権意識に照らして不適切と思われる記述があるが、作品の歴史性に鑑み、そのままとした。

四、左記の要項にしたがって表記を改めた。

岩波文庫(緑帯)の表記について

近代日本文学の鑑賞が若い読者にとって少しでも容易となるよう、旧字・旧仮名づかいで書かれた作品の表記の現代化をはかった。そのさい、原文の趣をできるだけ損なうことがないように配慮しながら、次の方針にのっとって表記がえをおこなった。

(一) 旧仮名づかいを現代仮名づかいに改めた。ただし、漢文や詩歌については、原文の仮名づかいのままとした。なお、漢文は平仮名を用いて読み下し、句読点を整理し、会話文に「　」を付した。

(二) 「常用漢字表」に掲げられている漢字は新字体に改めた。

(三)　漢字語のうち代名詞・副詞・接続詞など、使用頻度の高いものを一定の枠内で平仮名に改めた。

(四)　平仮名を漢字に、あるいは漢字を別の漢字にかえることは、原則としておこなわなかった。

(五)　振り仮名や送り仮名は次のようにした。

イ　読みにくい語、読み誤りやすい語には現代仮名づかいで振り仮名を付した。総振り仮名的な場合は適宜、取捨選択を加え整理をおこなった。漢文の場合、底本にある振り仮名は仮名づかいを変えず片仮名で付し、新たに加えた振り仮名は旧仮名づかいで平仮名を用いて付し、（　）で括った。詩歌は、底本の振り仮名を全て残した。

ロ　送り仮名は原文どおりとし、その過不足は振り仮名によって処理した。ただし、漢文は読みやすさを考慮し、送り仮名を補った箇所もある。

例、明に→明《あきらか》に

(六)　概数は読点を補った。

例、二三→二、三

（岩波文庫編集部）

東京百年物語《とうきょうひゃくねんものがたり》1 一八六八〜一九〇九 〔全3冊〕

2018年10月16日 第1刷発行
2024年 4 月26日 第3刷発行

編 者 ロバート キャンベル
十重田《とえだ》裕一《ひろかず》 宗像《むなかた》和重《かずしげ》

発行者 坂本政謙

発行所 株式会社 岩波書店
〒101-8002 東京都千代田区一ツ橋2-5-5

案内 03-5210-4000 営業部 03-5210-4111
文庫編集部 03-5210-4051
https://www.iwanami.co.jp/

印刷・精興社 製本・中永製本

ISBN 978-4-00-312171-9 Printed in Japan

読書子に寄す

——岩波文庫発刊に際して——

岩波茂雄

真理は万人によって求められることを自ら欲し、芸術は万人によって愛されることを自ら望む。かつては民を愚昧ならしめるために学芸が最も狭き堂宇に閉鎖されたことがあった。今や知識と美とを特権階級の独占より奪い返すことはつねに進取的なる民衆の切実なる要求である。岩波文庫はこの要求に応じそれに励まされて生まれた。それは生命ある不朽の書を少数者の書斎と研究室とより解放して街頭にくまなく立たしめ民衆に伍せしめるであろう。近時大量生産予約出版の流行を見る。その広告宣伝の狂態はしばらくおくも、後代にのこすと誇称する全集がその編集に万全の用意をなしたるか。千古の典籍の翻訳企図に敬虔の態度を欠かざりしか。さらに分売を許さず読者を繫縛して数十冊を強うるがごとき、はたしてその揚言する学芸解放のゆえんなりや。吾人は天下の名士の声に和してこれを推挙するに躊躇するものである。このときにあたって、岩波書店は自己の責務のいよいよ重大なるを思い、従来の方針の徹底を期するため、すでに十数年以前より志して来た計画を慎重審議この際断然実行することにした。吾人は範をかのレクラム文庫にとり、古今東西にわたって文芸・哲学・社会科学・自然科学等種類のいかんを問わず、いやしくも万人の必読すべき真に古典的価値ある書をきわめて簡易なる形式において逐次刊行し、あらゆる人間に須要なる生活向上の資料、生活批判の原理を提供せんと欲する。この文庫は予約出版の方法を排したるがゆえに、読者は自己の欲する時に自己の欲する書物を各個に自由に選択することができる。携帯に便にして価格の低きを最主とするがゆえに、外観を顧みざるも内容に至っては厳選最も力を尽くし、従来の岩波出版物の特色をますます発揮せしめようとする。この計画たるや世間の一時の投機的なるものと異なり、永遠の事業として吾人は微力を傾倒し、あらゆる犠牲を忍んで今後永久に継続発展せしめ、もって文庫の使命を遺憾なく果たさしめることを期する。芸術を愛し知識を求むる士の自ら進んでこの挙に参加し、希望と忠言とを寄せられることは吾人の熱望するところである。その性質上経済的には最も困難多きこの事業にあえて当たらんとする吾人の志を諒として、その達成のため世の読書子とのうるわしき共同を期待する。

昭和二年七月

岩波文庫の最新刊

ゲルツェン著／長縄光男訳

ロシアの革命思想
—その歴史的展開—

ロシア初の政治的亡命者、ゲルツェン(一八一二―一八七〇)。人間の尊厳と言論の自由を守る革命思想を文化史とともにたどり、農奴制と専制の非人間性を告発する書。〔青N六一〇―一〕 **定価一〇七八円**

ラス・カサス著／染田秀藤訳

インディアスの破壊をめぐる賠償義務論
—十二の疑問に答える—

新大陸で略奪行為を働いたすべてのスペイン人を糾弾し、先住民に対する賠償義務を数多の神学・法学理論に拠り説き明かし、その履行をつよく訴える。最晩年の論策。〔青四二七―九〕 **定価一一五五円**

岩田文昭編

嘉村礒多集

嘉村礒多(一八九七―一九三三)は山口県仁保生れの作家。小説、随想、書簡から選んだ。己の業苦の生を文学に刻んだ、苦しむ者の光源となる同朋の全貌。〔緑七四―二〕 **定価一〇〇一円**

網野善彦著

日本中世の非農業民と天皇 (下)

海民、鵜飼、桂女、鋳物師ら、山野河海に生きた中世の「職人」と天皇の結びつきから日本社会の特質を問う、著者の代表的著作。(全二冊、解説＝高橋典幸) 〔青N四〇二―三〕 **定価一四三〇円**

ヘルダー著／嶋田洋一郎訳

人類歴史哲学考 (三)

第二部第十巻―第三部第十三巻を収録。人間史の起源を考察し、風土に基づいてアジア、中東、ギリシアの文化や国家などを論じる。(全五冊) 〔青N六〇八―三〕 **定価一二七六円**

……今月の重版再開……

池上洵一編

今昔物語集 天竺・震旦部

定価一四三〇円 〔黄一九―一〕

清水三男著／大山喬平・馬田綾子校注

日本中世の村落

定価一三五三円 〔青四七〇―一〕

定価は消費税10％込です　2024.3